新 潮 文 庫

大工よ、屋根の梁を高く上げよ
シーモア ―序章―

サリンジャー

野崎 孝
井上謙治 訳

新潮社版

目次

もしも世にまだ読書の素人《しろうと》という方——もしくは、ただ本は走り読みするだけという方——がおられるならば、わたしは、言いがたい愛情と感謝とをこめて、その方にお願い申し上げる、なにとぞこの書の献呈の言葉を四つに分割して、わたしの妻と二人の子供とともに受け取られんことを。

大工よ、屋根の梁を高く上げよ

シーモア——序章——

大工よ、屋根の梁《はり》を高く上げよ

野《の》崎《ざき》孝《たかし》訳

かれこれ二十年ばかり前、すこぶる子だくさんなわが家が、おたふく風邪の攻略を受けていたときのことである。ある夜、一番下の妹のフラニーが、当時一番上の兄のシーモアと私とで共同に使っていた部屋へ、ここならバイキンがいなそうだというわけで、寝台から何からそっくりそのまま、移されて来たことがある。わたしが十五、シーモアが十七歳であった。翌朝の二時頃になって、わたしは、この新来の同室の友の泣き声に目をさまされた。わめき立てるその声を聞きながら、中途半端《はんぱ》な姿勢で、なおしばらく黙って横になっていると、数分して、隣りのベッドでシーモアが、もそもそと身体《からだ》を動かす音が（あるいは気配が）した。その頃、私たちは、非常の場合の用心に、二人の間のテーブルの上に懐中電燈《でんとう》を置いておいた。非常の場合は、わたしの記憶するかぎりでは、ついに一度もなかったけれど、シーモアはこの懐中電燈をつけると、ベッドから抜け出したのである。「哺乳瓶《ほにゅうびん》はストーブの上だって、ママが言ってたぜ」わたしは彼に言った。「少し前にぼくがもうやったよ。おなかが空《す》いてんじゃないんだ」シーモアはそう言うと、暗い中を本箱のところまで歩いて行って、懐中電燈をゆっくりと動かしながら、書棚のあちこちを照らし出した。わたしはベッドの上に起き上がって「何をしようというんだ？」と言った。「彼女に何か読んでやろうと思ってさ」シーモアはそう言うと、書棚から一冊の本を抜き出した。「だって、まだ生後十カ月だぞ」とわたしは言った。「分ってるよ」シーモアは答えた「耳があるからな。聞えるさ」

この夜シーモアが、懐中電燈の光でフラニーに読んでやったのは、彼が大好きな話で、道教のある説話であった。フラニーは、シーモアが読んでくれたのを覚えていると、今日《こんにち》でも断言して譲らない。

秦《しん》の穆公《ぼくこう》が伯楽《はくらく》に言った「お前ももう年をとった。お前の子供たちの中に、お前に代って馬の目利《めき》きとして余の雇える者が、誰かおらぬか？」伯楽は答えた「良馬は体格と外観によって選ぶことができまするけれども、名馬は――埃《ほこり》も立てず足跡も残さぬ馬というものは、消えやすく、はかなく、微《かす》かな空気のように捕えがたいものでございまする。わたしの伜《せがれ》どもは至らぬ者ばかりでございまして、良馬はこれを見せれば分りまするけれども、名馬を見抜く力は持っておりませぬ。しかしながら、わたしには、九方皐《きゅうほうこう》と申す友人が一人ございまして、薪と野菜の呼び売りを生業《なりわい》といたしておりまするが、馬に関する事どもにおきましては、決してわたしに劣るものではございませぬ。願わくは、かの男を御引見下さいまするよう」

穆公はそのとおりにしたあげくに、馬を求めて来るようにと仰《おお》せられて、その男を急派したのである。三カ月の後、男は、馬が見つかった旨《むね》の報《しら》せをもって戻って来た。「その馬は目下、沙丘《さきゅう》におりまする」と男は申し添えた。「どういう種類の馬か？」公は尋ねられた。「栗毛《くりげ》の牝馬《めすうま》でございまする」というのがその答えであった。しかしながら、それを連れに遣わされた者が見ると、馬は、なんと、漆黒の牡馬《おすうま》ではないか！　いたく興を損じられた公は、伯楽を呼び寄せて「余が馬を探して参れと命じたお前の友人は、とんだ失態を演じおったぞ。馬の毛色はおろか、雌雄の別すらもわきまえぬ男ではないか！　あれでそもそも馬の何が分ると申すのだ？」伯楽は一つ大きく満足の吐息をついた。「あの男はもうそこまでも至りましたか！」彼は声をはずませて言った「はてさて、そこまで行けばわたしを一万人寄せただけの値打ちがございます。もはやわたしの遠く及ぶところではございませぬ。皐《こう》の目に映っているのは魂の姿でございまする。肝心かなめのものを摑《つか》むために、些細《ささい》なありふれたことは忘れているのでございます。内面の特質に意を注ぐのあまり、外部の特徴を見失っているのでございます。見たいものを見、見たくないものは見ない。見なければならないものを見て、見るに及ばぬものは無視するのでございます。皐は、馬以上のものを見分けることができますするほどに、それほどに冴《さ》えた馬の目利きなのでございまする」

いよいよその馬が到着してみると、なるほど天下の名馬であることが分った。

わたしがここにこの説話をそっくりそのまま書き記したわけは、例によってまたもや脱線をやらかして、生後十カ月の嬰児《えいじ》を抱えた世の親たちや兄たちに、文章でできた格好なおしゃぶりを一つ紹介しようというのではなくて、まったく別の理由に基づくものなのである。すぐこの後に出て来るのは、一九四二年のある結婚式の日の話であるが、これは、私見によると、初めあり、終りあり、忘れ去られぬ教訓《モラリテイ》（ではない、忘れ去られる運命《モタリテイ》）も備えていて、それだけで完全にまとまった一つの物語になっていると思うのである。が、しかし、次の事実を握っているわたしとしては、このときの花婿《はなむこ》が、一九五五年の現在ではもう生きていないのだということを付言する義務があるような気がする。彼は、一九四八年、休暇をとって細君といっしょにフロリダに行っていたときに、自殺したのだ。……とは言うものの、わたしが本当に付言したく思っていることは、ほかでもない、この花婿が人生の舞台から永久に退場してからというもの、わたしには、彼の代りに馬を探しに遣わしたく思う者は一人として思い浮べることすらできなくなったということなのである。

一九四二年の五月の末には、『パンテジス興行』を引退した芸人のレス・グラースとベシー・（ギャラガー・）グラース夫妻の子供たち――その数七人――は、大袈裟《おおげさ》に言って、合衆国の全土にばらまかれていた。その一人である上から二番目のわたしは、十三週間にわたった歩兵の基礎訓練のささやかな形見ともいうべき肋膜炎《ろくまくえん》をわずらって、ジョージア州フォート・ベニングの陸軍病院に入院していたし、双子《ふたご》のウォルトとウェーカーとは、まる一年前に仲を割かれていて、ウェーカーはメリーランドにある良心的参戦拒否者の強制労働場に働き、ウォルトは野砲部隊に所属して太平洋上のどこか――もしくは、そこに至る途上にあった（このときウォルトがどこにいたかということは、わたしたちは誰も、はっきりしたことをついに知らずじまいなのである。彼はどうみても筆まめな男ではなかったし、彼の死後に分った消息もきわめて少なく、ほとんど皆無に等しかった。彼は一九四五年の晩秋、日本で、お話にもならないほどにバカバカしい軍隊の事故で命を失ったのである)。女きょうだいの中で一番上のブーブー、これは年の順からいえば、双子の兄弟とわたしとの間に入るのだが、この頃は婦人予備部隊の海軍少尉《しょうい》で、ブルックリンの海軍基地にいたりいなかったりという状態で、この年の春から夏にかけて、兄のシーモアと私とが召集されて事実上手放したも同然であったニューヨークの小さなアパートを、彼女が占領していた。それから、ゾーイー(男)、フラニー(女)という、わが家の一番下の子供たちは、両親と共にロスアンゼルスにあった。ここで父が映画撮影所に才能をひさいで暮しを立てていたからである。ゾーイーは十三、フラニーは八つであった。二人ともが『これは神童』という、全国どこでもピンとくる皮肉の味をきかせたつもりなのであろう、こんな名称のラジオの児童向けクィズ番組に毎週出演していた。ことのついでにつけ加えておきたいが、わが家の子供たちはみんな、いずれかのときに——というよりも、いずれかの年に——毎週、『これは神童』のゲストとして出演した経験を持っている。このショーに初めて登場したのはシーモアとわたしとで、時代は遠く一九二七年、この番組が旧マリー・ヒル・ホテルの中の会議室の一つから「誕生」した当時で、わたしたちはそれぞれ十歳と八歳であった。わたしたちは、シーモアからフラニーに至るまで、七人全部が変名で出演したが、このことは、わたしたちが、芸人という、普通ならば名前を知られることを嫌がらない連中の子供であることを考えるならば、ひどく異常な感じを与えるかもしれない。だが、母があるとき、子供の芸人というものが背負わされる小さな十字架について——彼らが、まともな、おそらくは望ましくもある、社会生活から疎外《そがい》されるということを——書いた雑誌論文を読んだことがあって、以来彼女は、この問題についてはひどくきびしい態度をとったまま、絶対に動揺を見せなかったのだ（今は、子供の芸人の大部分が、もしくは全部が、法律で禁止さるべきか、あるいは同情さるべきか、もしくは冷然と処刑すべきものか、といった問題に立ち入る場合ではない。さしあたりわたしは、わたしたちが『これは神童』に出て得た収入のおかげで兄妹六人が大学を卒業し、現に七番目が在学できているとだけ言っておこう）。

長兄のシーモア——ここではほとんど彼だけが話の対象になるのだが——彼は、一九四二年にはまだ「空軍」と称していた部隊の、伍長《ごちょう》であった。そしてカリフォルニアの、あるB17の基地に勤務していたが、そこで彼は、中隊付の書記代理をしていたらしい。ついでながら（というわけでは必ずしもないが）筆不精という点では一家でも彼が一頭地を抜いていたことを付言しておこうか。わたしが彼からもらった手紙は、生涯のうちに五通とはなかったはずである。

五月二十二日の朝であったか三日の朝であったか（うちの連中は手紙に日付を書いたためしがない）妹ブーブーからの手紙が、フォート・ベニングの陸軍病院にいるわたしのベッドの裾《すそ》にのせられた。ちょうど横隔膜を絆創膏《ばんそうこう》で縛り上げられているときであった（これは肋膜炎の患者に対していつもやる処置で、おそらくは咳《せき》で身体をこなごなに飛散させない効能でもあるのであろう）。この苦難が終ったところでわたしは、ブーブーの手紙を読んだ。この手紙は今もわたしが持っているので、次にそれを原文のままに書き記しておく。

親愛なるバディに

荷造りに大いそがしだから、簡単に、しかし核心を衝《つ》いた所を書きます。お尻《しり》つねり提督閣下が軍務のために某地方へ飛ばなければならないことが決定し、閣下の秘書も、お行儀をよくするならば、いっしょに連れてゆくということに決ったのです。あたしはウンザリ。シーモアのことを別にしても、これは、身も凍る空軍基地のカマボコ兵舎と、兵隊さんの子供っぽい色目と、飛行機の中で胸がむかついてあのすさまじい紙の袋のお世話になるのが関の山なんだもの。でも肝心なことはね、シーモアが結婚するということです――そうよ、結婚よ、だからよく聴いてちょうだい。あたしは出席できません。今度の旅行で、六週間以上二カ月以内の何日間か、留守になるだろうと思うのです。相手の娘さんには会いました。あたしの考えでは最低だと思うんだけど、でもすごい美人。彼女が最低だということをあたしが実際に知ってるというわけじゃないのよ。彼女に会った晩に、彼女は二ことしかものを言わなかった、という意味。ただ坐《すわ》って、微笑して、煙草《たばこ》を吸っていただけだったの。だから、そう言うのは公正を欠くわけです。二人のロマンスそのものについては全然知りません。知ってるのはただ、シーモアが去年の冬モンマスの部隊にいたときに会ったらしいということ。お母さんという人は絶望ね——あらゆる芸術にちょっぴりずつ通じていて、週に二度ずつユングの流れを汲《く》む立派な精神分析の先生に会っています（あたしがお目にかかった夜には、精神分析を受けたことがあるかと、二度ほどお尋ねになりました）。彼女はシーモアがもっと多くの人に「順応」してくれればいいのにと、そう申しましたが、その同じ口の下から、でも彼を愛していて、どうして、こうして、昔は彼がラジオに出ていた間じゅういつもその放送を拝聴したものだと申しました。以上があたしの知っていることのすべてです。それと、あなたがぜひとも結婚式に行かなければいけないということ。もしも行かなければ、あたしは絶対に許しませんからね。本当よ。ママとパパとは太平洋岸《コースト》からここまで来るわけにいかないのです。一つにはフラニーの麻疹《はしか》のせい。フラニーといえば、先週のあの子の放送聞いた？　四つの時分、誰もうちにいないときにはいつも、アパートの部屋の中を飛び回っていたという話を、詳しく、とてもかわいらしくしゃべったのよ。今度のアナウンサーはグラントよりもダメ——言うなれば、昔のサリヴァンよりもダメね。きっとあの子が飛ぶことができると夢想しただけだろう、なんて言うんだもの。あの子は、あくまでもそうじゃないってきかないの。それがまた天使みたいなのよ。飛べたことはちゃんと分ってる、降りて来ると、いつも手の指に電燈の球に触った埃がついてたんだもの、ですって。あの子に会いたいわ。あなたにもよ。とにかく、結婚式にはぜひとも行かなければいけませんからね。仕方がなければ、無届外出をなさいよ。でもお願いだから行ってね。六月四日の三時。六十三丁目の、その娘さんのおばあさんの家で、全然宗派的ではなくて、開放的。どこかの判事さんが結婚させるの。ハウス・ナンバーは知らないんだけど、カールとエイミが豪奢《ごうしゃ》な生活をしてた所からちょうど二軒先です。ウォルトには電報を打つつもり。でも、もう出港しちゃったんじゃないかと思うのよ。お願いだから出席してね、バディ。お兄さんは身もウキウキで猫みたいに軽くなっちゃって、顔にはあの恍惚《こうこつ》とした表情が浮んでて、てんで話しかけられたものじゃないの。たぶんあれで完全にうまくゆくんでしょうけど、でもあたしは一九四二年を憎むわ。死ぬまで憎むでしょうね、原則として。ではこれで、帰って来るときまでさようなら。

ブーブー

この手紙を手にした二日後にわたしは、肋骨を巻いたおよそ三ヤールの絆創膏のいわば保護監督の下に、病院から釈放されたのである。続いて、結婚式に出席する許可を得るために、一週間にわたる猛烈な運動が開始されたのであるが、わたしは、中隊長の御機嫌を営々として取り結ぶことによって、ようやく目的を達成することができた。中隊長は、自らの告白によると読書人なのだそうで、好きな作家というのが、奇《く》しくも、わたしの好きな作家と偶然にぴたりと一致しちゃって——なんとL・マニング・ヴァインズだったのである。いや、ハインズだったかな。でも、こうした精神の絆《きずな》によって結ばれていたにもかかわらず、わたしは彼から三日間の外出許可しかせしめられなかった。これでは、ニューヨークまで汽車で行って、結婚式に出て、どこかで出される御馳走《ごちそう》をうのみにして、そうして汗だくでジョージアまで戻って来る、というのがやっとではないか。

わたしの記憶によると、一九四二年には、列車の普通客車はみんな、換気装置といっても名ばかりで、M・Pがいっぱい乗っていて、オレンジ・ジュースと牛乳とライ・ウィスキーの臭《にお》いがたちこめていたものである。一晩をわたしは、咳と、それから親切な男が貸してくれた『エース・コミック』を読むことで過したが、結婚式当日の午後二時十分、列車がニューヨークに到着したときには、さんざんに咳をしつくして、全体的に消耗して、汗をかいて、げんなりして、そうして絆創膏がいやにチクチクして痒《かゆ》かった。ニューヨークは、何とも言いようがないくらいに暑かった。わたしは、先にアパートに寄って行く時間がなかったので、荷物――といっても、ジッパーでとめる式の小さなズックのうっとうしいみたいなスーツケースが一つだけなのだけれど――これをペンシルヴェニア・ステーションのあのスチール製のロッカーに入れて行くことにした。これだけでもいい加減いらいらしたのに、それをばさらに助長したのが、空車を探して服屋街（訳注　ペンシルヴェニア・ステーションから南の七番街の一帯）を歩き回っていたときである。一人の通信隊の少尉にわたしは欠礼したらしく、彼は七番街を渡って来ると、いきなり万年筆を取り出して、わたしの名前と、一連番号と、それから住所を書きとめたのである。まわりには大勢の市民たちがもの珍しそうに見守っているではないか。

ようやくにしてタクシーに乗り込んだわたしは、くたくたになっていた。わたしは運転手に、とにかく、「カールとエイミ」が昔いた家まで行く道順を告げた。ところが、そのブロックまで行くと、ことはきわめて簡単であった。大勢の人の群れの後についで行きさえすればよかったのである。入口から歩道の上へ、ズックの天蓋《てんがい》までが張り渡してあった。そのままわたしは、ブラウンストーンの大きな古めかしい邸宅の中に入ったが、入ると髪の毛をラヴェンダー色に染めた目鼻立ちの整った御婦人から、花嫁の友人か花婿の友人かと尋ねられた。わたしは花婿のほうだと答えた。「まあ、そうでございますか」と彼女は言った「あの、皆さん御一緒にお願いしているところなんでございますのよ」そう言って彼女は、少しばかり度が過ぎるなと思われるくらいに笑って、わたしを、ひどく人がたてこんでいる特大の部屋の、どうやら最後の空席とおぼしい折り畳みの椅子《いす》のところへ案内した。この部屋全体の具体的な模様については、わたしは十三年ごしの記憶喪失に罹《かか》っているようなもので、ぎっしりと人が詰っていたことと、息が詰りそうなほどに暑かったことを除いては、ほかに二つのことしか覚えていない。一つはわたしの真後ろでオルガンが演奏されていたことで、いま一つは、すぐ右隣りの席に坐っていた御婦人がわたしの方を振り向くと「あたくし、ヘレン・シルズバーンでございます」と、わたし自身よりもまわりの人たちに聞えよがしに囁《ささや》いたことである。わたしたちの席の位置から考えて、これは花嫁の母親ではあるまいと思ったけれど、大事をとってわたしは、微笑しながら愛想よくうなずいて、こちらも名乗りをあげようとしたが、とたんに彼女はいとも上品に人さし指を唇にあてた。それでわたしたちは、そのまま正面に顔を向けた。それが大体三時頃であった。わたしは目をつぶり、オルガン弾きが早く休憩時間の音楽をやめて、『ローエングリン』（訳注　ワーグナーのオペラの中の結婚行進曲のこと）を弾きださないものかと、心待ちに待っていた。

それからの一時間十五分がどんなふうにして過ぎたものやら、わたしは、ついに『ローエングリン』は始まらなかったという肝心な事実を除いては、あまりはっきりしたことを覚えていない。でも、咳をしているのは誰かを見ようとして、時折、知らない顔があちらこちらからこっそりとわたしの方を窺《うかが》っていたことは覚えている。それから、右隣りの御婦人が、前と同じような多少浮き浮きした調子で、もう一度囁きかけてきたことも。「きっと何かに手間どってるんですわ」と彼女は言った「あなた、ランカー判事にお会いしたことございまして？　聖者のお顔をしてらっしゃいますことよ」それから、オルガンの音楽が、ある所で、どうしたわけか、やけくそみたいにバッハからロジャーズとハート（訳注　二人組の有名なミュージカル作者）の初期の曲に変ったことも覚えている。とはいうもののわたしは、全般的に言うと、咳の発作を抑えなければならない自分を、いわば労《いたわ》るように見舞うことで時を過していたような気がする。その部屋にいる間じゅう、わたしは、今にも血を吐くのではないか、かりにそこまではいかないにしても、絆創膏のコルセットをしているとはいえ、肋骨の一本ぐらいは折れるのではないかと、最後まで戦々兢《きょうきょう》々としていたのである。

四時二十分になったときに――もっと無神経な言い方をするなら、正当な期待がきれいに裏切られてから一時間二十分たったときに――未婚の花嫁は、頭をうなだれ、両側に付き添った両親に助けられて、家の中から出て来ると、今にも崩《くず》折《お》れそうな様子で手をとられながら、長い石の階段を下の歩道まで下りて行った。そして、歩道に寄せて二列に駐車して待っていた黒の色もつややかなハイヤーの先頭の一台に、まるで手渡しのような格好で助け乗せられた。それは、その事態の意味を鮮明すぎるほど鮮明に物語る一瞬――煽情《せんじょう》的な写真で埋まった例のタブロイド型の新聞の写真を思わせる一瞬であった。そして、タブロイド型の新聞写真にしては、目撃者による補足がたっぷりとついていた。というのは、わたし自身をも含めた招待客が、すでにぞろぞろと外へ出始めていて、彼らは、礼儀正しく振舞いながらも、目を丸くして、とまでは言わないけれど、好奇の色は十分に漂わせた目つきをしていたからである。このときの情景の意味が多少なりともぼやけて映ったとすれば、それはもっぱら陽気のせいであった。閃光電球《せんこう》をいっぱいつけた照明器のように介在した六月の太陽が、あまりにも暑くあまりにも烈《はげ》しかったので、花嫁が病人のような様子で階段を下りて来たときに、その姿の一番ぼやけさせたくないところが、とかくにぼやけがちだったのである。

花嫁の車がその場から、形の上ではともかく姿を消したとき、歩道の上の――とりわけ、わたしもその中にまじっていた天蓋の下の縁石《ふちいし》のあたりの――緊張は崩れて、これがもしも日曜日で、建物が教会であったならば、会衆が散ってゆくときのありきたりの雑踏ととられそうな形になった。そのとき、まったく突然に、招待客は歩道際《ぎわ》に待機している車を利用されたい旨《むね》の指示が――花嫁の「アル伯父さん」からだという話であったが――ぜひにと言って繰り返されたのである。つまり、披露宴があろうがなかろうが、予定が変更されようがされまいが、それにかかわらず利用してくれという意味であった。わたしの身近で起った反応を判断の基準にするならば、これはみんなから一種の外交辞令と受け取られたようであった。とはいうものの、怖《お》じ気《け》が出るほどの大部隊――これが花嫁の「近親者たち」だという話であった――が、この場を撤退するのに必要な輸送機関を全部確保してしまうまでは、車を「利用」してはならないと決っていたわけではない。しかも、その「近親者たち」は、いささか謎《なぞ》めいた、隘路《あいろ》にでもひっかかったみたいな渋滞を示しはしたが（その間もわたしはその場に妙に釘《くぎ》づけにされていた）とにかく実際に引きあげを開始したのである。一台に多くて六、七人、少なくて三、四人という割合であった。この数は、わたしの推察したところによると、最初に乗り込んだ人物の年齢と態度とヒップの幅に左右されたものである。

いきなりわたしは、誰かから、立ち去り際に——ではあるけれども、いやにはっきりした口調で——言い渡されたのに動かされて、いつの間にやら、天蓋のまん前の縁石の所に陣取って、車に乗り込む人々の世話をやく羽目に立ち至っていた。

どうしてわたしが、この職務を果すべく選び出されたものやら、これはいささか考察に値する問題である。この仕事のためにわたしを選んだ、誰とも分らぬ中年の行動人は、わたしが花婿《はなむこ》の弟であるということはさらさら知らなかったはずである。であるからして、わたしが選ばれたのは、もっとほかの、もっと詩的ならざる理由によるものと考えるのが論理に適《かな》うというものであろう。年は一九四二年、わたしは二十三歳で、陸軍に召集されたばかりであった。ドアマン代行としてのわたしの適格性について、何の疑念をも抱かせなかったのは、一にかかってわたしの年齢と軍服と、それからわたしが身辺に漂わせていた、見るからに便利重宝そうな鶯色《うぐいすいろ》（訳注　アメリカ陸軍の制服の色）の雰囲気《ふんいき》にあったにちがいないのである。

わたしは単に二十三歳であっただけではない。著しく発育のおくれた二十三歳であった。車に人を乗せるに当って、義理にも有能とは申せなかったことを覚えている。有能どころかわたしは、士官候補生のような機械的なひたむきさで、忠実に義務を遂行しているように錯覚しながら、ひたすらにこの仕事に専念したのである。事実、数分もたつとわたしは、自分がひときわ年歯《ねんし》が進み、背丈が短く、肉付きのよい人々の要求に応《こた》えているのだということを意識し過ぎるくらいに意識しながら、腕とり役兼ドア閉め役を演じるわたしの動作には、何の正当性もない権力者的性格がいよいよ強く表われていった。わたしの行動は、稀《まれ》に見るほどに器用で、まったく愛想のよい咳《せき》持ちの若い巨人といった感じになりだしたのである。

しかし、この日の午後の暑さは、どう控え目に言っても重圧的であって、仕事の成果の空《むな》しさが、わたしの目には、ますますはっきりと見えてきたからに違いない、「近親者たち」の群れもあまり減少し始めた様子に見えなかったけれど、だしぬけにわたしは、いま人々を乗せたばかりの車の一台が、まさに歩道を離れようとしていたのに、自分の身体《からだ》をも押し込んでしまったのである。その拍子にわたしは（因果応報というものであろうか）車の天井にゴツンと音がするほどに頭を打ちつけた。車に乗っていた一人は、ほかならぬあの小声でわたしに囁きかけてきた顔見知り、ヘレン・シルズバーンその人であって、早速わたしに向って、掛け値のない同情を寄せてくれた。頭を打った音は車じゅうに響き渡ったものとみえる。だが、二十三歳のわたしは、人前でどのような損傷を受けようとも、頭蓋骨《ずがいこつ》をぶち割りでもしないかぎり、空《うつ》ろな、少し足りないみたいな笑い声をあげるだけといった、そんな青年だったのである。

午後もたけた空の下を、西に向ってまっすぐに走りだした車は、まるで、戸を開けた竈《かまど》の中へでもとび込むような感じだった。二ブロックほど走ってマジソン街に出ると、車は直角に右折して、まっすぐ北に向った。わたしは、太陽の恐ろしい網の中に捕えられそうになったわたしたちが、この名も知れぬ運転手のすばらしい敏活さと技量とによって、今かろうじてその手を逃れようとしているのだと、そんな感じがした。

マジソン街を北に向って走りだしてから、四ブロックか五ブロックの間は、車の中の会話といっても、「そちら、窮屈ではございません？」とか「こんな暑さは生れて初めてですわ」とかいった挨拶《あいさつ》にだいたい限られていた。こんな暑さは生れて初めてだった人は、先刻歩道の端に立っていたときに小耳にはさんだところによると、花嫁の介添役の奥さまであった。ピンクのサテンのドレスを着た二十四、五歳の女丈夫で、小さな輪に造ったわすれな草の髪飾りをつけている。一、二年前までは大学で体育を専攻していたのではないかと思わせるような運動家らしい気質が、身辺にはっきりと感じられた。膝《ひざ》の上にくちなしの花束を持っているところなども、空気を抜いたバレーボールのボールでも持っているような感じだった。後ろの座席に坐《すわ》っているのだが、御亭主と、一人の非常に小柄な老年の男とに、両方から尻《しり》を挟《はさ》まれた格好である。老年の男はシルクハットにモーニング・コートといういでたちで、生粋のハヴァナの葉巻を、火をつけぬままに持っていた。シルズバーン夫人とわたしとは補助椅子である。お互いの内側の脚の膝と膝とが触れ合っていたけれど、べつにみだらな意味からではない。わたしは、そちらを向く口実は一つもなかったけれど、ただただ好感に促されて、その小柄な老人の方に二度も顔を振り向けた。最初この車に客を載せることになって、この老人のためにドアを開けたとき、わたしは、彼を抱き上げて窓からそっと入れてやろうかという衝動が、ふと胸をかすめたのであった。彼はいかにも小さかった。せいぜい四フィート九インチか十インチぐらいであろう。が、小びとでもなければ片端《かたわ》でもない。非常に厳粛な顔をして坐りながら、まっすぐに前方を凝視している。二度目に顔を向けたとき、わたしは、モーニングの襟《えり》の折り返しに、古い肉汁《ソース》のしみらしいものが付いているのに気がついた。それから、彼のかぶっているシルクハットが、車の天井から優に四、五インチは離れているということも。……しかし、この、車に乗ってからの最初の数分間、主としてわたしの心を占めていたのは、依然自分の健康状態に対する心配であった。肋膜炎《ろくまくえん》と頭の打撲のほかに、咽喉《のど》が化膿《かのう》しかけているのではないかと、憂鬱病《ヒポコンデリー》の患者みたいに思い込んでしまったわたしは、他人に気づかれぬように舌の先を奥へ巻くようにして、患部とおぼしい部分をしきりと探っていたのである。目はまっすぐ正面に向けて、ねぶとの痕《あと》の模型地図みたいな運転手の首筋を睨《にら》んでいたと思う。そのときである、不意に補助椅子の仲間が話しかけてきた。

「あちらではお尋ねする機会がございませんでしたけど、おたくのあのかわいらしいお母様はお元気でいらっしゃいますの？　あなた、ディキー・ブリガンザさんでいらっしゃいましょう？」

こう尋ねられたとき、わたしの舌は、ずっと奥の方までまくれ上がって、口蓋の柔らかい所をまさぐっていた。わたしはまずその舌をもとに返し、唾《つば》を飲み、それから彼女の方へ振り向いた。彼女は五十か、そのあたりで、洒落《しゃれ》た好みのよい服装をしていた。そして、非常に濃いパンケーキの化粧を施していた。わたしは、いや、そうではないと答えた。

彼女は心持ち目を細めてわたしを見ると、シーリア・ブリガンザの息子にそっくりだと言った。口のあたりが、と言う。わたしは、そういう間違いは誰にでもありがちなことだという気持を努めて表情に現わそうとして、それからまた前のように運転手の首筋の凝視に戻った。車内は沈黙した。わたしは場面転換のつもりで、窓の外を眺めやった。

「軍隊はいかが？」シルズバーン夫人が言った。藪《やぶ》から棒の、打ちとけた口調であった。

その折も折、わたしの短い咳の発作が始まった。それが収まったところでわたしは、できるだけのすばやさで彼女の方を振り向いて、仲間がたくさんできた、と答えたが、何しろ横隔膜の辺を絆創膏《ばんそうこう》でがんじがらめにされているものだから、彼女の方へ身体をねじるのは容易でなかった。

彼女はうなずいた。そして「みなさん、ほんとにすばらしいと思いますわ」と、ちょっと意味の分りかねることを言って、それからおもむろに「あなたは花嫁のお友達ですの、それとも花婿のほう？」と、肝心な点に探りを入れてきた。

「いや、実を言いますと、ぼくは必ずしも友達というのじゃ――」

「花婿の友達だなんて言わないほうがいいわよ」後ろの方から花嫁の介添役の声がして、わたしの言葉を遮《さえぎ》った。「二分間ばかしの間、あたし、この手でお婿さんをとっ摑《つか》まえてやりたい。二分間だけでいいから」

　そういう声の方へ、シルズバーン夫人は、ちょっとの間だけれど、完全に向き直って微笑を送った。それからまた正面を向いた。実をいうと、わたしたち二人の顔がそれぞれもとの方向に還《かえ》ったこの復帰運動は、ほぼ同時に行われたのである。シルズバーン夫人の向き直ったのがほんの一瞬に過ぎなかったことを思えば、彼女が介添夫人に与えた微笑は、補助椅子《いす》の傑作とも言うべきものであった。それは、世界じゅうのあらゆる若い人たちに寄せる共感のみならず、とりわけこの威勢がよくて無遠慮な地方代表ともいうべき若夫人に向けて、限りなき賛同を示すに足る鮮やかな微笑であった。この若夫人に彼女は、かりに紹介されていたにしても、それは形式だけの紹介を出るものではなかったろうと思われるのだけれど。

「物騒な奴《やつ》だな」男の声が笑いを含みながらそう言ったので、シルズバーン夫人とわたしとはもう一度振り返った。言ったのは花嫁介添役の御亭主であった。彼は細君の左側、つまりわたしの真後ろに坐っているのである。彼とわたしとは無表情な視線を交わした。同志意識に彩《いろど》られないあの表情は、一九四二年という戦友意識の横溢《おういつ》していたあの年にあっては、将校と兵隊とだけが交わし得たものではなかったろうか。通信隊の中尉《ちゅうい》だった彼は、非常に面白い空軍の操縦士の帽子みたいなのをかぶっていた。

実は、まびさしのついた帽子の内側にはめられている金属の枠《わく》を取り外してかぶっているのである。こうやってかぶると、普通ならば、おそらくは当人もそれが狙《ねら》いの精《せい》悍《かん》な感じが出るのだが、彼の場合には期待どおりに参らないで、せいぜいのところ、その帽子のせいでわたしがかぶっている特大の制帽が、焼却炉の中から誰かがおずおず拾い出して来た道化役者の帽子か何かのように感じられたほかには、効果らしい効果がなかったのではあるまいか？　彼の顔は血色が悪く、もともとが弱虫の顔つきである。それが、まるで信じられないほどいっぱいに――額にも、上唇にも、鼻の頭にまで――汗をかいていて、生気を与えるために塩化ナトリウム錠でも飲ませたくなるくらいであった。「わたしは六つの郡でも一番物騒な女といっしょになっちまいましてね」彼は、シルズバーン夫人に向ってそう言いながら、もう一度くすくすと気弱そうに笑った。わたしも彼の階級に対する機械的敬意に動かされて、いっしょになって笑いともつかぬ笑い声をたてた――赤の他人である選抜徴集兵がたてる短い病的な笑い声。それは、当の相手をはじめとして車の中のみんなと同意見であって、誰にも反対ではないという気持をはっきりと物語る笑い声であった。

「あたしは本気よ」介添夫人は言った「たったの二分間――それでいいんだ。ああ、このあたしの両の手でもって――」

「分った、分った。もういいから落ち着いてくれよな、落ち着いて」夫婦和合の資源はまだ無尽蔵にあると見えて、そう御亭主が言った「とにかく落ち着くことだ。そのほうが長生きするぞ」

シルズバーン夫人は、また後ろの席の方へ顔を向けて、神々《こうごう》しいみたいな微笑を介添夫人に送った。そして「式場であちらの御家族をどなたかお見かけなさいまして?」と、「あちらの」という代名詞にほんの少しばかり――上流婦人の品位を絶対に傷つけない程度に――力を入れて尋ねた。

介添夫人の返事は毒を含んで大きかった。「ゼンゼン。みなさん、西海岸かどっかに行ってるんですよ。あたしも向うだったらよかったんだけど」

御亭主の笑い声がまた聞えた。「向うだったらどうするつもりなんだい」と彼は言った。そして見さかいもなく、わたしに向って片目をつぶってみせた。

「さあね、知らないわ。でも、ただじゃすまなかったと思うわ」介添夫人は言った。彼女の左手の笑い声がひときわ大きくなった。「あら、ほんとなんだから」と彼女は言った「言うだけでも何とか言ってやったわよ。本当よ、癪《しゃく》に障《さわ》る」彼女の夫から示《し》唆《さ》を与えられて、ほかのわたしたちも、彼女の正義感には、(青臭くもあり非実際的でもあるだろうけれど)何かスカッとしたもの――胸がすくみたいなもの――があると考えているというふうに彼女自身が気づいたのであろう、その口調はしだいに落ち着きを加えてきた。「何て言うかは分んないわ。何かバカみたいなことをしゃべっちゃうんじゃないかな。でも癪だわよ。ホント！　あたしって、誰かが人殺しみたいな事をやってすましてるのを見ると、黙っちゃいられないんだ。血が煮えくり返っちゃうの」彼女の気勢が落ちないうちに、シルズバーン夫人がまた、いかにもといった顔つきを装《よそお》ってみせる。彼女とわたしとは、補助椅子に坐ったまま、社交のたしなみをオーバーなくらいに発揮して、すっかり彼女の方に向き直っていた。「本当よ」と介添夫人は言った「人の感情を勝手きままに傷つけながら人生を押し通そうたって、そうはいかないわ」

「あたくし、相手の方についてはほとんどなんにも存じ上げないんですのよ」シルズバーン夫人がおだやかな口調で言った「実を申しますとね、お会いしたことさえございませんの。ミュリエルが婚約までしたって初めてうかがいましてーー」

「会った人なんか一人もいませんわ」憤懣《ふんまん》やる方なしといった調子で介添夫人が言った「あたしだって会ってないんですよ。式のリハーサルを二回やったんだけど、二回ともミュリエルのお父様が代役を勤める始末。その理由があんた、あの人のバカ飛行機が飛び上がれなかったからだなんて。彼は軍のバカ飛行機とかで火曜日の昨夜、ここへすっ飛んで来ることになってたんですよ。それがあんた、コロラドだかアリゾナだか、へんちくりんな所で雪が降ったとか何がどうしたとかって、昨夜は明け方の一時までもやって来ないじゃない？　ようやく来たと思ったら――そんな気違いみたいな時間によ――ロング・アイランドだのなんだのっていう遠方からミュリエルに電話をかけてきてさ、話がしたいから何とかいうホテルのロビーで会ってくれって言うのよ」介添夫人は表情ゆたかに身震いをしてみせた。「ところでミュリエルはあのとおりの娘《こ》でしょう。ほんとにあどけないもんだから、誰にだっていいように動かされてしまうんですよ。そこがあたし、腹が立ってたまんないの。結局に傷つくのは、いつだってああいう人たちなんだもの。……とにかく、そんなわけでさ、あの娘《こ》は支度をして、タクシーに乗って、どっかのホテルのロビーに坐って話をした。それがなんと今朝の五時十五分前までなのよ」介添夫人はくちなしの花束をつかんでいた手を放して、堅く握った両の拳《こぶし》を上げながら「うーむ、癪に障る！」と言うと、また花束に手を戻した。

「何というホテルです？」私は介添夫人に尋ねた「あなた、ご存じですか？」わたしは努めてさりげない声を出そうとした。父親がホテルを経営しているか何かして、人々がニューヨークでどんな所に泊るか、子供として当然興味を持っているのだ、と聞えるように。が、本当はほとんど意味のない質問だったのである。独り言を言っているに近かったのだ。兄のアパートが空《あ》いていて利用できたのに、許嫁《いいなずけ》をホテルのロビーに呼んだという事実が、わたしには興味深かった。そういう潔癖なところはいかにも彼らしかったけれど、でもやっぱりわたしには、なんとなく興味深く思われたのである。

「どこのホテルかあたしが知るもんですか」苛立《いらだ》たしげに介添夫人は言った「ただ、ホテルというだけよ」彼女はわたしの顔に視線をとめて「どうして？」と言った「あんた、あの人のお友達？」

わたしを凝視する彼女の視線には、何か人をたじろがせるものがあった。もののはずみだけで編物の針も手にとれば、ギロチン見物の特等席にも坐る暴徒の女の目、そんな感じだった。わたしは、生れてからこの方、およそ暴徒というものはどんな暴徒でも、怖くてたまらない男だった。「子供のじぶんにいっしょだったんです」わたしは、わざと曖昧《あいまい》に、そう答えた。

「そう、よかったわねえ！」

「まあ、まあ、よさんかよ」彼女の夫が言った。

「あら、悪かったわねえ」介添夫人は、夫に向って、だが私たちみんなを意識しながら、そう言った「でもね、あんたはあの部屋にいなかったけど、あの娘《こ》が一時間もの間、目がつぶれるほど泣いてる姿を見てごらんなさいよ。笑いごとじゃないんだから――それを忘れちゃだめよ。花婿《はなむこ》ってものはおじけづくもんだとかなんとかって、そりゃあたしだって聞いてるわ。でも、いよいよというときになれば、ちゃんとやるじゃない？　ちゃんとやるって、つまりその、本当にいい人たちをいっぱい死にそうなほどに困らしたり、子供の気持をまるでメチャメチャにしてしまったり、そんなようなことをやらかしたりはしませんよ！　気が変ったのなら変ったって、あの娘《こ》に手紙を書いてさ、せめて紳士らしく取りやめにしたらどうなのよ。みんなに迷惑をかける前に」

「分ったよ。ま、落ち着いてくれないか、落ち着いて」と御亭主が言った。まだ笑いを含んだ言い方ではあったが、多少の緊張の色もそこにはにじんでいた。

「だって、そうじゃないのよ！　あの娘《こ》に手紙を書いてさ、男らしくちゃんと話したらいいじゃありませんか。そしたら何も、こんなひどいことにならなくてすんだのよ」彼女はだしぬけにわたしの方を見た。「ひょっとしたらあんた、あの人がどこにいるか知ってんじゃないの？」きびしい声で彼女は尋ねた「子供の頃の友達だったら、当然何か――」

「ぼくはニューヨークに着いてまだ二時間ぐらいにしかならないんですよ」おずおずしながらわたしは言った。介添夫人ばかりでなく、今では彼女の夫も、シルズバーン夫人までもがわたしを注視している。「今までのところ、電話をかけに行く暇さえもなかったんですからね」そう言ったときに、咳《せき》の発作が始まったことをわたしは覚えている。それは決してわざとやった咳ではなかったけれど、押し殺そうとか、早くおさまるようにしようとか、しなかったことは否定するわけにいかない。

「きみ、その咳は診てもらったのか？」わたしの咳がおさまるのを待って、中尉が訊《き》いた。

そのとたんである、わたしはまたもや咳きだしたのだ——奇妙なことに、これもまたわざとやったわけでは決してない。補助椅子のわたしは、右半身《はんみ》もしくは四分の一身といった格好はそのままに、上体だけを正面にねじって、衛生的配慮を十分に払いながら咳をすることは忘れなかった。

体裁はよくないけれど、二つの謎《なぞ》を解明する意味で、ここにその注釈を挿入《そうにゅう》するのが至当ではないかと思う。まず第一に、なぜわたしがこの車の中に乗り続けていたのかという疑問である。枝葉末節《しようまっせつ》の事柄はさておいて、この車は、聞くところによると、乗客たちを花嫁の両親のアパートまで運ぶことになっているという話であった。打ちひしがれている未婚の花嫁や、懊悩《おうのう》し、おそらくは憤激もしているであろうその両親から、彼らが直接もしくは間接に入手した事情をいくら聞かせてもらったところで、わたしが彼らのアパートにいる具合の悪さが、それで消えるというものではないだろう。それならば、なぜ車に乗り続けていたのであるか？　なぜ、たとえば赤信号で車が停《とま》ったときにでも、降りてしまわなかったのであるか？　それに第一、そもそもの車にとび込んだのが、一層奇怪なことではないのか？……こういう疑問を解明する答えは、少なくともわたし自身には、いろいろとあって、それらがいずれも本当であると、朧気《おぼろげ》ながらに思われるのであるけれども、今はしかし、それらは省略して、ただ、この年が一九四二年であったことを再び繰り返すにとどめておこうと思う。それからわたしが二十三歳で、徴集されたばかりであって、群れを離れないことの効用を説き聞かされてまだ間もない頃であったということ――そして、何よりもわたしが孤独であった、ということである。ただ、人がいっぱい乗っている車にとび込んだ、そしてそのままそこに乗り続けた、というのが実情であると思う。

話を本筋に戻すとしよう。わたしは、介添夫人と彼女の夫とシルズバーン夫人と、三人が三人とも一様にわたしを見つめて、わたしが咳をするのを見守っているその間に、ちらりと後ろの席の小柄な老人を眺めやったことを今でも覚えている。老人は依然として、前方を凝視し続けていた。足が車の床にちゃんと着かないくらいなのを見て、わたしは妙に嬉《うれ》しかった。なんだか、古い大事な友達にでも会ったような気持だった。

「とにかく、どんなような事をやるの、あの人？」二度目の咳の発作がおさまったのを見て、介添夫人がわたしにそう尋ねた。

「あの人って、シーモアですか？」とわたしは言った。彼女の口調からして、初めわたしは、彼女が何か異常な恥ずべきことを思い描いているのではないかと思ったのだが、ふと――それはまったくの直感だったけれど――彼女はシーモアの過去の事実をいろいろとつかんでいるのだ、と思い当った――残念なほどに劇的であって、根本的なところでは人に誤解される（とわたしには考えられる）彼の過去のいろいろな低俗な事実を。たとえば、少年時代に六年ばかりの間、ラジオで全国にその名を売った「有名人」ビリー・ブラックとは実は彼だったのだとか、あるいはまた、コロンビア大学に入学したときには、ほんの十五歳になったばかりであったとか。

「そう、シーモアよ」と介添夫人は言った「陸軍に入る前には何をしていたの？」

もう一度わたしには、まばゆい電光のような直感が閃《ひらめ》いた。そして彼女が、何かの魂胆から、シーモアに関してみんなにそれとなく感づかせようとしている事実以外にも、はるかに多くのことを知っているのだと直覚した。一例をあげるならば、徴集になる前に彼が英文学を教えていたということ――彼が教授であったということ。これなども彼女は百も承知している感じであった。大学の教授であったということ。実際、彼女の顔をみたとき、一瞬わたしは、これはわたしがシーモアの弟であることさえも知っているのではないかと思って、ばつの悪さを感じたくらいなのである。しかしそれは、いろいろと考えてみるほどの事ではない。わたしは、考える代りに、彼女から視線をそらすようにしながら「足の治療の専門家でした」と言ったのである。それかららわたしは、とってつけたみたいに窓の方へ顔を回して外を見やった。四、五分前から車は停っていたのだが、そのときちょうど、わたしの耳に、遠くレキシントン街と三番街の方向から、勇壮活潑《かっぱつ》な太鼓の音が聞えてきた。

「パレードですわ！」シルズバーン夫人が言った。そして彼女もまた窓の方へ顔を向けた。

わたしたちの位置は八十何丁目か、とにかく九十丁目に近いあたりであったが、マジソン街のまん中に警官が一人突っ立って、北へ向うのも南へ向うのもいっさいの交通をストップしていた。わたしの見るところでは、ただ、交通をストップしているだけである。つまり、東の方へも西の方へも迂回《うかい》させているふうはなかった。南の方へ向って動きだすのを待っているのは乗用車が三、四台にバスが一台あったけれど、アップタウンの方向へは、たまたまわたしたちのタクシーが一台あるきりであった。すぐ傍《そば》の角の所にも、それから五番街に通じるアップタウン側の歩道の、こちらから見える角のあたりにも、人々が車道の際《きわ》まで二重三重に立ち並んでいる。軍人だか看護婦だかボーイスカウトだかその他何だか知らないが、レキシントン街か三番街かの集合地点を出発して、彼らの前を行進してゆくのを待っている様子である。

「あら、たいへん。冗談じゃないわよ」と介添夫人が言った。

わたしは振り向いた。そして、もう少しで彼女と鉢合せをしそうになった。彼女は、シルズバーン夫人とわたしとの間の隙間《すきま》に首を突っ込む格好に身を乗り出そうとしたのである。シルズバーン夫人もまた、介添夫人に応《こた》えるようなうんざりした表情を浮べた顔を、彼女の方に振り向けた。

「この調子じゃ何週間も足止めをくわされるかもしれないわ」介添夫人は首をのばして、運転席のフロント・ガラスから前方を見やりながら言った「あたしはね、今ごろはもう向うに着いてなくちゃいけないはずなのよ。ミュリエルにもあの娘《こ》のお母さんにも、最初の車に乗るから五分ぐらいで行くって、そう言ったんですもの。ああ、困った！　なんとかならないの？」

「あたくしだって向うに行っていなくちゃいけないんですのよ」シルズバーン夫人もすかさず言った。

「そうでしょうけど、あたしのはきちんと約束したんですからね。うちの中が、あんた、イカレタみたいなおばさんだ、おじさんだ、赤の他人だって、さ、千差万別の人たちでごった返すでしょ。だからあたし、銃剣を十本ばかし持ってね、あの娘《こ》をそっとしといてやるように護衛役を引き受けてやるからって、そう言ったの。そして」と言いかけたままに彼女は言葉を切ると「いやんなっちゃうな。こんなことってないわよ」

シルズバーン夫人が大袈裟《おおげさ》に短く笑って「どうやらあたくしもそのイカレタおばさんのお仲間らしいんですのよ」と言った。彼女が気色を害していたことは言うまでもない。

介添夫人は彼女の方へ顔を向けると「あら——ごめんなさいね。あんたのことを言ったんじゃありませんわ」そう言って身体《からだ》を起した。「あたしはただ、あの人たちのアパートがちっちゃいもんだから、そこへ皆さんが大勢でどやどや入って行くことになると——ね、分るでしょ、あたしの言いたいこと」

シルズバーン夫人はなんとも答えなかった。わたしもまた、彼女が介添夫人の言葉にどこまで本気で腹を立てたのかを確かめようとして、そちらをわざわざ振り返るようなまねはしなかった。しかし、「イカレタみたいなおばさんやおじさん」と言った失言を詫《わ》びる介添夫人の言葉に、自分がある種の感銘を受けたことは覚えている。それは謝罪にはちがいなかったが、あわてたふうもなく、それに相手にへつらう色のないところがなおよかった。そして一瞬わたしは、彼女の憤慨には芝居がかったところがあるし、威勢のよいところもこけおどかしめいているけれども、しかし彼女の人柄には銃剣みたいな感じがあるし、必ずしも見事といえなくもないものがある、というふうな感じを抱いた（急いですぐにつけ加えるけれど、この場合におけるわたしの意見は、妥当性が非常に小さいのである。わたしは、誇張した謝罪の仕方をしない人に惹《ひ》かれ過ぎるということを、自分でもしばしば感じているのだから）。が、肝心なことは、このときになって初めて、行方不明の花婿を非難したい気持が、小さな波のように、わたしの胸をも騒がせたということである。彼の無届欠勤を譴責《けんせき》したい気持が、かろうじてそれと分る小さな波頭程度に、わたしの胸にも動いたのだ。

「さてな、このあたりでちょいと作戦行動が起せないものかな」介添夫人の御亭主が言った。それはいわば、戦火の下にあっても冷静を失わぬ人間の声であった。わたしは、背後で彼が行動に乗り出した気配を感じたが、続いて彼は、不意打ちに首をのばして、シルズバーン夫人とわたしとの間の限られた空間に突っ込んできた。「運転手」命令でもするみたいに彼は言って反応を待った。それが即座に返ってくると、彼の口調はいささか柔軟性を帯びて、対等の物言いに近くなり「きみならばどのくらいここで足止めを食うと思うかね？」

運転手は後ろを振り向いて「お手上げだなあ」と言うと、また前に向き直ったまま、交差点で展開されている光景にじっと見入っていた。一分ばかり前に、いくらかしぼみ加減の赤い風船を持った男の子が一人、通行禁止でがらんとなった街路にとび出し、父親がそれをつかまえて、いま歩道の方へ引きずって帰るところであった。父親が子供の首筋のあたりを、平手打ちというよりもむしろ拳骨《げんこつ》をくらわせるみたいにして二度ほどどやしつけたので、当然のことながら、あたりの人垣からそれを咎《とが》める声が湧《わ》き起った。

「あの人があの子にやった仕打ち、ご覧になりました？」シルズバーン夫人がみんなに向ってそう言った。が、誰も答える者はなかった。

「ここでどのくらい立往生させられそうか、あの警官に訊《き》いてみたらどうかな」介添夫人の御亭主が運転手に話しかけた。彼はまだ前に乗り出したままの姿勢である。先ほどの彼の質問に対する運転手の簡潔きわまる返答に、必ずしも満足していないのが歴然としていた。「おれたちはみんな急ぎの身だからな。きみ、ここでどのくらい足どめを食いそうか、あの人に訊いてみてくれんか？」

運転手は後ろを振り返りもせずに、乱暴に肩をすくめた。しかし彼は、エンジンを止めると、車を降りて、ばたんと重いドアを閉めた。彼はむさ苦しく、雄牛みたいな感じの男で、半お抱え運転手といった服装、つまり黒サージのスーツだけれど、帽子をかぶっていない。

彼は数歩離れた交差点まで、ゆっくりとした足どりで、傲然《ごうぜん》とではないけれども実に悠然と歩いて行った。そして、そこでいろいろと指図をしていた交通整理の警官と、いつ果てるとも思えぬ立ち話を始めた（介添夫人が背後でうめき声をあげたのがわたしにも聞えた）。そのうちにいきなり、二人ともがはじけるように笑いだした。ものを訊いたり答えたりしているのではなくて、下司《げす》な冗談でも言い合っているような感じだった。それから、われらが運転手君は、何がおかしいのか、なおも笑いながら、警官に向って仲間にでも振るように手を振ると、ゆっくりゆっくり車の方へ戻って来た。そして車内に入ると、ばたんとドアを閉め、ダッシュ・ボードの上にのっていた煙草《たばこ》の袋から一本抜き取って、それを耳の横に挟《はさ》み、それから初めてわたしたちの方を振り返って、結果の報告をした。「奴《やつこ》さんも知らねえんだ」と彼は言った「パレードが通り過ぎるまで待たなくちゃなるめえなあ」そう言って彼は、わたしたちみんなに、ひとごとみたいな視線を向けながら「そいつが終ったら先へ行けるってわけだ」そして正面に向き直ると、彼は、耳の後ろから煙草をとって火をつけた。

後ろの座席の介添夫人が、大きな声で、しばらくの間焦燥と憤懣《ふんまん》を吐きちらしたけれど、それが終ると車内は静まり返った。わたしは、しばらくぶりに、例の葉巻を手にしたままで火をつけずにいる小柄な老人をちらりと振り返った。この車のおくれも彼にはひびいていないようである。車の後ろの座席に坐《すわ》るときにとるべき姿勢の規範が、彼の場合、きちんと決っているような感じだった。動いているとき、停っているときはおろか、車が橋からとび出して川の中へとび込むときでも、それは動かないのではないかという気がするくらいである。規範というのはすこぶる簡単なことで、シルクハットと車の天井との間に、常に四、五インチの空間をとり、上体をまっすぐに起し、前方のフロント・ガラスを怖い顔をして凝視するのである。かりに死神が――こいつは二六時中、車のすぐ外の、おそらくはボンネットの上あたりにでも坐っているのだろうけれど——その死神が、奇蹟《きせき》としか思えない形でガラスを破ってとび込んできて、かりにこいつにつかまえられた場合でも、おそらくはただ立ち上がっていっしょに行くだけなのであろう、怖い顔をしながら、しかし黙々と。もしも生粋のハヴァナものがあった場合には、きっと、その葉巻をも持って行くことになるのであろう。「あたしたち一体どうするの？　ただここに坐ってるだけ？」介添夫人が言った「あたし、暑くて死にそうだわ」そしてシルズバーン夫人とわたしとが振り向くと、ちょうど彼女が御亭主の方へまっすぐに顔を向けるところであった。彼女が彼の方へまっすぐに顔を向けたのは、車に乗り込んでからこのときが初めてであった。「あなた、ほんのちょっぴりそっちの方へ寄ってもらえない？」と彼女は夫に言った「あたし、ぎゅうぎゅうづめで息もできないわ」

中尉《ちゅうい》は小声に笑いながら、表情たっぷりに両手をひろげて見せて「おれはきみ、フェンダーの上に坐ってるようなものなんだぜ」と言った。

介添夫人は、好奇心と非難とが入りまじった表情で、右隣りの客人に顔を向けた。それと気づかずして、わたしの気を引き立ててくれようとしているみたいであった。その相手は不必要なくらいにたっぷりとした空間を占領しているのである。まるで、それと右の尻《しり》と肱掛《ひじか》けの下の部分との間には、優に二インチは余裕がある。介添夫人もそれに気づいたにはちがいないのだが、心意気に不足のない彼女だったけれど、この怖そうな小柄な人物に声をかけるのに必要なものは必ずしも十分でなかったらしい。もう一度夫の方に顔を回して「あんたの煙草とれる？」と苛立《いらだ》たしげにそう言った「こんなに押し込められてるもんだから、あたしのは取り出せないのよ」彼女は「押し込められてる」と言うときに、自分の正当なスペースであってしかるべき部分を簒奪《さんだつ》しているその小柄な違反者の方へもう一度顔を向けて、意味深長な一瞥《いちべつ》を送ったが、相手は見事なまでに超然たるもので、相も変らずまっすぐに前方を向いたまま、フロント・ガラスの方を睨《にら》んでいるばかり。介添夫人はシルズバーン夫人を見やって、意味ありげに眉《まゆ》を上げてみせた。シルズバーン夫人も理解と同情にあふれた表情でそれに応えた。その間に中尉は、体重を左の尻、つまり窓際の尻に移して、将校ズボンの右側のポケットから煙草の袋と紙マッチとを取り出した。細君は袋から煙草を一本抜き取ると、続いて差し出されるマッチの火を待ちかまえた。シルズバーン夫人とわたしは、その煙草に火がつけられるところを、まるで珍しいものでも見るみたいに、食い入るような目つきで見守っていた。

「あ、これは失礼」中尉は不意にそう言うと、シルズバーン夫人に煙草の袋を差し出した。

「いえ、結構ですの。あたくし、煙草はいただきませんのよ」シルズバーン夫人はあわてて、申し訳ないみたいな口調で言った。

「きみは？」中尉は、ほとんど気づかないくらいのためらいを見せたあとで、そう言いながらわたしに向って袋を差しのべた。わたしは、兵隊のわたしにあえて煙草を差し出した中尉に対し、越えがたい階級の壁を破ったささやかな礼節の勝利という意味から、少しの嘘《うそ》もなく好意を持ったのだけれど、煙草そのものは辞退した。

「そのマッチを拝見させていただけますかしら？」シルズバーン夫人が、ひどくおずおずした、まるで小娘みたいな口ぶりで言った。

「これですか？」中尉はそう言って、いそいそとその紙マッチをシルズバーン夫人に手渡した。

シルズバーン夫人は、それを仔細《しさい》に眺め回していたが、わたしも心を奪われたような表情を浮べて眺めていた。マッチの表面には、深紅の地に金文字で「このマッチはバーウィック夫妻ボブとエディの家から盗んだものである」という文句が印刷されてあった。「かわいらしいこと」かぶりを振りながらシルズバーン夫人は言った「ほんとにかわいらしいわ」わたしは、眼鏡がなくてはその字は読めそうもないということを表情で示そうとした。つまり、特別な意味が現われないようにしながら、ただ目だけを細めたのである。シルズバーン夫人は、そのマッチを持主に返すに忍びないような様子だったが、彼女が手渡したのを中尉が上着の胸のポケットにしまったとき「そんなのを拝見いたしますのは初めてですわ」と言った。今では補助椅子《いす》に坐った身体《からだ》をすっかり後ろに向けてしまって、中尉の胸のポケットにいとしそうな視線を注いでいる。

「うちでは去年こういうのをまとめて作らせましてね」と中尉が言った「驚きましたよ、実際。これでマッチをきらすことがなくなりましたからな」

介添夫人は彼の方へ——というよりむしろ、彼にのしかかるみたいに——顔を向けると「それが狙《ねら》いで作ったんじゃないわよ」と言った。そしてシルズバーン夫人に、〈とかく男というものは〉という顔をしてみせながら「あたしはね、なんていうかな。これはイカスなって、そう思っただけなの。ヤボだけど、でもちょっとイカスでしょ。ねえ」

「かわいらしいわ。あんなのはあたくし初めて——」

「実はね、あれ、独創でもなんでもないの。今じゃ、あんなものなんか、誰だって持ってるわ」と介添夫人は言った「実をいうとね、あたしがそもそもあのアイディアを貰《もら》ったのは、ミュリエルのママとパパからなんですよ。あの人たちの所に前からずっとああいうのがあったの」彼女は深く煙草を吸い込むと、しゃべりながら言葉といっしょに煙を吐き出した。「まったくあの人たちって、そりゃすてきな人たちなんですよ。今度のことだって、そこが頭に来ちゃうんだな。つまりね、どうしてこんなようなことが世間のイヤな奴《やつ》らに起らないんだろう。いい人たちにばっかし起って。そこがどうしてもあたしには分んないのよ」彼女はシルズバーン夫人の方に顔を向けて返事を待った。

シルズバーン夫人は、通俗的で弱々しくて同時に謎《なぞ》めいた微笑を浮べた——いわば補助椅子のモナ・リザ、そんな微笑だったことを覚えている。「あたくしもときどき不思議に思いますわ」しんみりと彼女はそう言ってから、どういうつもりなのか「ミュリエルの母は、あたくしの亡《な》くなった主人の末の妹なんですのよ」と、そんなことを言った。

「まあ！」介添夫人は興味を覚えて言った「それじゃあなた、知ってらっしゃるわけね」彼女は左の腕を不気味なほどに長くのばして、夫のそばの窓際《まどぎわ》の灰皿に煙草の灰を落した。「あたしはね、彼女のように本当に頭のいい人って、生れてからまだ三、四人しか会ったことがないって、正直そう思うんですよ。つまりね、彼女はね、今までに印刷されたものはほとんど全部読んでるのよ。驚くんだな。もしもあたしが、彼女の読んで、そうして忘れちゃってるものの十分の一でも読んでたら、しあわせだと思うわ。つまりね、彼女ってね、先生もやったでしょ、新聞の仕事もやったでしょ、それに自分のドレスのデザインだってやる。家事は全部自分でやるんですよ。彼女のお料理ときたら、ほんとにステキなんだから。すごいわ！　彼女みたいにすばら――」

「で、あの人は今度の結婚に賛成なさいましたの？」シルズバーン夫人が口を挿《はさ》んだ「こんなことをうかがいますのはね、あたくし、ここのところ何週間もデトロイトに行ってましたのよ。義理の妹が急に亡くなりましてね、それであたくし――」

「彼女みたいないい人が口に出すもんですか」にべもなく介添夫人は言った「つまりその、彼女はとっても――ねえ――分別のある人でしょう」彼女は胸の中を思いみるように「実を言うとね、そのことで彼女が文句を言うのを聞いたのは、今朝が初めてみたいなものなんですよ。それも、ミュリエルのことですっかり取り乱しちゃってたからなのよ」そう言って彼女は、腕をのばして、また煙草の灰を落した。

「今朝あの人はどんな事を申しましたの？」心配そうにシルズバーン夫人が尋ねた。

介添夫人はしばらく考えているふうであったが「そうねえ、べつに大したことじゃなかったわ」と言った「つまりね、失礼な事とか、相手を実際に傷つけるような事とかなんとか、そんなようなことを言ったんじゃないのよ。ただね、彼女の見るところではね、シーモアっていう人には同性愛の気《け》があるんじゃないかって、それで、心の底では結婚を怖がってるんじゃないかって、そう言っただけなのよ、実をいうと。つまり、意地悪な気持やなんかで言ったんじゃない。何て言うかなあ、知的な判断として言っただけなんだな。つまりその、彼女自身が何年も精神分析のお医者に診てもらってるもんですからね」介添夫人はシルズバーン夫人を顧みて「これは秘密でもなんでもないのよ。つまり、フェダー夫人が自分からひとにそう言うことなんだもの、あたしが秘密をもらしてるわけでもなんでもないのよ」

「それはいいんですのよ」急いでシルズバーン夫人が言った「あの人に限って――」

「つまり、要するによ」介添夫人が言った「彼女はそんなような事をうかすかにしゃべったりなんかする人じゃないってこと。それに第一、ミュリエルがあんなに――ねえ――参ったりなんかしなけりゃ、あんた、絶対にそんなこと言いっこないわよ」彼女は深刻な顔をしてかぶりを振った。「まったくあんた、あの娘《こ》のかわいそうな様子ったら、見ていただきたかったわ」

ここでわたしは、この介添夫人の発言の内容に対して、わたしがどういう気持を抱いたか、その描写を挿入《そうにゅう》すべきであるとは思うのであるけれども、しかし、もしも読者が辛抱して下さるならば、今しばらく、ここはこのままにしておいていただきたいと思うのである。

「あの人はほかにどんなことを申しました？」シルズバーン夫人が言った「あの人って、リアのことですわ。ほかにも何か申しまして？」そう言う彼女の方をわたしは見なかった——介添夫人の顔から目を離すことができなかったのである——しかし、これは、二人がしめし合せていて、シルズバーン夫人はその脇役《わきやく》を演じているのではないかという途方もない印象が、わたしの脳裡《のうり》をかすめて過ぎた。

「いいえ。べつに。ほかには何も」介添夫人は、思い返すような目つきをしながら、かぶりを振った。「つまりねえ、まわりに人がいたりなんかするわけでしょ、ミュリエルがあんなにバカみたいに取り乱したりしなかったら、彼女はなんにも言わなかったろうと思うの」そう言って彼女はまた煙草の灰を払い落した。「もう一つだけ彼女が言ったのはね、シーモアっていうのは本物の精神分裂症の傾向を持った人なんだって。だからほんとにまともに考えたらね、今度のことがあんなふうになったのは、ミュリエルには本当はよかったんだって。あたしには納得がいくんだけど、でもミュリエルにはどうかしらね、あやしいもんだわ。男にすっかり籠絡《ろうらく》されちまって、西も東も分んなくなってるんですもの。それであたしもすっかり——」

そこで彼女は話の腰を折られた。折ったのはわたしである。わたしの声はたしか震えていたと思う。わたしは、ひどく動揺したときには、きまって声が震えるのだ。

「どうしてフェダー夫人はシーモアには同性愛の気《け》があって、精神分裂症の傾向を持っているという結論を下したんですか？」

介添夫人も、シルズバーン夫人も、それに中尉までも、みんなの目が、まるで探照《たんしよう》燈《とう》みたいな感じで、だしぬけにわたしの上に集中した。「何ですって？」介添夫人が、微《かす》かに敵意を含んだ鋭い語調でわたしに言った。わたしは、このときもまた、わたしがシーモアの弟だということを彼女は知っているのではないかと、ふと思って、擦り傷にも似た痛みを覚えた。

「どうしてフェダー夫人はシーモアのことを同性愛の気《け》があって、精神分裂症の傾向を持ってると思ったんです？」

介添夫人はまじまじとわたしを見ていたが、そのうちに、胸のうちを吐き出すように、ふんと鼻を鳴らした。それからシルズバーン夫人の方を向くと、ありったけの皮肉をにおわせながら訴えるように「あんただったら、今日のような離れ業をやってのける人を正常だって言う？」彼女は眉をつり上げて返事を待った。「どう？」そう尋ねる彼女の口調はいとも物静かである。「本当のことを言って。あたしはただ訊《き》いてるだけなんですから。こちらの紳士のためを思って」

シルズバーン夫人は、しとやかさの塊、公正の権化《ごんげ》みたいな口調で「いいえ、あたくしならそうは申しませんわ」と答えた。

わたしはとっさに車の窓からとび出して、どっちの方向でもかまわないから、猛烈な勢いで駆け出したいような激しい衝動を感じた。が、そのまま補助椅子に坐《すわ》っているうちに、たしか、また介添夫人がわたしに話しかけてきたのだったと思う。「ねえ、いいこと」と彼女は、単に知能が遅れているだけでなく、いつまでも鼻の下をきたなく濡《ぬ》らしている子供に先生が話しかけるみたいな、表面はいかにも辛抱づよいような口調で言った「あんたが人間ってものをどれほどよく知ってるか、あたしは知らないわよ。でもね、まともな頭をした人がですよ、結婚することになってる前の晩に、許嫁《いいなずけ》を一晩じゅう寝かせないでおいて、何をするかと思うと、ぼくはあんまり幸福でとても結婚なんかできそうにない。もっと気持が鎮《しず》まるまで結婚式をのばしてくれなければだめだ。さもなきゃ式に出られそうもない――なんて、そんなくだんないおしゃべりをすると思う？　それで許嫁のほうではよ、何カ月も前から準備して、何もかも計画はできてるんだからって、子供にでも言うみたいに言ってきかせるのよ。披露宴やなんかをやるために、お父様は信じられないくらいの費用や面倒をかけたんだって、親戚《しんせき》や友達が全国から集まって来るんだからって——そしたらね、そんなことを全部言ってきかしてやったところが、男のほうではよ、そりゃとっても悪いとは思うけども、今のこの幸福な気持がもっと薄らぐまではとても結婚できない、とかなんとか、バカみたいなことを言うのよ！　頭を働かせてみてよ、ね、悪いけどさ。これが一体正常な人の言うこと？　まともな頭の人のやることかしら？」そう言う彼女の声はすっかり上ずっている「それともフーテン病院に入っていただかなくちゃならない人のやりそうな感じ？」彼女はきびしい目つきでわたしを睨《にら》んだ。わたしがどちらともすぐには返事ができずにいると、彼女はけだるそうに身体をのけぞらせて、夫に向って言った「あたしにもう一本煙草《たばこ》をちょうだいな。これ、火傷《やけど》しそうだわ」そう言って彼女は短くなった吸いかけを夫に手渡した。御亭主はその火を消してやってから、もう一度煙草の袋を取り出した。「あんた火をつけて。あたしはそれだけの元気もないわ」

シルズバーン夫人が咳払《せきばら》いをして「あたくしにはなんだか、これは姿を変えた幸福っていう気がしますわ」と言った「何もかもがやがてはしあわせに——」

「じゃあ伺いますけどね」介添夫人は新しく火をつけてもらった煙草を夫から受け取ると同時に、また新しく勢いづいて彼女に言った「あんたには、ああいうのが正常な人間っていうふうに感じられます？　正常な男って言ったほうがいいかな？　それともいつまでも大人になれないでいる人とか、何かがとんでもなく狂っちまってるイカレタ気違いとか、そんなような感じがするかしら？」

「困りましたわ。なんと申し上げてよいのか分らないのよ、本当は。あたくしには姿を変えた幸福っていう気がするだけ、何もかも――」

介添夫人は、鼻孔から煙草の煙を吐き出しながら、急に勢いこんで身を乗り出した。「いいわ、そのことはいいの、しばらくそのことはほっときましょう――あたしはどうだってかまわないんだから」形の上ではシルズバーン夫人に話しかけているのだけれど、その実、彼女は、いわばシルズバーン夫人の顔を突き抜けて、わたしに話しかけているのである。「あんた、○○をご覧になったことあって、映画女優の？」彼女はそう尋ねた。

彼女が挙げた名前は、当時かなりに知られていた――そして一九五五年の現在では非常に有名な――ある女優でありかつ歌手でもある人の名前であった。

「ええ」シルズバーン夫人はすかさず興味ありげにそう言って、先を待った。

介添夫人はうなずいて「そう」と言った「あんた、お気がついたかしら、あの女がちょっとこう、歪《ゆが》んだみたいに微笑するの。顔の片側だけで微笑するっていうかなあ。

とっても目立つわよ、もしもあんたが――」

「ええ――ええ、気がつきましたとも！」シルズバーン夫人は言った。

介添夫人は一口煙草を吸った。そしてわたしの方へ――ほんとにさり気なく――ちらりと視線を向けた。そして「それがね、あれは実は局部の麻痺《まひ》から来てるのよ」と、言葉を言うたびに煙草の煙も少しずつ吐き出しながら言った「ところでその麻痺だけどさ、どうしてそうなったかご存じ？　正常なるシーモアさんがどうも彼女をなぐったらしいんだな。それで彼女、顔を九針も縫ったんですって」そう言って彼女は（よりも効果的な演技が思いつかなかったからであろう）腕をのばして、またしても煙草の灰を落した。

「失礼ですが、どこでそれをお聞きになりました？」とわたしは言った。わたしの上下の唇は、二人のバカみたいに、小刻みに震えていた。

「べつに失礼じゃないわよ」彼女はわたしを見ずに、シルズバーン夫人の方を向いたまま、そう言った「ミュリエルのお母さんが二時間ばかし前に言ったのよ。ミュリエルは目がつぶれるほどに泣いてたわ」そう言って彼女はわたしを見た。「これであんたの質問に答えたことになって？」彼女は不意に、右手から左手へと、くちなしの花束を持ちかえた。彼女が見せた落ち着かなげな仕草といえば、わたしの見たかぎりでは、これがそれに一番近いものであった。「念のために言ってあげてもいいけどさ」彼女はわたしを見つめながら言った「あんた、あたしがあんたを誰だと思ってるか、分ってる？　あんた、シーモアの弟さんでしょう」そう言って彼女は返事を待った。が、わたしが何も言わないうちにすぐまた言葉を続けて「あんたの顔が弟という人に似てるもの、ヘンチクリンな写真に写ってたのに。それにあたし、弟が結婚式に来るっていうことを偶然知ってたのよ。その妹だか誰だかがミュリエルに言ったんだって」彼女の視線は小ゆるぎもしないでわたしの面上に据えられていた。「違う？」ぶっきらぼうに彼女は尋ねた。

「そうです」そう答えたわたしの声は、きっと少しかすれていたと思う。顔は火のように熱かった。しかし、この日の午後早く汽車を降りてから、自分が何者であるかを意識して毛皮でもかぶったみたいな暑苦しい気持でいたわたしは、これでそれがきれいになくなったようなすがすがしいものを感じもした。

「あたしにはちゃんと分ってたのよ」と介添夫人は言った「あたしは間抜けじゃないんですからね、あんたがこの車に入って来たときから、誰だかちゃんと分ってたんだ」彼女は夫を顧みて「あたし、言ったでしょ、この人が車に入ってきたとたんに、彼の弟だわよって。言わなかった？」

中尉《ちゆうい》は少し身体《からだ》を動かした。「そうさな、きみは——彼はたぶん——そうだ、言ったよ」と中尉は答えた「きみは言った。言ったとも」

シルズバーン夫人がこの話の展開をどんなに熱心に聞いていたか、わざわざそちらを振り向かなくても分るくらいであった。わたしは、彼女の横から、その背後に坐っている五人目の乗客を——例の小柄な老人を——こっそりと窺《うかが》って、まだその孤立主義が健在であるか否《いな》かを確かめようとした。それは健在であった。およそ人の無関心がこのときほどわたしの慰めになったためしはかつてない。

介添夫人は、またもやわたしに立ち戻ってきて「念のために言ってあげますけどさ、あたしはね、あんたの兄さんが足の治療の専門家なんかじゃないってことも知ってんのよ」と言った「だから、そんなふざけたまねはおよしなさいよ。あの人が、五十年間だかなんだか知らないけど、『これは神童』のビリー・ブラックだったってことも知ってんのよ」

シルズバーン夫人がだしぬけに、前にも増した熱意を示して話の中に加わってきた。「ラジオの番組の?」と彼女は言った。わたしには、彼女がまた改めて興味を掻《か》き立てられて、まじまじとわたしを見ているのが、気配でそれと分っていた。

介添夫人はその質問には答えずに「あんたは誰なのよ」とわたしに向って言った

「ジョージー・ブラックなの？」ぶしつけなところと好奇心とがまじり合ったその物言いは、無邪気とまでは言わないけれど、結構面白い感じではあった。

「ジョージー・ブラックは弟のウォルトですよ」わたしは彼女のあとのほうの質問にだけ答えてそう言った。

彼女はシルズバーン夫人を顧みながら「これは一種の秘密みたいなものになってるんだけどね、この人と兄さんのシーモアとは、いま言ったラジオの番組に出るのに、偽名を使ってたのよ。ブラック兄弟っていうの」

「落ち着けよ、ね、きみ、落ち着きなさい」中尉がおずおずと口を挿《はさ》んだ。

細君は彼の方へ顔を向けると「落ち着いてなんかいられないわよ」と言った――わたしは、頭では反撥《はんぱつ》しながらも、その心意気に対して、それが本物にしろ、うわべだけのものにしろ、とにかく、またもや賛嘆の念に近いものがちらりと動くのを禁じ得なかった。「この人の兄さんはね、すごく頭がいいってことになってるのよ」と彼女は言った「十四かそこらで大学に入ったとかなんとか言ってさ。今日のあの娘《こ》に見せた彼の仕打ちが、頭がいいってもんなら、あたしはさしずめマハトマ・ガンジーだわよ！　あたしゃ驚きませんからね。ただむかむかするだけよ！」

そのときわたしは、ほかにもわたしをぎごちなくさせるものの気配を、ちらと感じとった。誰かがわたしの左横顔、つまりとりわけ自信のないほうの横顔を、まじまじと見つめているのである。それはシルズバーン夫人であった。わたしがだしぬけに振り返ると、彼女は少しぎくりとしたが「失礼ですけれど、あなた、バディ・ブラックでいらっしゃいますの？」と言った。その慇懃《いんぎん》な口調につられてわたしは、ほんの一瞬ではあるが、彼女が万年筆と小さなモロッコ革のサイン帳でも差し出すのではないかと思ったくらいである。一瞬心をかすめたこの疑念に立ち騒いだわたしの気持は、外面にも現われたにちがいない――何はともあれ時は一九四二年で、わたしの商業価値が峠を越してからすでに九年か十年は経《た》っているのだから。「こんなことをうかがいますのは」と彼女は言った「主人が昔、あの番組は必ず聞いておりましてね、毎回――」

「あたしはまたね」と介添夫人がわたしを見ながら口を挿んだ「いつ聞いてもいやでたまんなかったのがあの番組だったの。ませた子供って、あたし、大嫌い。あたしにもしも子供があって――」

その先彼女がなんと言ったのか、そこはわたしたちには聞えなかった。世にも鋭い、耳を聾《ろう》さんばかりの、猥雑《わいざつ》きわまる変ホ調の嬌音《きょうおん》が、いきなり湧《わ》き起って、彼女の言葉を完全に消し去ってしまったのである。車の中にいたものが、文字通りとび上がったことに嘘《うそ》はない。百人もしくはそれ以上もいたであろうか、音痴としか思えない海洋少年団の楽隊とおぼしきものが、ちょうどそのときその場を通過していたのだが、その少年たちが今、けしからぬくらいの奔放さをもって、『星条旗よ永遠なれ』に体当りを敢行したところなのである。両手で耳を蔽《おお》ったシルズバーン夫人は、まさに賢明というべきであった。

　しばらくの間（が、永遠の長さに思えたが）そのやかましさはほとんど想像を絶した。その中にあってもなお相手の耳に声を届かせることができそうなのは（より正確には、届かせようという気を起すことができそうなのは）介添夫人ただ一人であった。事実またそれが届いたのだけれど、それは、彼女があらんかぎりの声を張り上げているのは明らかなのに、何かおそろしく遠いところから、たとえばヤンキー・スタジアムの外野席からでも聞えて来るみたいな、そんな感じだった。

「もうがまんできないわ！」と彼女は言った「こっから抜け出して、どっか電話のかけられる所を探さない？　あたし、ミュリエルに電話して、遅れるからって言わなくっちゃ！　あの娘《こ》、頭に来ちゃうわよ！」

　この世界終焉《ハルマゲドン》の大動乱（訳注　ヨハネの黙示録一六章一六節）の局地版ともいうべき騒ぎに直面して、シルズバーン夫人とわたしとは、正面を向いて騒乱の模様を眺めていたのであるが、いまや先導者（にして、おそらくはわれらが解放者にもなるであろう人）の声が聞えたものだから、またもや身体をねじって、その方へ顔を向けた。

「七十九丁目に『シュラフツ』があるわ！」彼女はシルズバーン夫人に向って声を張り上げた「ソーダでも飲みに行きましょうよ、あたしはそこで電話をかけるから！冷房がきいてるだけでもましよ！」

シルズバーン夫人は勢いよくうなずいて「ええ！」と口の動きだけで返事をした。

「あんたもいらっしゃいよ！」介添夫人はわたしに向ってどなった。

そのときわたしは、奇妙なくらいに自然に、「いいですな！」と、まったく考えられないような返事を大きな声で返したことを覚えている（全員が船を離れるに当って、わたしまでを仲間に誘った介添夫人の心事は、今日《こんにち》でもまだ容易には理解しがたいところである。生れながらにして先達者の資質を備えた者には自然な、統制の心理に動かされたものに過ぎなかったのかもしれない。部下の上陸部隊の兵員を一兵たりとも失ってはならぬという強い要請のようなものを、心の片隅に感じていたのかもしれないのだ。……その勧誘をすぐさま喜んで受けたわたしの不思議な出方、これははるかに説明がつきやすいであろう。あれは根本的には宗教的な衝動であったとわたしは考えたい。禅宗のある修道院では、修道僧の一人がほかの一人に「やあ！」と声をかけたならば、かけられたほうは、何も考えずに「やあ！」と応じなければならないというのが、唯一《ゆいいつ》の重大な戒律ではないにしても、一つの大事な基本原則ということにはなっている）。

次に、介添夫人は首を回して、隣りの小柄な老人に、初めて直接に言葉をかけた。老人は、目に映る情景に少しの変化をも認めないのか、相も変らずまっすぐに前方をにらみつけている。それはわたしにとってまさに不朽の満足というものであった。火をつけぬままの生粋のハヴァナの葉巻は、依然として二本の指に挟《はさ》まれたままである。行進してゆく楽隊のすさまじい喧騒《けんそう》をもまったく意に介していない様子ではあるし、それに八十過ぎの老人はすべて完全なつんぼかひどい難聴にきまっていると堅く思い込んでいたからでもあろうか、介添夫人は、彼の左の耳からわずか一、二インチという所まで口を近づけて「あたしたち、車から降りますのよ！」と大きな声でどなった。耳の中にどなり込んだ、と言ったほうがよいかもしれない。「電話のかけられるお店を見つけてね、何か飲物でももらうつもりよ！　あなたもいっしょにいらっしゃる？」

とたんに老人が示した反応は、まさに見事といってよいものであった。まず介添夫人を見やり、次にわたしたちみんなを見渡し、続いてにこりと笑ったのである。それはつじつまの合わない笑いではあった。それにその歯は明らかに、見事に、否定すべくもなく、義歯《いれば》であったことも事実である。が、しかし、それでもやはり、それが輝くばかりの笑いであったことに変りはない。その笑顔を少しも崩さずに、彼は一瞬、物問いたげな目をして介添夫人を顧みた。というより、介添夫人を振り返った、というべきであろうか――彼女か、わたしたちの誰かから、ピクニックのバスケットを渡されるとでも思ったみたいな感じであった。

「聞えなかったみたいだよ、きみ！」と中尉がどなった。

介添夫人はうなずいて、もう一度、口をメガホンにして老人の耳のすぐそばまで持っていった。そして、まったく賞賛に値する声量でもって、いっしょに車を降りないかという勧誘を繰り返した。もう一度老人は、世のいかなる提案にでも――イースト河までてくてく歩いて行って一浴びしないかという提案にすら――いそいそと応じそうな表情を見せた。額面ではたしかにそう見えたのであるが、しかし、これまたもう一度、みんなは、彼にはひとことも聞えなかったのではないかという不安な確信を抱いたのである。だしぬけに彼は、この確信が当っていたことを証明した。彼は、わたしたち一同に向って大きく相好を崩しながら、葉巻を持っていた手をあげると、一本の指でまず口を、ついで耳を、意味ありげに軽く叩《たた》いてみせたのである。それは、わたしたちみんながいっしょになって何か最高に面白い遊戯をやっていて、その遊戯の一部として彼が、そんなゼスチュアをやったみたいな、そんな感じであった。

そのとたんである。わたしの隣りでシルズバーン夫人が、ほとんどとび上がらんばかりにして、分ったという合図を示したのだ。彼女は介添夫人のピンクのサテンの腕に手を触れて「この方がどなたか分りましたわ！」と、大きな声で言った「お耳もお口もだめなの――つんぼで啞《おし》でいらっしゃるの！　ミュリエルのお父様のおじさんですわ！」

介添夫人は「まあ！」と口の形だけでそう言うと、坐《すわ》ったままでくるりと夫の方へ向き直った。「あんた、紙と鉛筆あって？」彼女は大声でどなった。

わたしは彼女の腕に手を触れて、わたしが持っているとどなった。そして、大急ぎに急いで――事実それは、手おくれになってはみんなが困ることでもあるみたいな急ぎ方であった――上着の内ポケットから、フォート・ベニングの中隊事務室の机の引出しから最近せしめておいた小さなメモ帳と短くなった鉛筆とを取り出した。

その一枚の紙にわたしは、読みやす過ぎるくらいに読みやすい書体でこう書いた。「パレードのためにいつまで足止めを食わされるか分りませんので、どこか電話のある所へ行って冷たい物でも飲もうと思います。あなたも御一緒にいかがですか？」わたしはその紙を二つに折って介添夫人に手渡した。彼女はそれを開いて読むと、そのまま小柄な老人に手渡した。老人は笑いながらそれを読んでいたが、続いてわたしに顔を上げて、三、四度勢いよく首を上下に動かした。わたしは瞬間、この意のあるところを完全に伝える動作で彼の返事は完結したものと思ったのだが、次の瞬間に、思いがけなくも彼は片手を動かして、わたしにある身ぶりをしてみせた。わたしは、メモ帳と鉛筆をよこせという意味だと判断したので――介添夫人の身辺からは焦燥の気が大波のように立ちのぼっていたけれども、そちらには顔を向けずに――その二つを差し出したのである。老人はメモ帳と鉛筆とをいとも入念に膝《ひざ》の上にのせると、次いで鉛筆をかまえて、一瞬注意を集中したのが傍目《はため》にも分った。笑いの影も心持ち薄れている。続いて鉛筆は、心もとなくふらつきながら動きだし、最後に〝i〟の字の点が打たれ、そうしてメモ帳と鉛筆とは、誠意のほどを見事にたたえて打ち振られた首の動きと共に、直接わたしのところへ戻ってきた。彼が、まだ固まりきらぬゼリーのような筆跡で書いたのは、たったのひとこと“Delighted”（喜んで）という言葉だけであった。わたしの肩越しにそれを読んだ介添夫人は、フンといったように小さく鼻を鳴らしたが、わたしはすばやくこの文人を見やって、今この車にいるわたしたちはみんな詩を見せられればそれと分る人間であり、大いに嬉《うれ》しく思っているということを、表情によって示そうと努めた。

続いてわたしたちは、一人また一人と、両側のドアから車を降りた――マジソン街のまん中で、いわば、熱してねちゃつくアスファルトの海の難破船を脱出したようなものである。中尉《ちゅうい》は少しあとまで残って、運転手にわたしたちの反乱を伝えた。今でもわたしは覚えているけれど、楽隊の行列は、なおもとめどなく続いていて、喧騒は少しも変らなかった。

介添夫人とシルズバーン夫人とは先に立って『シュラフツ』に向った。彼らは二人一組の、まるで斥候みたいな格好で、マジソン街の東側の歩道を南下して行った。運転手に手早く用件を伝えた中尉がそのあとから追いついた。いや、追いつきそうになった。彼は二人の少しあとになって、こっそりと紙入れを取り出したのである。持ち合せがどのくらいあるか、しらべるためであろう。

花嫁の父のおじとわたしとが殿軍《しんがり》をつとめた。わたしを自分の友人と直感したのか、あるいは単にわたしがメモ帳と鉛筆の持主であったからか、彼は、わたしの横へ、惹《ひ》きつけられてきたというよりもむしろ積極的に割りこんできたというような格好で、二人は並んで歩いたのである。彼の美しいシルクハットのてっぺんはわたしの肩の高さまでもないくらいであった。わたしは、彼の脚の丈に敬意を表して、比較的にゆるい歩度をとることにした。一ブロックかそこら行くうちに、わたしたちは、ほかの人たちから相当におくれてしまった。が、どちらも、それを全然気にしていなかったと思う。みちみちわたしの友人とわたしとは、ときどきお互いを見上げ見下ろしして、相手と連れ立っているのを嬉しく思っているバカみたいな表情を交わしながら歩いて行ったことを覚えている。

二人が七十九丁目の『シュラフツ』の回転ドアの所まで行ってみると、介添夫人と彼女の夫とシルズバーン夫人とは、数分前からそこに立って待っていた。この三人はすでに排他的な団結を結成していることだろうとわたしは思った。彼らは話をしていたけれど、釣り合わない二人組のわたしたちが近づくと話はやんだ。わずか二分ばかり前、楽隊の騒音に包まれて車の中に坐っていたときには、互いに不快を共にしている、あるいは苦悩を共にしているといった意識から、わたしたちの小集団には同盟に似たものができあがっていた——それは、クック旅行社の観光客たちが、ポンペイでひどい嵐《あらし》に見舞われたりしたときに、一時的に彼らの間に結ばれるあの関係である。小柄な老人とわたしとが『シュラフツ』の回転ドアの所に到達したときには、明らかに嵐は過ぎ去っていた。介添夫人とわたしとが交わした表情には、挨拶《あいさつ》の気持などさらさらなくて、ただ相手を認め合ったというに過ぎなかった。「模様替えで閉ってるのよ」彼女はわたしを見ながら冷やかに言った。彼女は、表立ってではないけれど、間違う余地もまたないほど明らかに、再びわたし一人を異分子に見立てているのである。その瞬間にわたしは、とりたてて言う理由もないながら、朝から感じていたよりももっと強烈な疎外感《そがいかん》と孤独感とを味わった。それとほとんど時を同じくして（これは格別書くまでもないのだが）わたしの咳《せき》の発作がまた始まった。わたしは尻《しり》のポケットからハンケチを引っ張り出した。介添夫人は、彼女の夫とシルズバーン夫人の方を向いて「どっかこの辺に『ロンシャン』があるはずなんだけど」と言った「でも、どこだかあたし知らないのよ」

「あたくしも存じませんわ」とシルズバーン夫人が言った。今にも泣き出しそうな顔であった。額にも上唇にも、そのパンケーキの厚化粧をさえ通して、汗がにじみ出ていた。黒のエナメル革のハンドバッグを左の小脇《こわき》に抱えていたが、なんだか、初めてルージュやおしろいをつけてみた不幸な家出娘が、気に入りの人形を抱いて立っているといった、そんな感じであった。

「タクシーは逆立ちしたって拾えそうもないねえ」中尉が悲観的な口調で言った。彼もまた服装が服装だけに一層みじめな風采《ふうさい》であった。色は青ざめ、だらだらと汗を流し、およそ剛毅《ごうき》とは程遠い顔の上にのっかると、その「撃墜王の戦闘機乗り」の帽子は、残酷なまでに滑稽《こっけい》に映るのである。わたしは、そいつをはぎとってやるか、せめてもっとおとなしいかぶり方に直してやるかしてやりたいという衝動を感じたことを覚えている――子供たちのパーティには、きまって一人ぐらいはひどく見ばえのしない子供がいて、かぶっている紙の帽子が、片方の耳か両方の耳を押し潰《つぶ》してしまっているのを見かけることがあるが、そんなときに感じる衝動と同じ性質のものである。

「ほんとにまあ、なんて日なんだろ！」介添夫人がわたしたちみんなを代弁するような形で言った。小さな造花の髪飾りはずれているし、身体《からだ》は汗みずくになっていたけれど、彼女は不死身というか、一番先っちょの末端器官みたいな部分、つまりあのくちなしの花束しか、衰弱の気配はないように思えた。あの花束を彼女は、上の空にではあるにせよ、まだ持っていたのである。その花束が今回の苦難に堪えきれなかったことは歴然とした事実であった。そういう彼女にしては上ずった声で「一体どうする？」と介添夫人は言った「あんなとこまで歩いてなんか行けやしない。あの人たちの家はリヴァデール（訳注　ニューヨークの北の郊外。車でも二十分はかかるだろう）の近くなんだもの。誰か名案はない？」そう言って彼女は、まずシルズバーン夫人を、ついで彼女の夫を――それから、しょうことなしにであろう、わたしまでを見やった。

「この近くにぼくのアパートがありますけどね」不意にわたしは、おそるおそるそう言った「このブロックの、少し先へ行ったとこですよ、実を言うと」それを打ち明けるわたしの声は、ちょっとばかり必要以上に高かったような気がする。ひょっとしたら、どなるようにして言ったかもしれない。「兄貴とぼくのものなんですがね。ぼくたちが軍隊に入ったんで妹が使ってるんだけど、今はいないんです。海軍の婦人予備隊に入ってて、目下旅行中なんです」わたしは介添夫人を、というより彼女の頭の少し上のあたりを見やりながら言った「ま、電話はかけようと思えばかけられますよ。それに冷房装置があるし。しばらく涼んで、一息入れたらどうでしょうね」

そう誘われて驚いた介添夫人とシルズバーン夫人と中尉とは、最初の衝撃が鎮《しず》まると、目だけで相談し合っていたが、どんな判決が下されるものやら、見たところ全然見当がつかなかった。何事によらず、行動に際して先頭をきるのが介添夫人である。彼女はこの問題に対する意見を求めて他の二人の顔を（空《むな》しく）見つめていたのだが、わたしを振り返るとこう言った「あんた、電話があるって言ったわね？」

「ええ。妹が何かわけがあって外してしまってれば別だけど、そんなこともないでしょうよ」

「あんたの兄さんがいないとも限らないんじゃない？」介添夫人は言った。

過熱状態にあったわたしの頭には、そのときまで、そんなつまらないことなど入ってくる余地はなかったのだが、言われてわたしは「いないと思いますね」と答えた「断言はできないけど――兄貴のアパートでもあるんだから――しかし、いないと思うな。いませんよ、きっと」

介添夫人は、しばらくの間、誰はばかるところもなくわたしを凝視していた――しかし、今までとは違って、必ずしも無礼というのではなくて、子供が相手をじっと見つめる、あれであった。そのうちに彼女は、夫とシルズバーン夫人を振り返ると「悪いことないわね。とにかく電話をかけることはできるわ」と言った。二人はうなずいて同意を示した。シルズバーン夫人などは、たとえ『シュラフツ』の前で誘われた招きとはいえ、エチケットは守らねばならぬという日ごろの身だしなみを思い出したほどである。彼女は、太陽が焼き上げたパンケーキの化粧の下から、エミリ・ポースト流（訳注　エミリ・ポーストは作法の権威）の微笑をわたしに向ってちらりとのぞかせたのである。それがとても気持よかったことをわたしは今でも覚えている。「さあ、ではこの日当りから抜け出しましょう」と、われらが先導者は言った。そして「こいつはどうするかな？」と言うと、わたしたちの返事を待たずに歩道の端まで歩いて行って、萎《しお》れたくちなしの花束に未練気もなく別れをつげた。「さあよし。マクダフよ、先に立ちたまえ」わたしに向って彼女は言った「あたしたちは後から随《つ》いて行く。ただひとこと言っとくけどさ、向うについたときに、あの人はいないほうが身のためよ。でないと、あたし、あいつを殺してやるかもしれない」彼女はシルズバーン夫人を見て「口が悪くてごめんなさい――でも、本気なの」

むしろ嬉しくなってわたしは、命じられたとおりに先頭に立った。すると次の瞬間、わたしの左側のかなり低い所に、一つのシルクハットが現われた。そして、正式に任命されなかっただけで実質的には援護の任を果してくれているわたしの別働隊が、にここにことわたしを見上げたのである――一瞬わたしは、彼がするりとわたしの手にその手を辷《すべ》りこませるのではないかと思った。

三人の客人と一人の友人とを外の通路に待たせておいて、わたしは手短かに部屋を点検した。

窓は全部閉っていて、二台の冷房装置は〈オフ〉になっている。中に入って最初に吸った空気は、誰かの古いあらいぐまのオーバーのポケットの中を一息深く吸い込んだみたいな感じだった。聞える物音といっては、シーモアとわたしとで中古を買った、時代ものの電気冷蔵庫が、震えるように唸《うな》っている音だけである。妹のブーブーが、実際、海軍に勤める女の子らしく、スイッチを入れたまんまでとび出して行ったのだ。実際、この部屋の後継ぎが女船乗りであることを示すだらしのない徴候は、あちらこちらに幾らでも見つかった。ネーヴィ・ブルーの海軍少尉のスマートな小さめの上着が一枚、裏を見せて、寝椅子《ねいす》の上に放り出してある。寝椅子の前のコーヒー・テーブルには、ルイス・シェリーのキャンデーの箱が——中身は半分空《から》になっているけれど、残っているキャンデーにはみんな、試しに指でぎゅっとつまんでみた跡がついていて——蓋《ふた》を開けたままに載っている。わたしも初めて見る凜々《りり》しい青年の写真が一枚、額縁におさめられて、机の上に立っていた。そして、目に触れるかぎりの灰皿には、くしゃくしゃにしたティシュー・ペーパーと、ルージュのついた煙草《たばこ》の吸殻が花盛りであった。台所と寝室とバスルームとは、そこにシーモアが突っ立っていはしないかを見るために、ドアを開けてすばやく覗《のぞ》いて見はしたけれど、中まではわたしは入らなかった。一つは気力も失《う》せて億劫《おっくう》だったからであるが、いま一つには、ブラインドを上げたり、冷房装置のスイッチを入れたり、いっぱいになっている灰皿の中身を捨てたりということで、結構忙しかったからでもある。それに、他の面々も、わたしのあとを追うようにとび込んできたのだ。「ここのほうが道路よりも暑いじゃないの」介添夫人が、颯爽《さっそう》と入って来ながら、挨拶代りにそう言った。

「すぐそちらへ参りますからね」とわたしは言った「どうもこの冷房装置が動かない

んですよ」実際、〈オン〉のボタンが錆《さ》びついたのか微動もしなくて、わたしはしきりとそれをいじくり回していたのである。

わたしが冷房装置のスイッチと――たしか、帽子もかぶったままで――取り組んでいる間に、ほかの人たちは部屋の中をあちこちとうろん気に歩き回っていた。目の片隅からそれを見守っていると、中尉は机の前へ歩いて行って、そのすぐ上の、三ないし四平方フィートばかりの壁面を見上げた。そこには、兄とわたしとが、センチメンタリズムをあえて誇示する気持から、四つ切りの光沢印画紙に焼き付けた写真をたくさん貼《は》ってあったのである。シルズバーン夫人は――やむを得ずであろう――今は亡《な》きわたしのボストン・ブル（訳注　英国種のブルドッグとブルテリヤをアメリカで交配した犬）が昔いつも眠りを楽しんだ、この部屋唯一《ゆいいつ》の肱掛椅子《ひじかけいす》に腰を下ろした。肱掛けにはきたないコーデュロイの蔽《おお》いがついているが、これは、幾たびもの悪夢を経るうちに、彼によってとことんまでよだれによごされ、歯の傷をつけられているのだ。わたしの畏友《いゆう》、花嫁の父のおじ御どのは、どこかへ消え失せたらしく、姿が見えなかった。それに介添夫人もまた急にどこかへ行ってしまったものとみえる。「今すぐ飲物を持って参ります」わたしは、冷房装置のスイッチのボタンを力ずくで動かそうと骨を折りながら、気が気でなかった。「冷たい飲物がいいわ」と聞き覚えのある声が聞えた。後ろを振り返ってみると、声の主は寝椅子の上に長々と身を投げ出していた。急に彼女の姿が見えなくなったわけがこれで分った。「もちょっとたったらあんたの電話を使うけどさ」と彼女はわたしに予告を与えて「こんな具合じゃ電話で話そうたって、どだい口が開かないわよ、身体《からだ》がカラカラなんだもの。舌だって乾いちまった」

冷房装置がだしぬけに、唸りをあげて動きだした。わたしは部屋の中央の、寝椅子とシルズバーン夫人が坐《すわ》っている椅子とに挟《はさ》まれた空間に出て行って「どんな飲物があるのか分らんですがね」と言った「冷蔵庫をまだ覗いてないんだけど、でもたぶん――」

「なんでもいいから持ってきてよ」われらが不動の代弁者が寝椅子の上から口を挿《はさ》んだ「とにかく水《みず》けのもの。冷たくして」彼女の靴の踵《かかと》が、妹の上着の袖《そで》の上にのっかっていた。両手を胸に組んでいる。そして枕《まくら》をまるめて頭の下に支《か》っていた。「氷があったら入れるのよ」彼女はそう言うと目をつぶった。そういう彼女をわたしは、一瞬殺伐な気持で見下ろしたが、すぐ身を屈《かが》めると、できるだけ手際《てぎわ》よく、その足の下からブーブーの上着を抜き取った。わたしはその部屋を出て、主人役の仕事に取りかかろうとしたが、一歩踏み出そうとしたとたんに、机のそばの中尉《ちゅうい》から声がかかった。

「ここにある写真はみんなどこで手に入れたのかね？」

わたしは彼のそばに歩み寄った。まだ、まびさしのついた特大型の駐屯帽《ちゅうとんぼう》をかぶったままであった。これを脱ぐことに気がつかなかったのである。わたしは、机の前の彼の横の、少し後ろに退《さが》ったあたりに立って、壁の写真を見上げた。そして、それらは大部分、シーモアとぼくとが『これは神童』に出ていた時分に、いっしょにこの番組に出た子供たちの古い写真であると答えた。

中尉はわたしを振り向いて「それは何かね？」と言った「初耳だな。やはり子供のクィズ番組かね？　質疑応答とか、そういった種類の？」その口調には、軍隊の階級意識が、音もなく、しかし確実に、忍びこんでいた。その目はまた、わたしの帽子を眺めているらしい様子であった。

わたしは帽子を脱いだ。そして「いや、そうとも言いきれないんです」と答えた。不意に自分の家族に対するそこばくの誇りが掻《か》き立てられたのである。「シーモアが出るまでは、たしかにそうだったし、彼が引退してからもまたそんな具合に逆戻りしたんですが、しかしシーモアは番組の型を一変してしまいましてね、実のところ。子供の円卓会議みたいなものに変えてしまったんです」

中尉は、過大なほどの（とわたしには思われた）興味をもってわたしを見ながら「きみもそいつに出たってわけか？」と言った。

「はあ」

介添夫人が、部屋の向う側の埃《ほこり》っぽい寝椅子の奥に身をひそめたままで、口を開いた。「あたしの子供だったら、あんなバカげた番組になんか、絶対に出さないわね」と彼女は言った。「芝居だって、なんだって。自分の子供が公衆の面前で小さな自己顕示症のまねをするくらいならば、死んだほうがましだ。あんなものはその人の人生全体をゆがめてしまいますよ。ほかの事はともかく、有名になったりなんかすることだけでも――どこの精神分析の先生にでも訊《き》いてごらんなさい。つまり、正常な幼年時代ってものを持てないということですからね」今では片方にかしいでしまった髪飾りをのせた頭が、不意にひょいと現われた。胴体から切り離されたみたいに、首から上だけが寝椅子の上にのっかった格好で、中尉とわたしの方を向いている。「あんたの兄さんの問題もたぶんそれなのよ」と、その首が言った「つまり、子供のときに、そんなまるで片端《かたわ》の生活を送るんだもの、大人になることを覚えられないのはあたりまえじゃないの。正常な人たちやなんかとつき合うことを知らないんだ。二時間ばかし前に、あの寝室でフェダー夫人が言ってたのも、まさにその事なのさ。まさに。あんたの兄さんはね、人とつき合うってことを知らないいんだ。やれることっていうと、人の顔に針で縫った跡をつけさせることぐらいじゃないの。結婚とか、とにかく多少とも正常なことには絶対に向かないわよ、なんていったって。実をいうとね、フェダー夫人もこのとおりのことを言ったのよ」そう言うと、首は中尉をまともに見据える角度にまでそちらへ回って「ボブ、あたしの言うこと間違ってる？　あの人、そう言った？　それとも言わなかった？　正直に返事して」

それに対して口を開いたのは、中尉ではなくてわたしであった。口は乾き、股《また》のあたりがじっとりと汗ばんでいた。わたしは、シーモアのことをフェダー夫人がなんと言おうと、そんなことは気にかけもしない、と言った。いや、その点ならば、プロのディレッタントだろうが、アマチュアの女狐《めぎつね》だろうが、何を言おうと知ったことではない、と、そう言った。シーモアは、十歳になってからこのかたというもの、この国のとびきり上等の「思想家」から殿方便所のインテリ番人に至るまで、みんなから、なんとかかんとか言われどおしなんだ。もしもシーモアが、単に高い知能指数を持ったいやらしい自慢屋に過ぎないのならば、話は別かもしれないが、彼は自己顕示症なんてものじゃ絶対にない。毎週水曜日の夜に放送局に出かけて行くときなんか、まるで自分の葬式にでも出かけるみたいであった。バスや地下鉄で行く途中、てんで口もききやしない。好意的な四流批評家やコラムニストのうちで、ただの一人だって、シーモアの本当の姿を見てくれた者はいなかった。彼は詩人なんだ。本物の詩人なんだ。

たとえ一行も詩を書かないにしても、その気になれば、耳の裏の形一つででも、パッと言いたいことを伝えることのできる男なんだ。

うまい具合にそこの所でわたしは口をつぐんだ。心臓が怖いみたいに動悸《どうき》していて、大方の憂鬱症《ゆううつしよう》患者の例にもれず、わたしもまた、こんな大演説は心臓発作の原因になるのではないかとふと考えてひやりとした。客人に浴びせかけた毒舌の排気ガスにも似たこのわたしの爆発に対して、彼らがどんな反応を示したか、今日に至るまでわたしは全然記憶がない。外部の具体的な徴候でわたしが最初に気づいたのは、誰しもが聞きなれているあの水洗施設の音であった。それは別の部屋から聞えてきた。わたしはいきなり、目の前の客人たちの顔の間や横や後ろを見回した。「あの御老人はどこです？」とわたしは言った「あの小柄な御老人は？」おつに澄ましてわたしは尋ねた。

奇妙なことに、返事は介添夫人からではなくて、彼女の夫から来た。「たしか便所だと思う」と彼は言った。いやにあけすけなその言い方は、彼が日常の生理的事実などには気をかねない人間であることを物語っていた。

「あ、そうですか」とわたしは言った。そして、また部屋の中をなんということもなしに見回した。介添夫人の凄《すご》い目つきを避けたのであったかどうか、今は覚えていないし、また、思い出す興味もない。とにかくわたしは、部屋の向うの椅子のシートの上に、花嫁の父親のおじ上のシルクハットを認めて、やあと声をかけたい衝動に駆られた。「何か冷たい飲物をとってきます」とわたしは言った「すぐ戻りますから」「お宅の電話使ってもいい？」わたしが寝椅子のそばを通ったとき、介添夫人がいきなりそう言った。そして勢いよく両足を床に下ろした。

「ええ――もちろん」とわたしは答えた。そしてシルズバーン夫人と中尉を見やりながら「トム・コリンズを作ろうかと思ったんですがね、レモンかライムがあったら。それでいいですか？」

中尉の返事が急に上機嫌になって、わたしはびっくりした。「そいつをもらおう」彼はそう言うと、乗り気な酒飲みらしく、両手を擦り合せた。

シルズバーン夫人は壁の写真から目を離して「トム・コリンズをお作りになるのなら――あたくしのには、ジンはほんとにちょっぴりだけにして下さいませね」と言った「ほとんどなんにも入れないくらいでよろしいんですのよ、ご面倒でしょうけれど」家の中に入ってからまだ大した時間も経《た》っていないのに、彼女はもう、少しばかり元気を回復したみたいである。一つにはたぶん、わたしがスイッチを入れた冷房装置から三、四フィートの所に立っていたので、冷たい空気が彼女の所まで流れていたせいであったかもしれない。わたしは、気をつけて作るからと言って、三十年代初期と二十年代後期のラジオの年少「有名人」の群れの中に——つまり、シーモアとわたしの少年時代における、こましゃくれた幼い顔の数々の中に——彼女を残して去った。孤中尉もまた、わたしが中座している間、結構暇つぶしができそうな様子であった。孤独な愛書家といった格好で、背中に両手を組み、書棚の方へすでに歩きだしていたくらいだから。介添夫人は、わたしのあとについて部屋を出ながら欠伸《あくび》をした——大きな口を開けて、はっきりと聞きとれる声を出して、それを押し殺そうとも隠そうともしなかった。

わたしが介添夫人の先に立って、電話のある寝室の方へ行こうとしたところへ、廊下の向う端から、花嫁の父のおじ上が近づいてきた。顔には、車の中でわたしが誤解したあの怖い取り澄ました表情が浮んでいたが、さらに近くまで歩み寄ったときに、その仮面は逆転した。彼は、わたしたち双方に向って、最高の喜びと嬉《うれ》しさとを身ぶりで示したのである。思わずわたしもにこにこと笑いながら、やたらと首を上下に動かしてそれに応《こた》えた。彼の薄くなった白髪は、どうやら櫛《くし》を入れたばかりのようである——アパートの向う端に秘密の小さな理髪屋を見つけて、そこで洗髪してきたところといいたいくらいであった。すれ違ったときわたしは、肩越しに振り返りたい衝動を覚えた。それで振り返ると、彼はわたしに向って激しく手を振った——「旅路の御無事を祈る」「早く帰っていらっしゃい」といったような盛大な手の振り方であった。それによってどれほどわたしが元気づけられたか、まったく計り知れないくらいであった。「なあに、あれ？　イカレてるの？」と介添夫人が言った。「でしょうね」わたしはそう言って寝室のドアを開いた。

　彼女はツウィン・ベッドの片方に、どさりと腰を下ろした。それは実を言うとシーモアのほうのベッドであった。電話は、そこから手をのばせばすぐ届く、ナイト・テーブルの上にあるのである。わたしは、すぐ飲物を持って来るから、と言った。「かまわなくていいの――すぐ終るから」彼女はそう言った「ただ、ドアを閉めてよ、悪いけど。……そんな意味で言ったんじゃないけどさ、あたし、ドアが閉ってないと、電話で話ができないのよ」わたしは彼女に、自分もまったく同じだと言って、部屋を出ようとした。が、ちょうど、くびすを返して二つのベッドの間から抜け出ようとしたときに、わたしは、向うの窓敷居の所に、折り畳み式の小さなズックのスーツケースが載っているのに気がついた。最初見たときは、自分のだと思った。自分のが、ペンシルヴェニア・ステーションからこのアパートまで、自分の力でやって来たのだと、奇蹟《きせき》みたいなことを考えたのである。が、考え直してわたしは、これはブーブーのにちがいないと、そう思った。そしてそのそばまで歩いて行った。スーツケースはジッパーが開いていたが、中身の一番上になっている物を一目見ただけで、それが本当は誰のものか、わたしにはすぐに分った。続いて、もっとほかの物をもよく見たとたんに、洗濯した二着のカーキ色のワイシャツの上に、介添夫人のいるこの部屋へ置き放しにしてはいけない物がのっていることに気がついた。わたしはそれをスーツケースから取り出して、腕の下に忍びこませると、すでに回そうと思うダイヤルの最初の穴に指を突っ込んで、わたしの出て行くのを待っていた介添夫人に、仲間同士のように手を振って、それからドアを閉めて廊下に出た。

わたしは、寝室の外の廊下に人影もないのを感謝して、シーモアの日記をどうしたものかと迷いながら、しばらくそこに立ちつくしていた。急いで付言しなければならないが、スーツケースの中からわたしが取り出したのは、このシーモアの日記だったのである。とにかくこれを、客人たちが帰るまで、隠しておかなければならない、まっ先にわたしはそう思った。バスルームの中に持ち込んで、洗濯籠《かご》の中に落しておく、それが名案のようにわたしには思えた。が、もう一度あれやこれやと考え直してみた結果、わたしは、まずバスルームへ持ち込んで、あちこちを拾い読みして、そのあとで洗濯籠へ入れると、そういうふうにすることにした。

この頃は実際、記号《サイン》や表象《シンボル》がむやみに幅をきかせたばかりでなく、文字に書いた言葉による意志伝達法がやたらと拡大利用された時代でもあった。満員の車にとび込む場合には、とび込む前から運命の神がわざわざお告げを寄せて、同乗者の中に唖《おし》で聾《つんぼ》の人間がいる場合の用意にと、メモ帳と鉛筆とを携行させてくれたりするし、バスルームに忍び込む場合には、そこにささやかな伝言が（天啓とも受け取れる文句であろうとなかろうと）記されていはしないかを確かめるために、洗面台の上のあたりを見上げたほうがよかったのである。

バスルームが一つに子供が七人というわが家では、キャビネットの鏡面に、細長くなった石鹸《せっけん》の端を濡《ぬ》らして、誰彼に伝言を書き残すという、鼻にはつくかもしれないけれど役には立つ習慣が、長年にわたって続いていた。伝言の主旨はきびし過ぎるくらいの警告が普通だが、むき出しの脅迫もまれではなかった。「ブーブー、手拭《てぬぐ》いは用がすんだら拾っておけ。床の上に放置すべからず。愛するシーモア」「ウォルト、お前がZ（訳注 ゾーイーのこと）とF（訳注 フラニーのこと）を公園に連れて行く番だぞ。ぼくは昨日やった。わたしは誰でしょう」「水曜日は彼らの記念日です。放送が終ってから映画へ行ったり、スタジオで油を売ったりしないこと。さもなければ罰金を払うこと。これは、バディ、あなたもよ」「ママの話ではゾーイーがフィーノラックスを食べそうになった由《よし》。毒気のある物は流しの上に置いておかないこと、彼が手をのばして食べちゃうから」以上はもちろんわたしたちの子供の頃の例をそのまま挙げたのだが、その後何年も経って、シーモアとわたしとが自主独立とかなんとかの名目で分離して、二人だけの部屋を持ってからも、わが家の古来の慣習からは、どちらも実質的には離れなかったのである。ということはつまり、使い古した石鹸のかけらも、簡単には捨てなかったということだ。

シーモアの日記を小脇《こわき》に抱えてバスルームに入ったわたしは、確実にドアの留め金を掛けてから、すぐさま伝言に気がついた。しかしそれは、シーモアの筆蹟ではなくて、間違いなく妹のブーブーが書いたものであった。石鹸を使おうが使うまいが、彼女の筆蹟はいつも判読しがたいほどにこまかいので、鏡面に次のような伝言を書き出すことも難かしくはなかったのだ――「大工よ、屋根の梁《はり》を高く上げよ。アレス（注訳 ギリシャ神話の軍神）さながらに、丈高き男《お》の子にまさりて高き花婿《はなむこ》きたる。先のパラダイス放送株式会社専属作家アーヴィング・サッフォより、愛をこめて。汝《なんじ》の麗《うるわ》しきミュリエルと何卒《なにとぞ》、何卒、何卒おしあわせに。これは命令である。予はこのブロックに住むんぴとよりも上位にある者なり」この伝言に引用されている専属作家は、詩に対するシーモアの好みがわたしたち全員に計り知れぬ影響を与えたことが主な原因で、わが家の子供たちみんなから――適当な年月の間隔をおいてではあるが――昔から引き続いて非常に愛好された作家であることを述べておこうと思う。わたしはこの引用を何度も繰り返して読んだ。そしてそれから浴槽《よくそう》の縁に腰を下ろしてシーモアの日記を開いた。

以下はわたしが浴槽の縁に腰かけて読んだシーモアの日記の何ページかを、そのまま再録したものである。個々の日付は省いても全然支障は起るまいと思う。全部が彼のフォート・モンマスにいた時分、つまり結婚式の日取りが決定する数カ月前にあたる一九四一年の末から一九四二年の初めにかけて書かれたものだといえば、それで足りるのではないだろうか。

「日夕点呼のときは身も凍る寒さだった。しかも、国歌が果てしもなく吹奏されている間に、われわれの小隊だけでも六人ばかりの気を失った者が出た。思うに、血行が正常ならば、軍隊の『気をつけ』のような不自然な姿勢に堪えられるわけがない。なまくら鉄砲を持って『捧《ささ》げ銃《つつ》』をさせられるのならばなおさらである。ぼくには血行もなければ脈搏《みゃくはく》もない。不動の状態はお手のものである。国歌とぼくとは完全に理解し合っている。ぼくにとって、そのリズムはロマンチックなワルツである。

点呼の後、夜の十二時までの臨時外出が許可された。ぼくは七時にミュリエルと『ビルトモア』で会った。酒を二杯、ドラッグストアで売ってるみたいな鮪《まぐろ》のサンドイッチを二つ。それから彼女が見たいという映画。グリア・ガースンの出るやつだった。グリア・ガースンの息子の飛行機が出撃中に行方不明になる場面で、暗がりの彼女を何度か見やった。彼女は口を開けていた。はらはらしながら夢中で見ている。メトロ・ゴールドウィン・メイヤーの悲劇との完全な一体化。ぼくは畏敬《いけい》と幸福を感じた。彼女のこの識別することを知らない心情をぼくはいかに愛し、かつ必要としていることか。子供たちが母親に見せに仔猫《こねこ》を連れて来る場面で、彼女はぼくの方を向いた。Mはその仔猫がとても気に入って、ぼくにも気に入ってもらいたいのである。彼女の愛するものをぼくが自動的に愛さない場合に、きまって彼女が感じる疎外感《そがいかん》を、このときも彼女が感じているのが、暗がりでもはっきりと分った。あとで、いっしょに駅で飲物を飲んでいたときに、彼女はあの仔猫を〈なかなかいい〉とは思わないかと言った。彼女は〈かわいらしい〉という言葉を使わなくなった。いつぼくは彼女に普通の言葉を使うことさえ控えさせるような恐怖心を起させたのであろう？　なにしろ間抜けなぼくのことだから、『感傷性』ということについてのR・H・ブライズの定義を紹介した——『ある対象に、神が注いでいる以上の愛情を注ぐとき、これを感傷的態度と言う』と。神が仔猫を愛することに疑問の余地はないが、テクニカラーの毛糸靴をはいた仔猫は、十中八九、愛さないのではないか。ああいう独創的なタッチは、神も脚本家にまかせているのだ、と、わたしは（きいたふうなことを？）言った。Mはよく考えたあげく、ぼくに同意したらしかったけれど、この〈知識〉は嬉しいものではなかった。飲物を搔《か》き回しながらぼくとの違和感をかみしめていた。彼女は、ぼくに対する愛が行ったり来たり、現われたり消えたりするのを気にしている。仔猫に対する気持のようにいつも愉《たの》しいとは限らないといって、その実在性を疑うのだ。愛が悲しいものだということを神は知っている。人間の声がこの世のすべてのものの神聖な本質を汚《けが》すのだ」

「フェダー家で晩餐《ばんさん》。美味。仔牛の肉。マッシュポテト。いんげん。サラダ・オイルと酢の美しい野菜サラダ。デザートにはミュリエルが自分で作ったものが出た。クリーム・チーズを凍らせて、上にラズベリーをのっけたみたいなもの。ぼくは涙が出そうになった。（サイギョウ曰《いわ》く——そは何か　われは知らねど　ありがたき心地せまりて　わが涙落つ）ぼくのすぐそばの卓上にケチャップの瓶《びん》が置いてあった。ぼくが何にでもケチャップをかけることを、ミュリエルがフェダー夫人に言ったものとみえる。莢《さや》いんげんにまでケチャップをかけるぼくを、Mが母親にとりなしているところが見られたら、ぼくは世界をくれてやってもよいと思う。大事な大事なぼくのミュリエル。

食後、フェダー夫人が、例の番組を聞こうと言いだした。この番組に対する、中でもバディとぼくとが出ていた昔のこの番組に対するフェダー夫人の情熱、彼女の郷愁がぼくを不安にさせる。今夜の放送は、所もあろうに、サン・ディエゴ付近のある海軍飛行基地からであった。衒学的《げんがく》な質疑応答があまりにも多すぎた。フラニーは風邪をひいているような声。ゾーイーは夢みがちで、最高の調子だった。アナウンサーは住宅開発問題について話させたのだが、例のバークという女の子は、みんな同じような格好をした家が並んでいる（同一設計の『開発型』住宅が立ち並んだ低い家並みのことを言っているのだ）のはいやだと言ったのに対して、ゾーイーは『とてもいい』と言った。彼に言わせると、家へ戻って来たときに間違った家に入ったりするのはとてもいいのだそうだ。間違ってよその家の人たちと食事をしたり、間違って他人のベッドに寝たり、明くる朝、自分の家の者だとばかり思い込んで、みんなに、行って参ります、と接吻《せっぷん》する。いっそのこと、世界じゅうの人たちがみんな同じ顔つきをしていればいいと彼は言った。誰に会っても、これは自分の奥さんだ、お父さんだ、お母さんだと思うだろうし、みんなはいつどこで会っても互いに腕をまわして抱きつくだろうし、そうなれば『とてもいい』と言うのである。

今日は一晩じゅう、とても堪えられないほどに幸福であった。みんなで居間に坐《すわ》っていたとき、ミュリエルと彼女の母との間の親愛感を、ぼくはとても美しいと思って感動した。二人はお互いに相手の弱点を、特に会話の上の弱点を承知していて、目でそれをたしなめ合っていた。フェダー夫人の目はミュリエルの話の〈文学〉趣味を警戒し、ミュリエルの目は母親の話がとかく言葉の上だけのおしゃべりになりがちなのを警戒していた。二人が言い争うときも、亀裂《きれつ》がそのまま永久化する危険はあり得ない。二人が『母と娘』だからである。恐ろしくもまた美しい眺めだ。しかしぼくは、そこに魅せられたようになって坐っていながら、フェダー氏にもっと活潑《かっぱつ》に発言してもらいたく思うことがときどきある。事実、入口のドアを入るときに、なんだか、女二人が住んでいる薄汚ない世俗の尼僧院《にそういん》にでもふみ込むように感じることがあるのだ。いとまを告げるときには、Mと母親の双方から、ポケットいっぱいにルージュや頰紅やヘア・ネットや防臭剤などが入った小さな瓶やチューブをつめこまれたみたいな、奇妙な感じを持って出て来ることがある。ぼくはとてもありがたく思うのだけれど、こうした目に見えぬ贈物をどうしたらいいのか、途方にくれざるを得ない」

「今日は点呼後もすぐには臨時外出の許可が出なかった。イギリスからやってきた将軍の査閲中に、銃を落した者があったからである。五時五十二分に乗り遅れ、ミュリエルを一時間待たせてしまった。五十八丁目の『ラン・ファー』で夕食。Mは食事の間じゅう、落ち着きがなく、涙ぐんでいた。本当に気が転倒しておびえていたのだ。彼女の母がぼくのことを精神分裂症だと思っているのである。ぼくのことをかかりつけの精神分析医に話したところが、その医者も彼女と同意見だったらしい。フェダー夫人はミュリエルに、ぼくの家系に精神異常の事実がないか、それとなく聞き出すように言ったという。おそらく無邪気なミュリエルはぼくが手首の傷跡をどこでつけたか、母親に話したのだと思う。可憐《かれん》な赤ちゃんだ。だがMの口ぶりからすると、彼女の母にはこの事よりもむしろ、他の二つの事がもっと心配であるらしい。いや、他の三つの事だ。第一は、ぼくが独り引きこもるばかりで、人と付き合うことができないこと。第二は、ミュリエルの肉体を要求しなかったところをみると、ぼくに何か〈まともでない〉ところがあるらしいということ。第三は、ある晩、夕食の席で、ぼくが死んだ猫になりたいと言ったことが、ここ何日間もフェダー夫人の頭にこびりついて離れないらしいのだ。先週、夕食の席で、彼女はぼくに除隊後は何をするつもりかと訊《き》いた。同じ大学の教師に戻るつもりか？　そもそも教職に戻るつもりはあるのか？　ラジオに復帰して、何か『解説者』といったものにでもなる意志はないのか？　それに対してぼくは、戦争は永遠に続きそうな気がするけれども、もしまた平和が来るとすれば、死んだ猫になりたいと思っていると答えた。フェダー夫人はそれを冗談ととった。ひとひねりひねった冗談を言っているのだと。ミュリエルによると、彼女はぼくを、素朴なことの嫌いな男とみているらしい。このぼくの大まじめな意見をも、軽く調子よく笑って受け流すべき冗談と解釈したのである。彼女が笑ったので、ぼくはいささか面くらったのだと思う、わけを説明するのを忘れてしまった。今夜ぼくはミュリエルに、ある禅宗の老師が、世の中で一番価値あるものは何かと尋ねられたときに、それは死んだ猫だと答えたが、それは死んだ猫には誰も値をつけることができないからだと言ったという話をしてやった。Mは安心したが、早く家に帰って、先日のぼくの返事には何ら心配の必要もないことを母親に納得させたくてうずうずしているのが、ぼくの目にもよく分った。彼女はぼくといっしょに車に乗って駅まで来た。まったく可憐な、そしてまたすっかり上機嫌になった彼女だった。指でぼくの口辺の筋肉を押しひろげたりして、ぼくに微笑することを教えようとする。彼女の笑顔の何と美しいことか。ああ神よ、彼女といっしょにいるとぼくは実に幸福だ。ぼくといっしょにいるときに彼女がもっと幸福であってくれさえしたらとつくづく思う。ぼくの話を面白がることはときどきある。ぼくの顔や手や頭の後ろ格好などが気に入ってもいるらしい。そして、『これは神童』に何年も出演していたビリー・ブラックと婚約したと友達に話すのが大満悦なのである。それに彼女は、ぼくという存在に、母性的衝動と性的衝動の入りまじったものを感じてもいるようだ。ところがぼくは、全体としてみた場合、彼女を本当に幸福にはしていない。ああ、神よ、助け給《たま》え。ぼくの唯一《ゆいいつ》のすさまじい慰めは、わが愛する者が、結婚という制度自体に、根本的には揺《ゆる》ぎない不滅の愛情を持っているということだ。彼女はままごと遊びをしたいという最初の欲求をいつまでも持ち続けているのだ。その結婚の狙《ねら》いは実にバカバカしくもまた感動的である。まっ黒に日焼けして、どこかのいきなホテルのフロントへ行って、主人がもう郵便物を持って行ったかと尋ねてみたいというのがその望みなのだ。それからカーテンの買物がしたい。マタニティ・ドレスを買ってみたい。それからこれは、自分で意識しているかどうか分らないし、母親に対する彼女の愛着とは矛盾するわけだけれど、母親の家から出たいという気持も持っている。それから子供がほしい――ぼくの目鼻立ちではなくて彼女の目鼻立ちを持った美貌《びぼう》の子供が。さらにはまた、これはぼくの感じだけれど、母親のクリスマス・ツリーではなくて、自分のクリスマス・ツリーの飾りつけを毎年箱から取り出してみたいという思いをも持っているのではないだろうか。

今日はバディからとても面白い手紙が来た。炊事勤務（訳注 軽微な罰則）を下番《かばん》した直後に書いたものだ。ミュリエルのことを書いていると、彼のことが思い浮ぶ。彼女の結婚の動機が今書いたようなものであってみれば、彼は彼女を軽蔑《けいべつ》するだろう。が、しかし、それははたして軽蔑さるべき動機だろうか？　ある意味ではたしかに軽蔑されても仕方あるまい。だが、ぼくには実に人間並みで美しく思われて、これを書いている今ですら、それを思うと深い深い感動を禁じ得ない。彼はまた、彼女の母親にも賛意は表明しないだろう。独善的で、いらいらさせられる女で、バディの我慢ならないタイプだ。おそらく彼女のありのままの姿を見ることは彼にはできないだろう。事物を貫いて流れている、万物を貫いて流れている太い詩の本流、これに対する理解力をも愛好心をも、生涯ついに恵まれることのなかった人間。むしろ死んだほうがましかもしれないが、それでも彼女は生き続けてゆく。調製食料品店《デリカテッセン》に立ち寄ったり、かかりつけの分析医に会ったり、毎晩一編ずつ小説を読破したり、ガードルを着けたり、ミユリエルの健康と繁栄のために画策したりしながら。ぼくは彼女を愛している。想像を絶するほど勇敢な人だ」

「今夜は中隊全員が駐屯地に足どめである。娯楽室の電話を使うのにも、まる一時間行列をした。今夜行けないと聞いて、ミュリエルはむしろほっとしたような感じだった。これがぼくには面白くもあり嬉《うれ》しくもある。ほかの女の子だったら、一晩フィアンセから解放されて過したいと、しんからそう思った場合には、電話口の向うから、いかにも残念だという様子をいろいろとやってみせるだろう。Mはわたしの話を聞くと、ただ、そうと言っただけだ。その単純さ、そのすばらしい正直さ、いかにぼくはこれを高く評価することか。いかにこれを頼りにしていることか」

「午前三時三十分。いま中隊事務室に来ている。眠れなかったのだ。パジャマの上にオーバーをひっかけて出て来た。アル・アスペシが当番で、床の上で眠っている。彼に代って電話の番をしてやれば、ここにいられるというわけだ。何という夜だ。フェダー夫人かかりつけの分析医も夕食に招かれていて、十一時半頃まで、断続的に尋問しやがった。実に巧妙に頭のよい訊き方をしたことも時々あった。一度か二度、うっかりしてぼくのほうからサービスしてしまったこともある。彼はバディとぼくとの古いファンらしいのだが、なぜぼくが十六歳で番組をおりたかということに、職業の上からだけでなく個人的にも興味を持っているらしい。例のリンカーンの特別番組を実際に聞いていたが、ぼくがゲティスバーグの演説（訳注　あの「人民による人民のための人民の政府」が出てくる演説）は『子供に悪い』と言ったというふうに思い込んでいた。これは違う。ぼくは、あの演説は学校で子供たちに暗記させるには適さないと思うと言ったのだと、彼に教えてやった。彼はまた、ぼくがあれを不正直な演説だと言ったというふうにも思っていた。実際はそうではない。ゲティスバーグでは五万一千百十二人に上る死傷者が出た。その記念日に誰かが演説をしなければならなくなったとしたら、その人は前に進み出て、聴衆に向って拳《こぶし》を振って、そしてそのまま退《さが》ってゆくのが本当だ——もしもまったく正直な人間ならばそうあるべきだ、ぼくはそう言ったのである。それを言うと彼は、ぼくの考えに賛意を示さず、ぼくがある種の完全性コンプレックスを持っていると感じとったらしかった。不完全な生活のよさ、自分や他人の弱点を許容することの価値について、なかなか気のきいた話をいろいろと聞かせてくれた。ぼくも賛成だけれど、あくまで理屈の上だけである。ぼくは『識別なき態度』をあくまでも支持するであろう。それが健康と、それから現実的で羨《うらや》むべき一種の幸福とに通じる道だからである。純粋にこれを貫いたものがすなわち老子の道であり、疑いもなく最高の道だ。しかし、識別力を持った人間にとって、この境地に到達することは、詩を追放すること、詩を超越することを意味するであろう。というのは、そういう人間が、悪い詩を良い詩と同等に見ることはおろか、そもそも一般的に言って悪い詩というものを好きになる、好きになるように自分をしむける、ということはおそらく不可能だろうから、詩そのものを棄《す》てるよりほかに途《みち》はなくなるだろう。それは決してなまやさしいことではないとぼくは言った。シムズ博士は、ぼくの考え方がきびし過ぎると言った――そんなふうに考えるのは完全主義者だけだという。ぼくにこれが否定できるだろうか？

フェダー夫人は、シャーロットが九針縫った話を、心配して博士に言ったものとみえる。すんでしまった昔の事をミュリエルに話したのが、そもそも軽率だったと思う。彼女は何だってすぐさま母親に伝えてしまうのだから。たしかにぼくは異議を申し込むべきところなのだが、それがぼくにはできない。Mは、母親にも聞かせないと、ぼくの言うことが耳に入らないみたいなのだ、かわいそうに。しかし、シャーロットの手術の跡のことをシムズと話し合う気は毛頭なかった。たった一杯の酒を飲む間に話せるようなことではない。

今夜、駅で、Mに、そのうちどこかの精神分析医のところへ行くと大体約束した。シムズの話によると、この駐屯地にいる医者が非常に優秀なのだそうだ。彼とフェダー夫人との間に、この問題で、内密の話合いが一、二度行われていたことは明らかである。どうしてこれがぼくに不愉快を与えないのだろう？　全然不愉快でないのだ。へんな気がする。どういうわけか、ほのぼのとした暖かさを感じるのだ。昔からぼくは、義理の母親というものには、漫画新聞に出ている陳腐なやつにさえ、なんとなく心を惹《ひ》かれる男ではあったけれど。とにかく、分析医に会ってもべつに失う物はないと思う。軍隊の中でなら無料《ただ》なわけだ。Mはぼくを愛しているのだが、ぼくが簡単な健康診断を受けるまでは、本当にぴったりしない、打ちとけることができない、ふざける気になれない、というわけだ。

　ぼくが思い立って分析医の所へ行くとしたら、そのときには、皮膚科の先生をも同席させる先見の明を担当の医者に持ってもらいたいと、神かけてぼくは希望する。手の専門家がいい。ぼくの手には、ある人々に触ったためについた跡が残っているのだ。フラニーがまだ乳母車に入っていた時分、あるとき〈公園〉で彼女の頭のてっぺんのうぶ毛のところに手をかけたまま、少し長い間そうしていたことがあったのである。もう一度は、七十二丁目の『ロー劇場』でゾーイーとお化け映画を見ていたときだ。彼は六つか七つぐらいだったが、怖い場面を見るのがいやで座席の下にもぐったのだ。そしてぼくは彼の頭に手をのせたのだ。ある種の頭、ある種の色と質を持った人間の髪の毛が、ぼくにいつまでも消えない跡を残すのである。髪の毛だけではない。あるとき、スタジオの外で、シャーロットがぼくから逃げて行こうとしたことがある。ぼくはそばにいてもらいたいから、それを止めようとして彼女のドレスを掴《つか》んだのだ。彼女には長過ぎるところがぼくにはとても気に入っていた黄色いコトンのドレスだった。ぼくの右の掌には、今でもレモン・イェローの跡がついている。ああ、もしもぼくに病名をつけるとしたら、さしずめ逆パラノイアといったところだろう。ぼくは、みんなが画策しているような気がするのだ、ぼくを幸福にしてやろうとして」

わたしは、この「幸福にしてやろうとして」というところで日記帳を閉じた――実際にはパタンと音をたてて閉じたことを覚えている。それからしばらくの間、わたしは日記帳を小脇《こわき》にかいこんだまま坐《すわ》っていたが、そのうちに、そんなに長い間浴槽の縁に坐っていたのでなんとなく坐り心地が悪くなってきて、立ち上がった。気がついてみると、この日のいつよりもひどい汗みずくの有様になっていて、まるで浴槽の縁に腰かけていたのではなくて、浴槽から出て来たばかりみたいな格好であった。わたしは洗濯籠《かご》の所へ歩いて行って蓋《ふた》を持ち上げると、憎らしい物でも放り込むみたいに手首を動かして、底に入っていた何枚かのシーツや枕《まくら》カバーの中に、その日記を文字通り放り込んだ。それから、もっとよい、もっと建設的な考えはないかと思いながら、また浴槽の所に戻って、縁に腰を下ろした。そして、一、二分の間、キャビネットの鏡面に書かれたブーブーの伝言を見つめていたが、やがてバスルームを出ると、ことさらに力を入れてドアを閉めた。まるで力さえ入れれば、そこを永久に閉めきることができるみたいに。

次にわたしが立ち寄ったのは台所である。さいわい台所は廊下から直接入れるようになっていたので、わたしは居間を通って客人たちと顔を合わせることはしなくてすんだ。台所に入り、自在ドアが後ろで閉ったところでわたしは、上着――といってもチュニックだが――を脱ぎ、それをエナメル仕立てのテーブルの上に放り出した。この上着を脱ぐだけでも全精力を使い果した感じで、わたしは、これからやらなければならない飲物の調合という大仕事に取りかかる前の一休みといった格好で、Tシャツ一枚のまま、しばらくそこに立っていた。それから、まるで壁の小さな穴からこっそりと監視する目を意識したかのように、だしぬけにキャビネットと冷蔵庫の扉を開いて、トム・コリンズの材料を探しにかかった。ライム・ジュースではなくて、レモンだったけれど、とにかく材料は全部あった。そして、多少甘口ながら、水差し一杯のトム・コリンズが数分のうちにできあがった。わたしはグラスを五つ取り出すと、盆がないかとあたりを見回した。盆一枚を見つけるのが簡単にはいかなくて、結構時間がかかったものだから、ようやく見つけた時分には、キャビネットの扉を開けたり閉めたりするたびごとに、わたしは小さな声で思わず悲鳴をもらしていたくらいであった。

水差しとグラスとを盆に載せ、また上着を着こんで台所を出かかったとき、わたしの頭上でパッと架空の電燈《でんとう》がともった——漫画で作中人物に突如として名案が浮んだことを示す、あの感じである。わたしは盆を床の上に置いた。そして酒の棚の所にとって返すと、半分ほど残っていたスコッチの瓶《びん》を取り出した。わたしはグラスを持って行って、独り、酒を注いだ。べつに見当をつけて注いだわけではないが、指四本分はあったろうか。わたしはそれを見て、多いかなとちょっと思ったけれど、次の瞬間、西部劇の頼もしい主役よろしく、無表情にさっと放り込むようにして、一気に飲みほしたのである。こんな些細《ささい》なことをいま書くに当って、わたしがガタガタ身震いしていることをつけ加えたほうがよいかもしれない。当時わたしは二十三歳であったし、元気な二十三歳のバカ者ならば誰だって、あんな状況に置かれたならば、やっぱり同じ事をやったろうということくらいはわたしも承知している。だからそんな単純なことを言っているのではない。わたしが問題にしているのは、自分が世に言うところの

「酒飲み」ではないという点なのである。一オンスのウィスキーで、激しい吐き気を覚えるか、さもなければ目を据えて部屋の中を見渡しながらわたしを信用しない奴《やつ》らを探し始めるかするのが通例なのだ。二オンスできれいに気を失ったという記録もある。

しかしこの日は——どんなに控え目な言い方をしたところで——尋常一様な日ではなかった。わたしは、再び盆を持ち上げて台所を出ようとしたとき、いつもならばほとんどたちどころに現われる変貌の徴候を少しも感じなかったことを覚えている。胃袋の中で前例のない高熱が発生しているようではあったけれど、ただそれだけであった。

わたしが品物をのせた盆を持って入って行ってみると、居間の客人の態度には、これといって歓迎すべき変化は一つも現われていなかった。ただ、花嫁の父親のおじ上が再び仲間に加わっていたことが、わたしには生き返るような思いであった。彼はわたしの死んだボストン・ブルの古椅子《ふるいす》にすっぽりとおさまって、短い脚を組み、髪は櫛《くし》の目も美しく、肉汁《ソース》のしみは相変らず人目につくけれど——こはいかに——葉巻には火がついていたではないか！　老人とわたしとは、今までの断続的な別離が、急に堪えがたいほどに長く、しかもいわれなく引き離されておったとでも言いたげに、ことのほか大仰な挨拶《あいさつ》を交わした。

中尉《ちゅうい》は相も変らず向うの書棚の所に立っていた。そして一冊の本を取り出して、いかにも興味を惹かれた様子でページをめくっていた（それが何の本か、ついにわたしは確かめずに終ったが）。シルズバーン夫人は、パンケーキの化粧を新しくし直したのであろう、かなりに元気を回復しただけでなく、爽《さわ》やかな顔つきさえして、今は寝椅子の、花嫁の父親のおじ上からは一番遠い所に腰を下ろしていた。彼女は雑誌のページをめくっていたが、わたしがコーヒー・テーブルの上に盆を置くのを目にすると「まあ、すてき！」と、パーティ用の声を出して、華やいだ微笑を浮べながらわたしの顔を見上げた。

「ジンはほんのちょっぴり入れましたからね」わたしは水差しを掻《か》き回しながら嘘《うそ》をついた。

「今はこのお部屋、とても涼しくてすてきですわ」とシルズバーン夫人は言った「話は違いますけど、あたくし、一つ伺いたいことがございますのよ」そう言って彼女は、雑誌を脇へ置いて立ち上がった。そして寝椅子の横を回って、向うの机のそばへ歩いて行った。そして腕をのばすと、壁に貼《は》った一枚の写真に指先をあてた。「このきれいなお子さんはどなたですの？」彼女はそう言った。今では冷房装置もなめらかに小やみなく回転しているし、新しく化粧を直す暇もあったりして、彼女はもはや、七十九丁目の『シュラフツ』の表に暑い陽を浴びて立っていた、あの力なく萎《しお》れた子供のような彼女ではなかった。わたしに話しかける姿態にも、花嫁の祖母の家の前で車にとび込んでいったわたしをつかまえて、あなたはディキー・ブリガンザという人ではないかと尋ねたときに自在に操ってみせた、あの繊細なしいながが現われていた。

わたしはトム・コリンズの水差しを掻き回すのをやめて、彼女の所へ回って行った。マニキュアを施した彼女の爪《つめ》は、一九二九年の『これは神童』のメンバーの中の、一人の子供の上にぴたりと当てられていた。わたしをも含めた七人の子供が、めいめいの前にマイクロフォンを置いて、円いテーブルを囲んで坐っている。「こんなにきれいなお子さんって、あたくし、はじめて見ますわ」と彼女は言った「ちょっと誰かに似てますでしょう？　目と口のあたりが」

ちょうどその頃、スコッチがいくらか――大雑把《おおざっぱ》に言って、指一本分ぐらいであろうか――効いてきはじめて、わたしはもう少しで「ディキー・ブリガンザ」と答えるところであったけれど、まだ警戒心のほうがたちまさっていて、うなずきながら、先ほど介添夫人が、外科手術で九針縫った話をした、あの映画女優の名前を言った。

シルズバーン夫人は目をみはって「あの人、『これは神童』に出てましたの？」

「ええ、二年ばかり。そうです、出てたんです。無論、本名でね。シャーロット・メイヒュー」

そこへ中尉もやって来て、わたしの右手後ろに立って、その写真を見上げた。シャーロットの芸名が聞えたので、書棚を離れて、一目見にやって来たわけである。

「存じませんでしたわ、あの人が子供の時分にラジオに出てたなんて！」とシルズバーン夫人が言った「意外ですわ！　あの人、子供の頃に、そんなに頭がよかったんですの？」

「いや、彼女はたいていにぎやかなだけでしたよ、実をいうと。でも、あの頃も今みたいに歌がうまかったんです。それに精神的援助が大したもんでしてね。放送席に坐るときには、なんとかかんとか言って、いつも兄貴のシーモアの隣りに坐っちゃうんです。そうしてその番組で兄貴が彼女の気に入るようなことを言うたんびに、兄貴の足を踏むんですよ。まあ、手でつねるあれと同じなんだけど、ただ彼女は足を使ったんですね」わたしは、机のそばの椅子の背の一番上の横木に両手をかけながら、こういう話を得々とやっていたのだが、その手が不意にするりと辷《すべ》った――テーブルやバーのカウンターにかけていた肱《ひじ》が、だしぬけに、ずりおちることがあるが、あんな具合にである。でもわたしは、均衡を失うのとほとんど同時にそれを取り戻したので、シルズバーン夫人も中尉も気がつかないようであった。「兄貴が特別好調だった夜なんかですね、きまって彼は軽いびっこをひいて家へ帰ったもんですよ。本当です。シャーロットのは、足を踏むというよりも、踏んづけちゃうんですからね。シーモアは平気でした。自分の足を踏むような人が好きなんですよ、彼は。にぎやかな女の子が好きだったんです」

「まあ、面白いお話ですこと！」シルズバーン夫人が言った「あの人がラジオやなんかに出てたなんて、あたくし、本当に存じませんでしたのよ」

「シーモアが出したんです、実をいうと」とわたしは言った「彼女は、リヴァサイド・ドライヴのわたしたちのアパートに住んでいた、ある整骨医の娘でしてね」わたしは椅子の背の横木にまた両手をかけて身を乗り出した。一つには、そうやって身体《からだ》を支えたわけだけれど、同時にそれは、裏庭の柵《さく》に手をのせて思い出話を語る老人の格好にもなっていた。自分の声も、われながら、不思議と耳に快く響いた。「ぼくたち、ストゥープ・ボールをやってたんですよ――でもこんな話、面白くないでしょうか？」

「とんでもない！」とシルズバーン夫人。

「ある日の午後に、学校が終ってから、アパートの横でストゥープ・ボールをやってたんです——シーモアとぼくとでね。そしたら、十二階の部屋からぼくたちの上におはじきを落してよこした者があって、それがシャーロットだったわけですよ。こうしてぼくたちは会ったわけです。その同じ週にぼくたちは彼女をラジオに引っ張り出したんですけど、歌が歌えるってことも知らなかったんです。ぼくたちとしては、彼女の言葉にとてもきれいなニューヨーク訛《なま》りがある、ダイクマン・ストリート（訳注　マンハッタンの北端部を東西に走ってリヴァサイド・ドライヴに接続する街路）の訛りなんですね、それで出てもらいたかったんです」

シルズバーン夫人は甲高い声を出して笑った。こうやられては、神経質なわたしは、かりにしらふであったにしても何であったにしても、こんな逸話を話し続けていられたものではない。彼女は、一途《いちず》に思い込んだ考えを中尉に訴えたくてたまらなくて、わたしの話が終るのを待ちかねていたものとみえる。「あなたには、この人、どなたに似て見えます？」執拗《しつよう》に彼女はまたそれを繰り返した「特に目と口のあたりですわ。どなたかを思い出しはいたしませんか？」

中尉は彼女を見、続いて問題の写真を見上げた。「この写真の彼女がですか？　子供の時分の？」と彼は言った「それとも今ですか？　映画に出ている彼女ですか？　どっちです？」

「両方だと、あたくしは思いますけど。でも、この写真のが特にそうですわ」

中尉は写真を仔細《しさい》に眺めていた——むしろ怒ったような顔つきである。シルズバーン夫人は、女性であるうえに、なんといったって民間人ではないか、それが軍人である自分にこんな要求を出すとは何事か、と言いたげな顔である。「ミュリエルだ」言葉短く彼は言った「この写真はミュリエルに似ている。髪から何から」

「そのとおりですわ！」シルズバーン夫人はそう言うと、わたしのほうを振り向いた。そして「そのとおりなんですのよ！」ともう一度繰り返した。「あなた、ミュリエルにお会いになったことはございますの？　つまりその、あの人が髪の形をかわいらしい——」

「いいえ、今日まで一度も会ったことがありません」とわたしは言った。

「じゃあ、いいですわ。あたくしの言葉を信じて下さいませね」シルズバーン夫人は、しかつめらしく、人さし指でその写真を叩《たた》きながら「この子はこの年頃のミュリエルに生き写しです。瓜《うり》二つですわ」

ウィスキーはじりじりとわたしを侵略してきていた。そしてわたしはこの話をすっぽりと信じるわけにはいかなかった。細部にわたって吟味することなどはなおさらである。わたしはコーヒー・テーブルの所へ——さっさと、という感じがいささか出すぎたと思うが——戻って行って、またトム・コリンズの水差しを掻き回し始めた。わたしが近くへ戻ったので、花嫁の父のおじ上は、わたしの帰還を歓《よろこ》ぶ気持を伝えようと、わたしの注意を惹《ひ》こうとしたけれど、ミュリエルがシャーロットに似ているという臆断《おくだん》を聞かされて気もそぞろだったわたしは、それに応《こた》える余裕もなかった。それに多少頭もくらくらしていた。まさか実行はしなかったけれど、床の上に坐《すわ》って、そこから水差しを掻き回してやりたいという強い衝動を覚えたくらいである。

一、二分たって、わたしがちょうどグラスに飲物を注ごうとしたときに、シルズバーン夫人がわたしに一つの質問をした。それは部屋の向うから、まるで歌の文句のような調子で問いかけられて来たのである。それほど調子のよい抑揚であった。「たいへんぶしつけかも存じませんけれど、先ほどバーウィック夫人がおっしゃいましたあの事件は、どんな事でございますの？　九針どうとかとおっしゃった、あのことでございますわ。お兄さまがうっかり突きとばしなすったとかなんとか、そんなことでございましたの？」

わたしは、水差しが異常に重くて手に余るような感じがして、またテーブルの上にそれを置いた。そしてシルズバーン夫人を見やった。軽い目まいがしていたのに、遠くの物が少しもぼやけて見えないのが奇妙であった。それどころか、わたしが見やった部屋の向うのシルズバーン夫人の姿などは、どぎついまでにはっきりと見えた。

「バーウィック夫人って誰ですか?」とわたしは言った。

「わしの家内さ」中尉がややぶっきらぼうに答えた。彼もまた向うからわたしを見ていたが、ただその視線は、飲物を作るのに何でわたしがそんなに手間どっているのか、みんなを代表して監査しているような感じであった。

「そうそう。そうでしたね」とわたしは言った。

「それは事故でしたの?」シルズバーン夫人が重ねて追及してきた「わざとやったわけではございませんのね?」

「そんなバカな、シルズバーン夫人」

「今なんとおっしゃいまして?」冷然と彼女は言った。

「これは失礼しました。ぼくのことは気にかけないで下さい。少し酔ってるんです。台所で勝手にぐっと一杯やりましてね、五分ばかり――」わたしは言葉を切って、だしぬけに後ろを振り返った。絨毯《じゅうたん》を敷いてない廊下をガツガツ踏んで来る聞きなれた足音が聞えたのである。足音はたいへんな速さでわたしたちの方へ――わたしたちをめがけて――近づいてきた。と思う間もなく、介添夫人が部屋の中にとび込んできた。

彼女は誰も目に入らないらしく、「やっと連絡がついたわ」と、そう言った。その言い方には、抑揚をきかせる気配すらなくて、不思議と一本調子な感じであった。

「一時間ばかしもかかっちゃった」顔つきは緊張し、すっかり上気してしまって、いわば沸騰点《ふっとうてん》に達している感じである。「それ、冷たい？」彼女はそう言うと、返事も待たず、足もとめず、まっすぐにコーヒー・テーブルのそばへ歩み寄った。そして、一分ばかり前にわたしが半分ほど注いだグラスを手に取ると、仰向《あおむ》きざまに一気に貪《むさぼ》るように飲みほした。「あんなに暑い部屋って、生れて初めてだった」彼女は事実の報告でもするみたいな口調でそう言いながら、空《から》のグラスを下に置くと、水差しを持ち上げて、それにまた半分ほど、四角い氷の音もにぎやかに飲物を注いだ。

シルズバーン夫人はコーヒー・テーブルの近くに歩み寄っていたが、「向うでは何て言ってましたの？」と、待ちきれなそうに尋ねた「あなた、リアとお話しなさったの？」

介添夫人は、まず飲物を飲んでから「みんなと話したわ」と言ってグラスを置いた。「みんな」という所を彼女は力を入れて強く言ったけれど、それでも彼女としては不思議なくらいに散文的な言い方であった。彼女はまずシルズバーン夫人を見、ついでわたしを見、それから中尉を見やって「みんな安心して大丈夫よ」と言った「万事めでたくおさまったわ」

「それ、どういうことですの？　何が起ったんですの？」シルズバーン夫人が切りこむように言った。

「だから、今言ったじゃない？　花婿《はなむこ》殿のね、幸福病がね、直っちまったのよ」そう言う介添夫人の口調には、聞きなれた抑揚がまた舞い戻っていた。

「どうして？　あんたは誰と話をしたんだい？」と中尉が尋ねた「フェダー夫人と話したのか？」

「だから、みんなと話したって、言ったじゃない。頬を赤らめた花嫁御寮だけは別だけどさ。彼女はお婿さんと駆け落ちしたんだって」そう言って彼女はわたしの方を向くと「話は違うけどさ、あんた、これにどのくらいお砂糖入れた？」と苛立《いらだ》たしげに言った「この味、まるで――」

「駆け落ちですって？」シルズバーン夫人はそう言って、片手で咽喉《のど》もとを押えた。

介添夫人は彼女を見て「いいからまあ落ち着いてちょうだいよ。そのほうが長生きするわよ」

シルズバーン夫人は力なく寝椅子《ねいす》に腰を下ろした。それが実をいうと、わたしのすぐ隣りであった。わたしは介添夫人の顔を見上げていたのだが、シルズバーン夫人もすぐわたしの例にならったはずである。

「みんながアパートに戻ってみると、そこにお婿さんがいたらしいんだな。そこでミユリエルはさっさと荷物をまとめて、二人はハイ、サヨウナラ、とまあ、そんなわけよ」介添夫人はそう言って肩をすくめてみせた。それからまたグラスを取り上げると、残っていた飲物を飲みほした。「とにかくね、あたしたちはみんな招待されてんのよ、披露宴にさ。披露宴だか何だか知らないけど——花嫁と花婿がいなくなっちまったんだもの。向うにはもう、大勢の人が集まってるらしいんだ。電話の感じじゃ、みんなもう、すごくはしゃいでるような様子だったわ」

「あんた、フェダー夫人と話をしたって言ったが、彼女、何て言ってた？」と中尉《ちゅうい》が尋ねた。

介添夫人は意味深長にかぶりを振って「それがすばらしいんだな。いやあ、大した女性だわよ、全然変ったとこがないの。あたしが察したところだとさ——つまり、あの人の口ぶりからすればよ——シーモアは、これから精神分析のお医者さんへ行って、悪い所はちゃんと直すって、約束したらしいんだな」そう言って彼女は、また肩をすくめると「分りゃしないわよ。たぶんまあ、何もかもいいセンいくんだろうけどさ。あたしゃもう、くたくたで頭が働かないわ」彼女は夫を見やりながら「さあ、出かけましょうよ。あんたの帽子、どこ？」

それからどういうことになったのか——わたしが知っているのは、介添夫人と中尉とシルズバーン夫人と、みんながぞろぞろと入口のドアの方へ歩きだして、主人役のわたしが後から随《つ》いて行ったことである。そのときはもう、わたしは足もとがふらついていたのであるけれど、誰も振り返らなかったから、そんなわたしに気づいた者は一人もいなかったと思う。

「あなた、向うのお宅でしばらくお邪魔なさるおつもりかしら？」シルズバーン夫人が介添夫人にそう言うのが聞えた。

「さあ、どうかな」と相手は答えた「お邪魔するとしても、ほんのちょっとね」

中尉がエレベーターの呼鈴を鳴らした。そして三人は、エレベーターの階数を示すダイヤルを見つめながら、げんなりした格好で立っていた。誰ももう話をする気も起らないとみえる。わたしは少し離れた自分の室の入口に立って、朦朧《もうろう》とした目でそれを眺めていた。エレベーターのドアが開いたとき、わたしは、大きな声でさよならを言った。三人は一斉にこちらを振り向いた。そして「あ、さよなら」と言った。それから、介添夫人が「お酒をどうも！」と大声で言うのが聞えて、エレベーターのドアが閉った。

わたしは怪しげな足どりで部屋の中へ引き返したが、歩きながら上着《チュニック》のボタンをはずそうとした。いや、むしろそれは、引きちぎりかねない勢いであった。

　わたしが引き返してゆくと、もう一人残っていた客人が——わたしは彼のことを忘れていたのである——喜びの色を惜しみなく現わしてわたしを迎えた。なみなみと酒を注いだグラスをわたしに向って差し上げると、にこにこ笑って頭を上下に動かしながら、それを文字通り振ってみせるのである。長い間待っていた嬉《うれ》しい時がようやく訪れたといった様子であった。このときはしかし、折角またいっしょになったというのに、わたしのほうでは彼の笑顔にふさわしい表情を浮べることができなかった。でも、彼の肩を軽く叩いたことは覚えている。それからわたしは、寝椅子の所へ歩いて行って、彼の真向いにどさりと腰を下ろすと、途中まで外していた上着《チュニック》のボタンを一気に全部外してしまった。「あなたには帰る家がないんですか？」とわたしは言った「誰があなたのお世話をしてるんです？　〈公園〉の鳩《はと》ですか？」こうした刺激的な質問に対して、わたしの客人は、まるでビールのジョッキでも振るみたいにトム・コリンズを振りながら、ますます上機嫌にわたしを祝福するのである。わたしは目を閉じて寝椅子の上に仰向けにひっくり返ると、足も寝椅子の上にあげて、長々と横になった。しかし、そうすると部屋が回りだしたので、わたしは起き上がって、さっと足を床に下ろした——が、それがあまりにも急で、均衡がとれていなかったから、わたしは倒れそうになってコーヒー・テーブルに片手をついて身体《からだ》を支えた。それからぐったりと床に坐りこむと、しばらく頭を垂れて目をつむっていた。が、やがてわたしは、そのままの姿勢から手をのばしてトム・コリンズの水差しをつかみ、テーブルや床の上に酒や氷をやたらとこぼしながら、グラスに一杯酒を注いだ。そして、そのなみなみと酒をたたえたグラスを両手で持ったまま、飲みもしないでなおもしばらく坐っていたが、そのうちにそれをコーヒー・テーブルの上にこぼれている酒の上に置いた。

「あなた、シャーロットが九針縫わなきゃならなかったわけが知りたいですか？」藪《やぶ》から棒にわたしは言った。自分では少しもへんなところのない声のつもりであった。

「わたしたちはレーク・プラシッドに行ってたんですよ。シーモアがシャーロットに手紙を出して、遊びに来ないかって招《よ》んだんです。で、彼女のおふくろさんもとうとう許したんですね。そしてどうなったかというと、彼女はある朝、うちの玄関から門へ行く車道のまん中にしゃがみこんで、ブーブーの猫を撫《な》でてたんですね。するとシーモアが彼女に石をぶっつけたんです。彼は十二歳でした。それだけなんですよ、いきさつは。彼が石をぶっつけたわけはですね、車道のまん中にブーブーの猫といっしょにしゃがんでいるシャーロットがあまりにも美しかったからなんです。それはみんなが知ってるんですよ――わたしも、シャーロットも、ブーブーも、ウェーカーも、ウォルトも、家族のみんながですよ」わたしはコーヒー・テーブルの上の白鑞《しろめ》の灰皿を見つめた。「そのことについてシャーロットは兄貴にひとことも言わなかったんです。ただのひとことも」わたしは反駁《はんばく》を半ば予期しながら客人を見上げた。そんなことは嘘《うそ》だと言われそうな気がしたのである。無論、嘘にはちがいない。シャーロットは、なぜシーモアが石をぶつけたのか、わけが分らなかったのだから。しかし、わたしの客人は反駁しなかった。その反対であった。彼は先を促すように、にこにことわたしに笑いかけたのである。この件について、この先どんなことを聞かされようと、それをそのままに信じると言いたげな表情であった。しかしわたしは、立ち上がって、部屋を出た。途中で引き返して行って、床に二つ転がっていた四角い氷を拾おうかなと思ったけれど、でもそれがいかにも厄介なことのような気がして、そのまま廊下に出てしまったことを覚えている。台所の入口を通りすがりにわたしは、上着《チュニック》を脱いで、というよりもかなぐりすてて、それを床の上に放り出した。そのときは、自分の衣類をいつも置きつけている所に置くような、平気な気持だった。

バスルームに入ったわたしは、しばらくの間洗濯籠《かご》のそばに立って、シーモアの日記を取り出してもういっぺん覗《のぞ》いたものかどうか、とつおいつしていた。頭の中でどんな具合に可否の論議を闘わせたのであったか、今となっては覚えていないけれど、結局するところ、わたしは、洗濯籠を開けて日記を取り出したのである。そして、それを持ってもう一度浴槽の縁に坐ると、パラパラとページをめくって、シーモアが最後に書き込んだ個所を開いたのだ――

「今しがた仲間の一人が飛行場にまた電話をかけた。雲が低くならなければ、朝にならぬうちに出発できるらしい。オッペンハイムはあくせくするなという。ぼくはミュリエルに伝えようと思って電話をかけた。とてもへんだった。彼女は電話に出たのだが、もしもしと言うばかりなのである。ぼくの声がどうしても聞えないらしい。すんでのことに彼女は受話器をかけそうになった。ぼくがもう少し冷静になれさえすればよいのだが。オッペンハイムは飛行場から電話が来るまで寝ると言う。ぼくもそうすべきなのだが、興奮していてだめだ。電話したのは、これが最後の機会と思って、ミュリエルに、ぼくと二人で駆け落ちして結婚してくれと頼むため、懇願するため、であったのだ。ぼくは興奮しているので、みんなといっしょになんかおれやしない。ぼくは今まさに自分の誕生を迎えようとしている気持なのだ。神聖そのものの日だ。電話の接続が悪くて、通話の間じゅう、ほとんど何も話ができなかった。こっちが愛していると言うと、向うが『え、なんですって？』とどなり返して来るのでは、すさまじいかぎりじゃないか。今日は一日じゅう、ベーダンタ哲学の論文集を読んで過した。

結婚する二人は互いに相手に奉仕すべきである、という。互いに相手を高め、助け、教え、強めるべきであるが、なかんずく奉仕すべきである。二人の間の子供は、敬意と愛情をもって、しかも密着しないで育てるべきだ。子供は一家の客であって、愛し、かつ尊敬すべきである——が、決して所有すべきではない。子供は神のものだからである。何とすばらしい、何と健全な、何と美しくもまたむずかしい、それ故《ゆえ》に真実な言葉であろう。生れて初めて責任の喜びを知った。オッペンハイムはすでに眠ってい る。ぼくも眠るべきなのだが、とてもできはしない。誰かがこの幸福な人間といっしょに起きていてやらなければならぬではないか」

わたしはこの文章を一度だけ通読すると、日記帳を閉じ、それを持って寝室に戻った。そしてそれを、窓敷居の上の、シーモアのスーツケースの中に入れた。それから、二つあるベッドのうちの近いほうに、多少意識しながら倒れるように横になった。そしてベッドに身体がつくかつかないうちに、わたしは眠っていた——あるいは完全に酔いつぶれたのかもしれない。

一時間半ばかり経《た》って目をさましたとき、わたしは頭が割れるように痛く、口がからからに乾いていた。部屋はもう暗くなっている。わたしは、ベッドの端にかなり長い間腰かけていたことを覚えているが、そのうちに、なにしろ咽喉が乾いてたまらないことを名目に腰を上げると、コーヒー・テーブルの水差しに冷たい物がまだ幾らかでも残っていることを期待しながら、居間の方へおもむろに惹《ひ》きつけられて行った。

最後の客人もどうやら出て行ったものとみえて、彼がここにいたことを物語るものとしては、空《から》のグラスと、白鑞《しろめ》の灰皿に葉巻の吸殻が残っていただけであった。この葉巻の吸殻をシーモアに進呈すればよかったとわたしは今でも思っている。結婚の贈物には非実用的な品物が通例なのだから。この葉巻だけを、小さな、きれいな箱に入れて。説明として、中に一枚の白紙を入れるかして。

シーモア―序章―

井上謙治訳

俳優たちと同席すると、いつもわたしは、自分が今まで俳優たちについて書いたことはほとんど嘘《うそ》であったという気がしてきて、ぞっとする。わたしは彼らのことを、ひたむきな愛をもって書きはするが、能力が変化するために嘘になるのだ（いまこうして書いている間にも、これもまた嘘になる）。この変化する能力は、本当の俳優の姿をあざやかに正確に描き出すことはなく、この能力にあきたらず、したがってこの能力が働くのを防ぐことによって、俳優たちを保護していると考えるような愛の中に、くすんで消えてしまうのである。

それは（比喩《ひゆ》的に言えば）あたかも作者が筆をすべらせるようなもので、また、この書き誤りが書き誤りであることを意識するようなものだ。たぶんそれはぜんぜん誤りでなく、はるかに高い意味で、記述全体の本質的な部分なのであろう。したがって、あたかも書き誤りが作者に対する憎しみから反逆し、作者が訂正することを禁じ、「いや、わたしは抹消《まっしょう》されないぞ。おまえがへぼ作者であるということを証言してやるのだ」と言うようなものである。

ときどき、率直に言って、こんなことをしても大して落ち穂拾いにもなるまいと思うこともあるが、四十歳になって、わたしは、落ち目になると振り向いてもくれないわが旧友たる一般の読者がわたしときわめて世代が近く、信頼するにたる最後の友人であると思っているし、またわたしは十代を過ぎるずっと以前に、今まで個人的に知り合った人物の中では一番面白く、根本的にはすこしも横柄《おうへい》でない高名なる職人から、そのような礼儀正しい関係はどんなに奇妙で、恐ろしいものであろうと、心から尊敬しなければならないとさんざん言われてきた。わたしの場合、彼には最初からこうなることがわかっていたのだ。問題は作家が自分の一般の読者がどのようなものであるか知らない場合に、どうやってこの礼儀を守ることができるか、ということなのだ。この逆の場合はごく普通のことだ、といっても間違いないところだが、いったい物語作者は読者をどのように考えているのか問われるときがあるのだろうか？　非常に幸いなことに、手っとり早く要点を言えば――といって、こんなことを、いつまでも宣伝していられるとは思えないが――かなり昔のこと、わたしは、わが読者つまり、あなたのことになるだろうが——について心得ておくべきことはほとんど知りつくしたと思う。こう言うと、あなたはそれをくり返し否定されるだろうと思うが、それだからといって、実際にわたしはその反論を受け入れるわけにはいかない。あなたは大の愛鳥家だ。かつてわたしが教室でまことにお粗末な研究指導を受けていた頃、アーノルド・L・シュガーマン・ジュニアからしきりに読めと言われたジョン・バカン（注訳 スコットランドの政治家・著述家。一八七五—一九四〇）の短編小説『スキュール・スケリー』の中に出てくる男によく似て、あなたは鳥類によって想像力をかきたてられ、何よりもまず鳥類を相手にするようになったのである。あなたが鳥類に魅せられたのは「これらの鳥——平均体温華氏百二十五度の小動物——はあらゆる生物のなかで、もっとも清純な心に近いようにみえた」からだ。ちょうどこのジョン・バカンの中の人物と同じように、あなたはそれについていろいろ連想して胸をおどらせたのだ。きっとこんなふうに。「キクイタダキの胃は空豆ぐらいの大きさしかないが、なんと北海を渡ることができるのだ！サルハマシギは極北地方で産卵するため、その巣を発見した者は今までに三人しかいないが、休暇には、なんとタスマニアに渡っていくのだ！」もちろん、サルハマシギの卵を見た三人のうちの一人がまさにわが読者であることを望むのは過分というものだが、少なくとも、わたしには読者——つまりあなた——がよくわかっているので、わたしが今すぐどのような善意の身ぶりをしたら、あなたに喜んでもらえるか察しがつくのである。そんなわけで、わが信頼する旧友よ、水入らずで《アントレ・ヌー》、他の連中、この地上至る所にいる連中、その中には人間を月へ打ち上げようと躍起となっている中年のぽんこつスピード狂、達磨行者《ダルマバムズ》、思索する人のための煙草《たばこ》フィルターの製造業者（訳注「思索する人の煙草」は煙草「ヴァイスロイ」のコマーシャルだった）、ビート族や不潔族とか気むずかし族、選ばれし教祖たち、われらの哀れなるささやかな生殖器官について、して良いことと悪いことを充分心得ている高尚な専門家のすべて、ヒゲを生やした高慢でろくすっぽ字も知らぬ若者たちすべて、下手なギター弾き、禅の破壊者《ゼン・キラー》、それからキリスト、シェイクスピア、キルロイ（訳注　第二次大戦中海外でＧＩが落書きに残した架空の人名）たちが滞在していたこのすばらしい惑星をわかりもせずに軽蔑する法人組織の審美的イギリス太陽族が入っていることは間違いないが、こういった連中と一緒になる前に、わが友に（わたしは本当に、あなたに、と思っているのだが）こっそり申し上げておくが、どうかささやかなわたしの早咲きの括弧（(())）の花束を受けていただきたい。どうやら、本当にわたしは、このうえなく花らしくないことだが、これらの括弧を何よりもまず、今これを書いているわたし自身の精神と肉体の状態の内翻足《ないほんそく》の——外翻足の——予兆として受けとってもらうつもりでいる。プロの立場から言うならば、つまりわたしにとって今までにこれしかないと思われる一番楽しい話し方をすれば（いささか手前味噌《てまえみそ》になるが、わたしは九カ国語がペラペラ、そのうち四カ国語は死語といわれるものである）——プロの立場から言うならば、と繰り返して言うが、わたしは恍惚《こうこつ》となるほど幸福な男なのだ。こんなことはいままでになかった。いや、一度だけあったようだ。たぶん十四歳のときだったか、登場人物が全部ハイデルベルクでの決闘の傷痕《きずあと》を持っているという小説を書いたときのことだ——主人公、悪漢、ヒロイン、その乳母、それに馬も犬も全部だ。あのときはかなり幸福だったといえるが、今みたいに恍惚とするほどではなかった。要するに、恍惚となるほど幸福な物書きには、身近にいる人間をまったく疲労困憊《こんぱい》させるタイプの人間が多いということを、おそらくわたしほど知っている人間はいないのではあるまいか。もちろん、こうした状態にある詩人たちは、とりわけ「厄介な」ものだが、しかし散文作家でも同じような状態にとりつかれると、上品な人たちの前では本当に自分の好きなように振舞えないのである。しかも恍惚となるほど幸福な散文作家は印刷された紙の上では良いこと——率直にいってわたしはそれが一番良いことだと思っているが——がたくさんできるけれどもその一方では、中庸、節度、簡潔さを保てるはずもなく、短いパラグラフがほとんど書けなくなることもまた確実であり、かつきわめて自明のことと思われる。彼は冷静でいられなくなる——もしくは、ごくまれに、疑いを抱きながら、引いてゆく波にのったようになる。幸福のように大きな身を焼きつくすような経験のあとでは、彼はそれよりもはるかに小さなことではあるが、静かにあたりをうかがいながら紙面に姿を現わすという、作家にとってはいつもかなり微妙な喜びを失ってしまうのである。何よりもまずいことに、おそらく彼はもはや、読者のもっとも切実な要求、つまり作者にどんどん話を続けてもらいたいという要求に気を使っていられなくなるだろう。いくぶんそんなこともあって、少し前に予兆的な括弧を出した次第である。完全な知性をもった多くの人びとにとって、物語らしいものを聞いている最中に括弧つきの説明が入ることは、我慢のならぬものだということをわたしは知っている（わたしたちは郵便でこうした忠告をうけている——ほとんどといっていいくらい学位論文を準備している連中からのもので、休暇中に酔っぱらった勢いでわたしたちに一筆書いてやろうというごく自然な、意気軒昂《けんこう》たる衝動に駆られて寄こすのだ。それでもわたしたちはそれを読むし、たいていはそのとおりだと思う。名文であろうと悪文であろうと、どうでもいいようなものであろうと、単語をつないだものでありさえすればなんでも、まるでプロスペロー（訳注 シェイクスピア『あらし』の登場人物）自身の言葉のように、わたしたちは耳をかたむけるのである）。ここで断わっておくが、これからわたしの傍白はやたらと多くなるばかりでなく（実際、脚注まで一、二つけるようになるかもしれない)、時としては本来の筋から外れたものでも、刺激的で面白くそのほうへ話を進めてゆく価値があると思えば、自分としては遠慮なく読者に負担をかけるつもりである。この際、スピードなどということは、神よ、アメリカ人としてのわが身の安全を守りたまえ、わたしには何の意味もないのだ。しかし読者の中にはもっとも抑制のきいた、もっとも古典的な、おそらくはもっとも巧妙な方法で関心を惹《ひ》いてほしいと、真面目《まじめ》に要求する人たちもいるので、わたしとしては――一人の作家としてこうしたことが言えるかぎり、できるだけ正直に申し上げるが――そうした読者は立ち去ることがのぞましく、また簡単だと思われる今のうちに、立ち去ったほうがいいと申し上げておく。これからも話の途中で、利用できる出口はそのつど指摘するつもりではいるが、はたして再び、そのようなことに熱意を注ぐ気になるかどうか、心もとない次第である。

まず冒頭に引用した二つの文章について、かなり言葉を惜しまずに語っておきたい。「俳優たちと……」はカフカからの引用である。二番目は――「それは(比喩的に言えば)あたかも作者が筆をすべらせるようなもので、……」――キェルケゴールからの引用である(このキェルケゴールの一節は一部の実存主義者や少々本を出しすぎるフランスの高官《マンダリン》の注意を惹くかもしれない――ことによったら、少し驚かせるかもしれないと考えると、わたしは目だたぬようにもみ手をしそうになるのだ）。* わたしは好きな作家の文章を引用するのに一分のすきもない理由が必要だと思い込んでいるわけではないが、そうしたものがあったほうがいいにきまっている。この場合、前述の二つの文章は特にその近接性において、ある意味ではカフカやキェルケゴールだけでなく今は亡《な》き四人、それぞれいろいろと悪名の高かった四人の病める人もしくは適応性不良の独身者（たぶんその中でヴァン・ゴッホだけは、これからの紙面の中で客演してもらわなくてもすみそうである）をもっともよく表現しているようにみえる。わたしは現代芸術の方法について、なにか完全に信頼できる情報を得たいと思うとき、──時にはまったく困り果てて──たいていこれらの作家のところへ駆けつけることにしている。この二つの文章を引用したのは、あらゆる点からみて、わたしがここに集めたいと思っているたくさんの資料全体に対して自分がどういう関係に立っているかを非常にはっきり伝えておきたいからである──忌憚《きたん》なく言えば、ある種の人びとに対して、作家はいくらはっきり言っても、はっきりしすぎるということがなく、またいくら早く書いても、早すぎることはないのである。しかし一方では、この引用文が、比較的新しい文芸批評家の種族──繁昌《はんじょう》しているネオ・フロイト派芸術文学病院でしばしば栄達の希望も衰え、長い時間を過す多くの労働者（兵隊といってもいいが）にとって、一種の当座の便法として役立つと考えたり、空想するのもわたしにとって無益なことではあるまい。このことは、あふれるような精神的健康を内にひめ、美に対して遺伝性の病的な嗜好をまったく持たず（これは疑いない、とわたしは思う）、やがては美の病理学の専攻を志すうら若き学生や駆け出しの医師たちに特に当てはまる（はっきり言って、わたしがこの点について冷酷になったのは十一歳のとき、わたしがいちばん愛していた芸術家兼病める人がまだ半ズボン姿で、一団の有名なフロイト学者から六時間四十五分にわたって調べられるのを見守ったときからである。わたしの必ずしも信頼できるとはいいかねる考えでは、この学者連中は彼の脳の標本を取ろうという寸前でやめてしまったらしいが、わたしは長い間、彼らがそこまでやらず思いとどまった理由は、時間がやや遅くなった――午前二時――というだけのことだと思っている。そんなわけで、わたしはここで本当に、自分が冷酷だという印象を与えるつもりでいるのだ。つむじ曲りという印象ではない。もっともこうしたことがはなはだ細い糸、薄い板のようなものであることはわたしにもわかるのだが、しかしもう一分だけそこを歩いてみたいのである。用意が整おうと整うまいと、長年わたしはこうした感情を集め、それを発散させる機会を待っていたのだ）。もちろんこの並はずれた、世間をあっといわせるほど創造力ゆたかな芸術家については、実にさまざまな噂《うわさ》が広まっている——わたしがここで創造力ゆたかな芸術家と言うのは、もっぱら画家、詩人、完全な文人《ディヒター》のことである。そうした噂のひとつ——とりわけわたしの気持を引き立ててくれるもの——は精神分析以前の暗黒時代でさえも、彼は職業的批評家に深い敬意を表したことがなく、実際には、彼の概して健全とはいえぬ社会観からいって、いつもこの職業的批評家連中を、本物《エヒト》の出版業者、美術商や、その他の羨《うらや》ましいほど繁昌している芸術の非戦闘従軍者と一緒くたにしていたということである。そしてこの芸術の非戦闘従軍者たちは、彼自身がそれを認めるとはいいかねるが、できることなら今の仕事とは違った、おそらくはもっときれいな仕事を選んだと思われる。しかし少なくとも現代では、病みながらも不思議と多作な詩人や画家についてもっとも多く言われていることは、その人物が一種の例外なく桁外《けたはず》れではあるが明らかに「古典的な」ノイローゼ患者であり、時たま、心の底からというわけではないが奇矯《ききょう》さを棄《す》てようとする変り者だということである。わが国の言葉で言えば病める人だということであり、当人は子供みたいにそれを否定していると言われているが、他の人びととの中では健康だとして通用するものを経験するためには、心底から自分の芸術も魂も捨てていいと思っているかのように、恐ろしい苦痛の叫びを発することも珍しくなく、しかも（これも噂の続きだが）彼の健康に悪そうな小部屋に誰かが飛び込んで行って――これについて言えば、彼を心から愛している者である場合が少なくない――どこが痛むのか熱心にたずねても、彼は、治療に役立つほど充分に話し合うことを拒むか、あるいは話し合うことができないらしく、朝になって、おそらく偉大な詩人や画家たちでさえ、いつもよりほんの少し朗らかになるようなときにも、彼はいよいよ天邪鬼《あまのじやく》に、もっと病気を進行させようと決心しているようにみえるし、まるで今日とは別の、たぶん平日の光によって、人はみな、健康な人間とて例外でなく、たいてい最後には多少取り乱して死ぬ運命にあるが、自分だけは運の良い人間で、病気であろうとなかろうと、少なくとも自分の生涯でもっとも励みとなった伴侶《はんりよ》によって殺されかかっているということを思い出しているように見えるのだ。だいたいわたしの口から出ると嘘《うそ》のように聞えるかもしれないが、この議論めいた文章の中で、わたしが絶えずほのめかしてきたような、自分の直接の家族の一員であり今は亡き芸術家については、最後に挙げた世間の噂（もっともなこと）がかなりの量の確実な根拠に基づいていないなどと、どうして推論できるのかわたしにはわからない。わが家の傑物がまだ存命中、わたしは彼のことを鷹《たか》のように――今でもときどき思うのだが、ほとんど文字通りに――見張っていた。いかなる論理的な定義によっても、彼はまさに不健康の見本だった。ひどく具合の悪い夜とか午後遅く、彼が苦痛の叫びだけでなく、救いを求めて悲鳴をあげたことは確かである。しかも、形ばかりの救いの手が差し出されたとき、彼はどこが痛むのか完全に意味が通る言葉で知らせることを拒んだのは確かだった。それにしても、実際わたしが公然と非難したいのは、こうしたことにかけては専門家だと公言している連中――学者、伝記作家、特に大規模な公立精神分析学校で教育を受けた現在の有力な知的貴族――のことだが、とりわけ非難したいのは次のこと、つまり、この連中は苦痛の叫びが発せられているときでも、まともに耳をかたむけようとしないということだ。もちろん、そんなことはこの連中には無理な相談なのだ。彼らは金つんぼの貴族なのだから。彼らの器官にこういう欠陥があったのでは、つまりあのような耳を持っていたのでは、音響や音色だけで苦痛の根源をつきとめようとしてもまずもって無理ではないだろうか。あのように貧弱極まる聴音装置で探り出し、確認できそうなのは、騒々しい幼年時代とか混乱したリビドーに由来するせいぜい二、三の、時折でてくるかすかな倍音――対位音ですらない――にすぎない。しかし救急車がいっぱいになるような、あれほどの量の苦痛はどこから生じるのだろうか？　その原因となるべきものは何か？　真の詩人あるいは画家は見者ではないだろうか？　実際に地上にいる唯一《ゆいいつ》の見者ではないだろうか？　どうみても科学者ではなく、精神分析家でないことはまったく明らかである（精神分析家たちの中で唯一無二の偉大な詩人はフロイトその人であったことは間違いない。彼自身の耳が少し悪かったことは確かだが、正常な精神の持主であれば誰でも、叙事詩人が仕事をしたのだということを否定できないはずである）。この話を続けることを許していただきたい。もうすぐ終るはずだから。見者の場合、必然的に一番酷使される体の部分はどこであろうか？　目であることは確かだ。親愛なる読者よ、最後のわがままを言わせてもらえば（あなたがまだこれを読んでおられるなら）、わたしが冒頭に引用したカフカとキェルケゴールの二つの短い文章をもう一度読んでいただきたい。はっきりしているのではないだろうか。彼らの叫びは目から直接に発しているのではないだろうか？　検屍官《けんしかん》の報告がどんなに辻褄《つじつま》の合わぬものであろうと――死因は「肺病」だとか「孤独」だとか「自殺」だとか、発表しようとしまいと――真の芸術家たる見者の死に方が実際にどのようなものか明らかではなかろうか。わたしの言わんとすることは（これから先のことはすべて、わたしが少なくとも大体において正しい、ということに基づいているか、よりかかっているかもしれないが）――わたしの言わんとすることは、真の芸術家たる見者、すなわち美を生みだす力を持ち、実際に美を生みだす神々《こうごう》しい愚者は、主としてみずからのためらい、みずからの神聖なる人間的良心の目くるめく形象や色彩によって目がくらみ、死に至るということである。

わたしの信念は以上のとおりである。わたしは椅子《いす》に深く腰をおとす。溜息《ためいき》をつく――どうやら嬉《うれ》しそうに、わたしはムラッド（訳注　トルコ煙草の一種。香りが強いので有名）に火をつけ、神に祈りながらほかのことに話を移そうと思う。

さて、扉の上端近くにある「序章」という副題についてすこしばかり――できることならてきぱきと――述べることにする。ここでの中心人物は、少なくともわたしが腰をおろして、しかるべく落ち着こうという気持になれるような、正気を保っている間は、今は亡きわが長兄シーモア・グラースになるはずである。彼は（わたしは死亡通知のような言い方をしたいと思う）一九四八年、三十一歳のとき妻とフロリダに旅行滞在中、自殺した。彼は生前、非常に多くの人びとにとって、非常に多くのものであったし、かなり大家族だったわが家の弟妹たちにとっては実際にあらゆるものであった。たしかに彼はわたしたちにとっていっさいのほんものだった。われらが青縞《あおじま》の一角獣、われらが集光用の二重レンズ、われらが相談役の守護神、われらが携帯用良心、われらが積荷監督《スーパー・カーゴー》、われらが唯一の完全な詩人だった。当然のことと思うが、沈黙は彼のもっとも得意とするところではなかったし、そのうえ幼年時代にはアメリカ全土にわたるラジオの子供向けクイズ番組のスターとして七年ちかく勤めたので、とにかく最終的には、かなりたくさんのことが放送されたのである――そんなわけで、当然のことと思うが彼はまたわたしたちにとって、かなり悪名高い「神秘的」で「バランスを欠いたタイプの人間」でもあった。わたしは初めから、ここで徹底的にやろうと思っているので、さらにはっきり言っておきたいことは――はっきりもの言うことと絶叫することが同時にできればの話だが――彼が自殺を計画しようとしまいと、彼はいつもわたしと気が合って、一緒にうろつき回った唯一の人間であり、わたしの見たところでは、解脱者《ムクタ》、つまりすごい悟道者、見神者という古典的な概念に、しばしばぴたりと一致していた。とにかく、彼の性格はわたしの知るかぎりの、筋のとおるような簡潔な記述にはあてはまらないのである。一月、あるいは一年がかりであろうと、彼という人物をワン・ショットで、あるいは、かなり単純なシリーズもので書きつくすことは、誰にもできないし、ましてわたしにできるとは思えない。話の要点に入ろう。わたしの最初の計画はシーモアについての短編小説を書き、「**シーモア第一部**」と名づけることだった。太字の「**第一部**」は読者というよりは自分、つまりバディ・グラースにとって内蔵された便利な装置――論理的にいってほかの物語（シーモア第二部、第三部、そしておそらくは第四部というようなもの）が当然続くはずだということを一瞬のうちにわからせるものとして役立たせるつもりだった。この計画はもはや存在しない。いや、仮に存在するにしても――このほうがもっと現状にちかいと思われるが――この計画は地下に潜ってしまっていて、おそらくわたしの準備ができたら、わたしが三度地面を叩《たた》いて合図するということになっている。しかし、今のところ、兄のことを考えると、どうみてもわたしは短編作家ではない。今の自分は兄についての偏《かたよ》った前口上の類語辞典だと思っている。わたしは本質的には、従来の自分とほとんど変らない――語り手であると確信しているが、ただきわめてさし迫った個人的欲求をもった語り手なのだ。わたしは紹介し、叙述し、形見やお守りを配布したいのだ。札入れを取り出して、スナップ写真を回覧したいのだ。本能のおもむくままに進みたいのである。こうした気分でいるので、あえて短編小説という形式に近づくようなことはしたくないのだ。それは、わたしみたいに太った小柄の、偏った作家たちをすっかり食いつくしてしまうのだ。

　しかし、わたしは、読者に、いろいろとたくさん下手な話をして聞かせたいのである。たとえば、兄のことについて、わたしは実に多くのことを、実に早くから語っているし、カタログのように並べ立てている。読者もそれに気づいておられるにちがいないと思う。そればかりでなく、わたしも多少は気づいているつもりだが――今までシーモア（いわば彼の血液型一般）について語った言葉は絵に描いたような賞《ほ》め言葉ばかりだということにお気づきかもしれぬ。そう考えると、たしかに、わたしはためらってしまう。わたしが来たのは故人を埋葬するためでなく、発掘し、たぶん讃《たた》えるためであることを認めるにしても、いつも冷静で公平な語り手たちの名誉がここで少しばかり傷つけられるのではないかという気がする。シーモアには、少なくとも、すぐに数えあげられるような悲しむべき欠点、悪徳、卑《いや》しさが本当に無かったか？　とにかく彼はどんな人物だったのか？　聖人か？

　ありがたいことに、わたしはそれに答える責任がない（ああ、何たる吉日）。話題を変えて、遠慮なく言わせてもらえば、彼にはハインツの食品（訳注　アメリカの有名な食品会社の製品で五十七種類もある）のようにバラエティに富んだ個性があり、感受性とか敏感さの程度に応じて、それぞれ年代的に間隔をおいて、わが家の未成年者を一人残らず飲酒にかりたてる恐れがあった。まず第一に、かなり恐ろしい特徴があったことはきわめて明らかである。それは想像しうるかぎりのこの上なく奇妙な場所――たとえばラジオのアナウンサーたち、新聞、欠陥メーターのついたタクシーのなかで、文字通り至る所で神を求め、途方もない成功をおさめたような人びとに共通する特徴である（念のために言えば、わたしの兄はだいたい成人してからずっと、人の気をそらすような癖、つまり、いっぱいになった灰皿を人差指で調べ、吸殻全部をわきへ寄せるという癖があり――例のごとく顔じゅうに微笑を浮べ――まるで灰皿のまん中に天使のように身を丸めているキリスト自身の姿を期待しているみたいだったし、彼が落胆した様子はみられなかった）。そんなわけで、無宗派であれなんであれ、高度の宗教人の純分検証極印は（「高度の宗教人」という言葉はいやらしいものであるが、わたしは寛大な気持をもって、この言葉の定義の中に、偉大なヴィヴェカナンダ（訳注　インドの宗教改革家。一八六三―一九〇二）の言葉、つまり「キリストを見なさい。そうすればあなたはキリスト教徒なのだ。他はすべて空虚な言葉にすぎぬ」という意味での全キリスト教徒を含めている）――こうした人物を確認するためのもっともありふれた純分検証極印は、彼の行動が往々にして愚者か白痴のようにさえなるということである。真の貴人は必ずしもその名にふさわしい振舞いをしない、ということになると、その人物のいる家族にとっては厄介なことである。カタログ作りはこれくらいにしておくつもりだが、シーモアの個人的特徴の中でももっとも厄介だったと思われるものについて語らぬうちは、ここでやめるというわけにはいかない。それは彼の言語生活に関するものである――いや、むしろ変則的な彼の言語生活に関するものと言ったほうがいい。彼はトラピスト修道院の守衛のように――時には何日も、何週間もぶっ続けに――ほとんど口をきかないか、そうでなければとめどもなくしゃべり続けるか、そのどちらかだった。彼は興奮すると（正確に言えば、ほとんどだれもが、いつも彼を興奮させていたし、そしてもちろんすぐに彼のそばに坐《すわ》ってそれだけよく彼の知恵を借りようとした）――彼は興奮すると、何時間もぶっ続けに話しても平気だったし、ときには部屋にいるのが一人か二人であろうと十人であろうと、そんなことは気にとめなかった。彼が霊感を受けたとめどもない饒《じょう》舌家《ぜっか》だったということをわたしはここできっぱりと言っておくが、しかし、非常におだやかな言い方をするなら、このうえなく高尚な洗練されたとめどもない饒舌家でさえも、いつも人を楽しませるとはかぎらないのである。そしてさらに付け加えておけば、わたしがこう言ったところで、それが目に見えぬわが読者にたいして「公明正大」にいきたいという嫌な、すばらしい衝動から生じたというほどのことでもなく――もっとずっとひどいものだ、とわたしは思っている――むしろ、この独得のとめどもない饒舌家はどんなに叩かれても、まずは平気でいられるとわたしは信じているからである。とにかくわたしから叩かれても、平気だった。わたしは率直に兄のことをとめどもない饒舌家と呼ぶことができるし――誰を呼ぶにしてもこれは嫌な言い方だが――しかも同時にどちらかと言えば両袖《そで》にエースをいっぱい隠した男のように椅子に深く腰をかけて、問題を和らげるような無数の要因（「和らげる」という言葉はしっくりしないが）をすらすら思い出すことができるというユニークな立場にいるのだ。わたしはこうした要因を次のように一つに凝縮することができる。シーモアは思春期の半ば――十六、七歳――に達しないうちから、生れ故郷の言葉や、実にたくさんのとてもエリート的とは言えぬニューヨーク弁を操っていたばかりでなく、それまでにはすでに、彼自身の真の大目標である詩人の語彙《ごい》を身につけていた。当時、彼のとめどもないおしゃべり、独白、長広舌らしきものは、初めから終りまで――とにかくわれわれのうちのかなり多くのものにとって――楽しいものであったが、これはいってみればベートーヴェンが聴覚にわずらわされなくなってから生みだした厖大《ぼうだい》な量の作品に似ている。少しキザだと思われるかもしれないが、たぶんわたしは変ロ長調、嬰《えい》ハ短調四重奏を特に思い出しているのかもしれない。元来わが家は七人兄妹《きょうだい》だった。そしてたまたま無口な人間は一人もいなかった。六人の生来の、たいへんな饒舌家と解説家たちが、家の中で不敗のおしゃべりチャンピオンを戴《いただ》いているとすれば、ことはきわめて重大である。シーモアがタイトルを求めなかったのは事実だ。彼が熱烈に望んでいたのは話し合いや討論で、わたしたち弟妹の誰かが彼より多く点を取るとか、彼よりも長くしゃべるということだった。些細《ささい》なことで、もちろん彼自身は気づかなかったが――彼にも人並みに空白の個所があった――それだけにわたしたちの何人かが悩んだ。タイトルはいつも彼のものだったという事実はかわらなかったし、彼はあらゆることを犠牲にしてもタイトルを返上しようとしたであろうが——これはたしかに何よりも重大な問題であり、わたしとしてもそれをあと数年の間に究明することはできないだろう——彼はタイトル返上をもっとも優雅に実行する方法を見出《みいだ》せなかったのである。

ここで、わたしが以前兄のことを書いたことがあると述べることは、単なる親しみ以上のものをこめているように思われる。その点についていえば、すこしばかり愛想よく、おだてられたら、わたしは彼のことを書かなかった時期はほとんどなかったということを認めてもいいような気がする。そしてもしピストルをつきつけられて、明日にでも腰をすえて恐竜について短編小説を書かねばならないということにでもなれば、わたしはこのデカ物に一つか二つ、シーモアを思わせるようなちょっとした癖——たとえば毒ニンジンの先端を食いちぎったり、十メートルの尻尾《しっぽ》を振ったりするといった、こよなく愛らしい癖——をうっかり与えてしまうにちがいない。人によっては——わたしの親友ではないが——わたしがこれまでに発表した唯一《ゆいいつ》の長編小説の若い主人公にシーモアのことがたくさん入っているのではないかと質問してきた。実際には、こういう人たちの大部分は質問してきたのではなく教えてくれたのである。とにかく、わたしがそれに抗議すれば、蜂《はち》の巣をつくようになることはわかっていた。しかしはっきり言っておきたいことは、兄を知っている者は誰もそんな質問はしないし、話しもしないということである――その点わたしは感謝しているし、ある意味では少なからず感銘も受けている。と言うのは、わたしの作品に出てくる主要人物の大多数はマンハッタン訛《なま》りを流暢《りゅうちょう》に話し、たいていの馬鹿者《ばかもの》が踏みこむのを恐れるところ（訳注 ポープの詩『批評論』の一節「天使も踏むのを恐れるところ」をもじったもの。一九二〇年代に「天使も踏むのを恐れるところへ誰か入る」という流行歌もあった）にとび込んでゆくというかなり共通した傾向をもっているし、大体において、ある「実在物」、ごくおおざっぱに言って「山の老人」（訳注 シンドバッドの肩にとりついた、厄介ものを意味する「海の老人」をひねったもの）と同一人物だと考えたくなるようなものにつきまとわれている。しかし、これまでにわたしは直接シーモアについて語っていると考えられた二つの短編小説を書き、出版したと言ってもいいし、また言っておかねばなるまい。この二つの作品のうち、新しいほうは一九五五年に出版されたが、一九四二年の兄の結婚式をきわめて総括的に物語ったものである。その詳細は充分に提供されているし、足りない点があるとすれば、おそらく読者に土産物として結婚式の客のひとりひとりの足型をしたシャーベットを出さなかったことぐらいのものだろう。しかし、シーモア本人――料理で言えばメイン・コース――は実際にはどこにも姿を現わさなかったのである。他方、それ以前の、一九四〇年代の末に書いたもっと短い小説では、彼自身が直接姿を現わすばかりでなく、歩いたり、話したり、海にもぐったり、最後の一節では頭にピストルを打ちこんでいる。しかしながら、わたしの、かなり遠くに離れているが直接血のつながりがある家族の何人かは、わたしが文章を発表するたびに、いつもその些細な技術的な誤りをいくつか拾い出してくるが、おだやかな調子で（彼らはたいてい文法家みたいに迫ってくるので、やりきれぬほどおだやかな調子になるのだ）、最初の作品で、ピストルを射《う》つことはもとより、歩いたり、話したりする若者「シーモア」はまったくシーモアではなく、奇妙なことに、よく似ているのは——アレー・ウープかな（訳注　原始時代を舞台にしたV・T・ハムリンの漫画の主人公）——わたしのほうだと指摘している。わたしもそのとおりだと思うし、耳もとをかすめる名匠の発する甲高い非難の声を感じさせてくれるほど真実だと思う。それにあのような失策《フォー・パ》にはまったく弁解の言葉もないが、どうしても言っておきたいのは、あの小説を書いたのはシーモアの死からまだ二カ月しかたっておらず、わたし自身が作中の「シーモア」や実際のシーモアと同じように、ヨーロッパの戦場から帰ってきたばかりであったということである。当時わたしは安定がわるい、といわぬまでも、ひどく下手な修理をうけたドイツ製のタイプライターを使っていたのだ。

ああ、この幸福は強烈なものだ。すばらしく解放してくれる。わたしは自由に、あなたがきっと今聞きたがっていることを正確に話すことができそうな気がする。つまり、もし、わたしの考えているとおりに、あなたがこの世で清純な心を持った平均体温華氏百二十五度のかわいい動物を一番愛しているとすれば、当然その次に愛しているのは人間――神を愛する人か神を憎む人（どうみてもその中間はなさそうだ）、聖人か放蕩者《ほうとうもの》、道徳家か徹底的不道徳家――であり、本当の詩が書ける人間だということになる。その人物は人間の中ではサルハマシギなのであり、わたしは、これから急いで彼の飛び方、体温、驚くべき心臓について、たとえわずかでも、わたしが知っているかぎりのことを話しておく。

一九四八年の初めから、わたしは兄が死ぬ前の三年間、軍隊の内外で、といっても大半は軍隊内で、しかも見事に書いた百八十四編の短詩が入っている一冊のルーズリーフ・ノートの上に腰をおろしてきた（わたしの家族は文字通りにそう考えている）。わたしは今すぐにも――数日か数週間かという問題にすぎないと自分に言いきかせているが――この詩のうちの約百五十編を除いて、アイロンのよくきいたモーニングとかなり清潔な灰色の手袋を持っている積極的な出版人が見つかりしだい、これらの詩を渡して、まっすぐ彼のうすぐらい製本工場に持ってゆかせるつもりだ。そこでこれらの詩はおそらく二色刷りのブック・ジャケットの中に閉じこめられることになるだろうし、良心の呵責《かしやく》もなく仲間の芸術作品を公然と批評する「有名」な詩人や作家たち（こういった連中はいつも、友人や自分以下だと思われるもの、外国人、すぐに消えてゆくような奇人、分野の違う努力家のために、もっと深い、四分の一の心をこめた推薦の言葉をとっておくのである）に書いてもらった奇妙におとしめるような賛辞がいくつか仰々しく出ている裏表紙をつけて仕上げられることになる。それから各紙の日曜文芸欄に送り出されるが、そこでは紙面に余裕があれば、つまり新しく出た浩《こう》瀚《かん》なグローバー・クリーヴランド（訳注　一八三七―一九〇八。二十二四―五代アメリカ大統領）伝の決定版の書評が長過ぎなければ、少数の常連とか給料があまり良くない衒学者とか、必ずしも頭がいいわけではなく、情熱をこめているというわけでもないが、新刊の詩の本を要領よく批評することでは信頼できる、内職稼ぎの連中の一人によって、詩を愛好する大衆に要領よく紹介されることになりそうである（わたしは二度とこうした意地悪い言い方をすまいと思う。しかし、もしそれができないとなれば、今と同じように率直に言うつもりだ）。さて、わたしが十年以上も兄の詩の上に腰かけてきたことを考えると、わたしがその詩の上から腰をあげて、立ち上がる気になった理由の中で、重要だと思われるものを二つあげておいたほうが良いかもしれない――少なくともさわやかなほど正常であり、つむじ曲りとはいえまい。そしてわたしはこの二つの理由を一つのパラグラフに、雑嚢《ざつのう》みたいに詰め込みたいのだが、ひとつにはこの二つの理由を互いにくっつけておきたいし、ひとつにはこれから旅の途中で、二度と必要とすることがないだろうという多分に性急なことを考えているからである。

まず第一に、家族の圧力ということがある。これはわたしが聞く気も起らぬほどありふれたことではないにしても、きわめてありふれたことだ。しかし、わたしには、教育があり、相当なおしゃべりで、かなりずけずけものを言う半ばユダヤ人、半ばアイルランド人、半ばミノタウロス（訳注　ギリシャ神話の人身牛頭の怪物）の子孫とも考えられる四人の弟妹が現存する――二人の弟の一人はウェーカーでカルトゥジオ会（訳注　一〇八六年にブルーノ聖人が開いたカトリックの修道会）の元海外伝道牧師兼通信員だったが現在蟄居《ちっきょ》中。もう一人はそれに劣らず活潑にお座敷がかかる、選ばれし無宗派の俳優ゾーイーだが、年齢はそれぞれ三十六歳と二十九歳。二人の妹の一人は、うら若き新進女優のフラニーであり、もう一人はウエストチェスター（訳注　ニューヨーク州北部の郡）に住む、快活で、財力のある中年の主婦ブーブーだが、年齢はそれぞれ二十五歳と三十八歳。一九四九年以来、この四人のお偉方が修道院や寄宿学校から、婦人病院の産室やクィーン・エリザベス号の喫水線下の交換学生用書きもの室から、いわば試験と舞台稽古《げいこ》と朝の礼拝と二時の給食の合間を縫って手紙をよこし、もしわたしが今すぐシーモアの詩集を何とかしなければ、どういうことになるか、明記してはいないが明らかに不気味な一連の最後通牒《つうちょう》をつきつけてきている。この際わたしは作家であることのほかに、カナダ国境に程遠からぬニューヨーク州北部のさる女子大学の英文科の非常勤の教員であるということも書き添えておくべきであろう。わたしはある山の、人の近寄りがたいほうの側の、森の奥深くにある、みじめなとは言わないまでもまったく質素な小屋に独り暮しをしている（ただし猫はいないということを、みんな知ってほしい）。学生、教職員、中年のウェイトレスを除けば、勤務中の一週間なり一年の間、わたしはほとんど誰とも会わない。要するにわたしは、郵便によって疑いもなく、かなり見事に威圧されたり脅《おび》えたりする一種の文学的自閉症患者なのである。とにかく、誰でも飽和点があるものだし、わたしも今では郵便箱を開けるときは、いつも農機具の宣伝ビラや銀行の通知書の間にはさまって、弟妹たちの誰かからきた長い、おしゃべりの脅迫的なはがきが見つかるのではないかとひどく脅えるのである。弟妹たちのうち二人がボールペンを使っていることは、特に言い添えておく価値があるように思われる。わたしが兄の詩を手放し出版しようと決心した第二の理由は、ある意味では、感情的というよりもむしろ実際にはずっと生理的なものである（そして、わたしは孔雀《くじゃく》のごとく気取って言うわけだが、それがまっすぐ修辞の沼地に至るのである）。放射能分子の人体に及ぼす影響は一九五九年に非常に話題となったが、昔から詩を愛する人たちにとっては、何ら目新しいものではない。適度に用いれば、第一級の詩は、すぐれた、通常効き目の早い熱療法の一形式なのである。かつてわたしは軍隊にいたとき、およそ三カ月以上も奔馬性肋膜炎《ろくまくえん》とでも名づけたらいいようなものにかかったが、初めて本当に救われた気がしたのは、無垢《むく》そのもののようなブレイクの叙情詩をシャツのポケットに入れて、一日かそこいら湿布のように身につけてからのことである。しかし、極端なものは常に危険であり、通常はまったく有毒であり、第一級の詩についてのごく平凡なわれわれの知識ではついていけないような詩に長く接していることの危険は、おそろしい。いずれにしても、兄の詩が、せめて少しの間でも、この狭い地域一帯から運び出されるのを見れば心が休まるのだが。わたしはおだやかにではあるが、まったく腹を立てているのだ。そして、わたしにとって一番堅固だと思われる根拠に立って言えば次のようなことになる。シーモアは思春期の大部分と成人してからずっと、初めは中国の詩に、やがてそれに劣らず日本の詩にも深く心を惹《ひ》かれていき、そのいずれにも世界のほかのどんな詩にもまして心を惹かれていた。*もちろん、わたしが悩ましているにせよわが親愛なる一般読者が、中国の詩や日本の詩にどこまで親しんでいるのか、いないのか、わたしにはすぐに知るすべもない。しかし、これについて少し論じるだけでも兄の性格にかなり光を投げかけるかもしれないと思えば、口を閉ざして、じっと我慢しているときではないと思うのだ。中国や日本の古典詩はもっとも効果をあげている場合、その言葉は明瞭《めいりよう》であり、立ち聞きするように招かれた者を喜ばせ、教化し、彼をほとんど生の限界まで拡大する。それは特に耳に快く響くかもしれないし、実際しばしばそうなのだ。しかし大体において、わたしの言いたいことは、もし中国や日本の詩人の真の力が目の前の美味《うま》そうな柿《かき》や、見事な蟹《かに》や、立派な腕についた見事な蚊の食い跡を認識することでなければ、彼の意味論的もしくは知的な腸がいかに長かろうと、並外れていようと魅力的であろうと、あるいは腸を鳴らしたときの音がいかに気をまぎらしてくれようと、「神秘の東洋」では、とにかく彼を真面目《まじめ》に詩人と呼ぶことはないということである。わたしの精神のたえざる高揚状態が、繰り返して言うならば、わたしがいみじくも幸福と呼んできたものが、この文章全体を愚者の独白にしてしまう恐れがでてきたことにわたしも気づいている。とはいえ、わたしでさえも、実際に中国や日本の詩人をあのように驚嘆すべきものにし、喜びにしているものがなんであるのか、口にする勇気がないようだ。しかし、あることが（知りたくありませんか？）ふと思い浮んでくるのは確かだ（それがまさにわたしの探し求めているものだとは思わないが、しかしあっさり投げ捨てることもできない）。何年も前のこと、シーモアが八歳わたしが六歳のとき、両親がニューヨーク市の懐《なつ》かしきアラマック・ホテルにあった三部屋半からなるわが家で六十人ちかくのパーティを開いたことがある。両親は正式に寄席《よせ》演芸界を引退しようとしていたので、それは記念パーティであると同時に感動的なパーティになった。わたしたち二人は十一時かそこいらに、ベッドから起きてパーティをひと目見ることを許された。わたしたちはひと目見せてもらったというだけでもなかった。歌を所望され、わたしたちも全然異存はなかったので、わたしたちのような階層の子供たちがよくやるように、初めはひとりひとり、それから合唱した。しかし大体において、わたしたちは寝ないでパーティを眺めているだけだった。午前二時近く、客が帰り始めた時、シーモアはベシー――わたしたちの母――に客たちのコートを取って来させてほしいと頼んだ。客たちのコートはハンガーに吊《つる》されたり、壁にかけられたり、ほうりだしてあるのもあり、狭い家の至る所、一番下の妹が眠っているベッドの上にさえ積み上げられていた。彼とわたしが個人的に知っている客は十二人ぐらいで、十人かそこいらは以前顔を合わせたとか、評判で知っていたが、それ以外の客はまるっきり、もしくはほとんど知らなかった。付言しておくが、客が来た時にはわたしたちはまだ眠っていた。しかし三時間ほど客たちを眺めていたり、にっこり笑いかけたり、おそらく彼らを愛することによって、シーモアはほとんどすべての客に――あらかじめ聞くこともせず――各自のコートを一度に一着か二着ずつまったく間違えずに持って来たし、男たちにはすべて、それぞれの帽子を一緒に持って来たのである(婦人帽では彼もちょっとまごついた)。ところで、わたしはこうした種類の芸当が中国や日本の詩人の特徴であるとか、それが彼らを詩人たらしめるものだとか言うつもりは毛頭ない。しかし、もし中国や日本の詩作者がコートの持主を識別できなかったら、彼らの詩が熟成する可能性はきわめて少ないと信じている。そして八歳というのはこうした小さな芸当を習得し始める年齢としてはぎりぎりの限界だろうと思う。

(だめだ、だめだ、わたしはもう筆が止らない。今の「状態」では、どうやらわたしは、もはや詩人としての兄の立場を主張しているだけではないようだ。少なくとも一分か二分の間、この血なまぐさい世界にある、すべての爆弾から雷管を取り外している最中のような気がする――とてもささやかな、まったく一時的な、社会に対する心づくしであることは確かだが、それにしてもわたし自身の心づくしであることに変りはない)。中国や日本の詩人は「単純な」主題をもっとも好むということが一般に認められているし、それを反駁《はんばく》しようとすると、わたしは自分がいつになく間抜けに感じられるが、しかし「単純な」という言葉は、たまたま個人的にわたしが毒のように嫌っている単語なのである。と言うのは――とにかく、わたしが生れ育ったところでは――ふつうこの言葉は、不当に短いもの、一般に時間を節約するもの、些細《ささい》なもの、単調なもの、短縮したものを指すのに使われている。わたし個人の恐怖症はさておくとしても、わたしはどこの国の言葉であろうと――ありがたいことに――中国や日本の詩人の素材の選択について記述するような語は存在しないと信じている。誰でも次のような種類のことに対して言葉が見つからないのではないだろうか。ある誇り高き尊大な大臣が自分の邸《やしき》の中庭を歩きながら、その朝皇帝の前で行なったとりわけ破壊的な演説を心の中で繰り返しているとき、誰かが落したか捨てていったペン書きのスケッチを後悔しながら踏みつける（ああ悲しいかな、われわれのまっただ中に散文家がいるのだ。だから東洋の詩人なら使わないようなところにも、わたしは傍点を使わねばならぬ）。かの偉大なる一茶《いつさ》は嬉々《きき》として庭に一輪の大輪の牡丹《ぼたん》があると助言してくれる（それ以上のものでもなくそれ以下のものでもない。われわれ自身が一茶のいう牡丹を観《み》にいくかどうかは別の問題なのだ。名前をあげるわけにはいかないが、ある種の散文作家や西欧のへぼ詩人とは違って、一茶は警察のようにわれわれを規制しはしないのだ）。まさに一茶の名を口にすることは、わたしに真の詩人は素材を選ばぬという確信を与えてくれる。明らかに素材が彼を選ぶのであって、彼が素材を選ぶのではない。大輪の牡丹は一茶にしか現われないのだ——蕪村《ぶそん》にも子規にも、芭蕉《ばしょう》にすら現われない。この規則は、ある種の散文的な修飾を加えると、かの誇り高き尊大な大臣の場合にもあてはまる。彼は偉大なる平民、庶子、詩人たるラオ・ティカオがそれを見にその場に来て見るまでは、あえて崇高なる人間的な後悔の念を抱きつつ一枚のスケッチを踏みつけることはしないだろう。中国や日本の詩の奇蹟《きせき》は、純粋な詩人の声は絶対的に他の純粋な詩人の声とひとつのものでありながら、しかも、絶対的にそれぞれ特色があり相違があるということである。タンリは九十三歳のとき、知恵と慈善を賞《ほ》められたが、そのとき自分の富が身を滅ぼしそうだと打ち明けた。最後にもうひとつ例をあげれば、コーファンは顔に涙をつたわらせながら、彼の先師が食卓でひどく不作法だったことを述べている（いつも西欧に対してすこし邪険になるという危険がある。カフカの日記に次のような一節がある——実際ほんの一例に過ぎないが——簡単に中国の正月の到来を告げるものだ。「恋人と腕を組んで歩いているというだけで、そっとあたりを見渡した若い娘」）。わが兄シーモアについては——ああ、わが兄シーモアか。このセム族＝ケルト系東洋人については、新しい一節が必要なのだ。

非公式に言えば、シーモアはこの世に滞在していた三十一年間ずっと、中国と日本の詩を書いたり、語ったりした。しかし彼が正式に詩を書き始めたのは、十一歳のときのある朝、わが家に近いアパー・ブロードウェイの公共図書館の一階の閲覧室にいたときだったと言いたい。その日は土曜で、学校の授業はなかったし、目前のさしせまったことと言えば昼飯ぐらいのものだったので、書架のまわりをのんびり泳ぎまわったり、立ち泳ぎしたり、時たまちょっと真面目になって新しい作家を釣り上げたりして楽しく時を過していたが、突然彼はわたしに向って彼が手にしているものを見に来るように、と合図した。彼は十一世紀の驚異たるパンの訳詩を一そろい抱えていた。しかし、ご存じのように、図書館であれどこであれ、釣りというものは難かしい。誰が誰を釣り上げるか、確かなことはまったくわからないのだから（だいたい釣りの偶然性ということそれ自体がシーモアの気に入りの話題だった。弟のウォルトは小さい頃ピンを曲げて作った針で釣りをする名手だったが、九歳か十歳の誕生日に、シーモアから詩をもらった――ウォルトの人生の主要な楽しみのひとつだった、とわたしは信じている――それはハドソン河でラファイエット（訳注　ギンポの一種）を釣った金持の少年に関するものだった。その子はリールで魚をたぐりよせたとき、下唇に激しい痛みを感じるが、間もなくそのことは忘れて、家に帰ってまだ生きているその魚を浴槽《よくそう》に泳がせてみると、それが、つまり魚が、頭に自分のと同じ学校の徽章《きしょう》のついた青いサージの帽子をかぶっているのを発見する。その子は濡《ぬ》れた小さな帽子の内側に自分の名札が縫いとられているのを見るのである）。あの朝からシーモアは永遠に針にかかってしまったのだ。彼が十四歳になる頃には、われわれきょうだいのうちの一人か二人は、退屈な体育の時間とか歯医者で長く待たされる間、彼が何か立派なことを書きとめているかもしれないという期待から、ほとんど定期的に彼のジャケットやジャンパーを調べてみたものである（この最後の文章から一日たった。その間、わたしは「営業所」からタカホー（訳注　ニューヨーク州ウエストチェスター郡の町）にいる妹のブーブーに長距離電話をかけて、シーモアがほんのまだ子供だった頃の詩で、特にこの物語に入れたいと思うものがあるかどうか、とたずねてみた。彼女は自分のほうから電話をかけ直すと言った。彼女が選んできたものは、わたしが期待するほど、当面の目的にかなったものではなかったので、少々苛立《いらだ》たしい思いもしたが、そのことにはこだわらないつもりである。たまたまわたしは知っているわけだが、彼女が選んできた一編は詩人が八歳の時に書いたもので、次のようなものだった。「ジョン・キーツ／ジョン・キーツ／ジョン／どうかスカーフをつけてください」）。彼は二十二歳の時、特別の、薄くはない一束の詩を持っていたが、わたしにはそれが実にすぐれたものに思われた。わたしは手書きで詩を書くときは、いつも十二ポイントの活字を思い浮べるので、彼にどこかの出版社に渡すようにかなりしつこくすすめてみた。だめだよ、そんなことはできそうにもない、と彼は言った。まだその時期ではない、たぶん、いつまでたってもできない。あの詩はあまりに非西欧的、あまりに蓮《はす》の花的だからだ。これには少し人を侮辱したようなところがあるんだ、と彼は言った。どうして侮辱するようなところが入ってきたのか、自分ではわかりかねているが、ときどき自分は、これらの詩が、いわば恩知らず、つまりその背を——実際これだけは間違いないが——自分自身の環境とその中にいる身近な人たちに向けている人物によって書かれたように思う。彼はアメリカ製大型電気冷蔵庫の中の食物を食べ、八気筒のアメリカの自動車を運転し、病気のときはさっさとアメリカの薬を用い、アメリカ合衆国の軍隊が両親や妹たちをヒトラーのドイツから守ってくれると信じているが、自分の詩にはこうした現実を反映するものは何ひとつない、と彼は言った。なにかがひどくくるっている。詩をひとつ書き終えたあと、しばしばミス・オーヴァーマンを思い出す、と彼は言った。断わっておくがミス・オーヴァーマンはニューヨークの第一公立図書館分室の司書で、わたしたちは子供のころ、そこの常連だった。彼に言わせるとミス・オーヴァーマンが、彼独自の規準に一致し、しかも一見しただけで彼女の趣味と必ずしも矛盾しないようにみえる詩の形式を苦労して探してくれたことに感謝の念を抱いていた。彼が語り終ったとき、わたしは彼に向っておだやかに、辛抱強く——ということは、もちろん血が出るほど声を張り上げてということだが——詩の判定者あるいは、さらに詩の読者としてのミス・オーヴァーマンの欠点と思われるものを指摘した。すると彼がわたしに注意してくれたのは、彼が初めて（六歳のとき、ひとりで）図書館に行った日、ミス・オーヴァーマンが詩の判定者として欠けたところがあるかどうかは別として、レオナルド・ダ・ヴィンチの本を開いてカタパルトの図版を晴れやかな顔をして彼の前に差し出してくれたとか、彼が詩を書き終えても、ミス・オーヴァーマンが彼女の愛好するブラウニング氏や彼女が同じように愛好し、またブラウニングにおとらずはっきりしているワーズワース氏を読んだばかりのときは、彼の詩を快く熱心に見てくれないことがわかっているのは、まことに味気ないということだった。この議論——わたしの議論、彼の話——はそこまでだった。詩人の役目は書かねばならぬものを書くのではなく、むしろ書かねばならぬことを、年老いた司書たちを人間的に可能なかぎり一人でも多く引きつけるように意図した文体で書くという責務を果すか否《いな》かに生命がかかっている場合に、書くであろうと思われることを書くことだ、と信じている、もしくはただ情熱的にそう憶測している人間と議論することはできない。

忠実で、忍耐強く、隠者のごとき純粋な人間にとって、この世の中で重要なことはすべて――たぶんそれは生や死ではないし、そんなものは単なる言葉に過ぎないのだ――重要なことはかなりみごとに成就《じょうじゅ》するものだ。シーモアは死ぬ前、三年以上にわたって、老匠が味わうことを許されるもっとも深い満足すら味わっていたにちがいない。彼は独力でみずからに適した作詩法を見つけたのであり、それは大体において、詩に対する彼の多年にわたる要求を充《み》たすものであった。もしミス・オーヴァーマンが当時まだ生きていたとすれば、たぶんそれを見て、目を見はるようだとか、おそらく美しく整っているとさえ思い、間違いなく「心を奪われる」と思ったことであろう。ただしこれは彼女が彼の詩に対して昔の恋人ブラウニングとワーズワースにそそぐほどの惜しみない熱意を注いだとしての話であるが。彼が独力で発見し、独力で達成したものは何であったか、それを説明するのは難かしい。* 最初に言っておいたほうがいいかもしれないが、シーモアはたぶんどの詩形にもまして、日本古来の三行、十七音節の俳句を愛し、彼自身でも俳句を――血のにじむ思いをして――詠《よ》んだ（ほとんどいつも英語だったが、時には日本語やドイツ語やイタリア語で書いていたということを、あまり気乗りもしないが紹介しておく）。シーモアの後期の詩は、仮に二重俳句《ダブル・ハイク》というようなものがあるとすれば、本質的にはその英訳に似《へ》ていると言っていいだろうし、そういうことになりそうだが、そのことでわたしは屁理屈を言うつもりはない。

しかし一九七〇年には、疲れてはいるが、ひょうきんな点では疲れ知らずの英文科の教師の誰か——それがわたしでないとは言いきれぬ、神よ助けたまえ——が、シーモアの詩と俳句の関係はマーティニのダブルと普通のマーティニの関係のようなものだなどという大論文を書きそうな可能性がつよいので、わたしはうんざりしてくる。そして、そんなことが嘘《うそ》だということも、クラスの学生たちが充分に活気づき、受け入れ態勢ができたと思っている衒学者……衒学者《げんがくしゃ》にとっては必ずしも邪魔にならないだろう。とにかく、わたしとしてはできる間に、次のことをゆっくりと、念入りに語っておきたい。シーモアの後期の詩の一つは六行の韻文で、特に定まった抑揚はないが、大体どちらかと言えば弱強格である。死んでいる日本の巨匠たちへの愛情から、また詩人として、魅力的な限定された分野に閉じこもって仕事をするという性分から、彼はわざわざ三十四音節、つまり伝統的俳句の二倍の音節に抑えることに固執していた。そのことはさておくとして、現在わたしの家にある百八十四編の詩はどれをとってもシーモア自身に実によく似ている。もっとも控え目に言っても、音響効果ですらシーモアと同じように独得のものだ。つまり、どの詩も彼が信じる詩の理想どおりに、おおげさなところがなくもの静かだが、間歇的《かんけつ》に短い好調音（これを表わすあまりいい言葉もないので）がほとばしることもあり、わたし個人としては、誰かが——もちろん完全にしらふな人間ではない――わたしの部屋のドアを開けて、コルネットの調べを非のうちどころなく甘美に、巧みに、三度か四度か五度部屋に吹きこみ、それから姿を消してゆく、といったような印象をうける（わたしはこれまで詩の中ほどでコルネットを吹いているような、まして美しく吹いているような印象を与える詩人を知らないが、これについて、わたしはほとんど何も言いたくない。実際何ひとつ言いたくないのだ）。この六行から成る構成と非常に風変りな倍音のなかで、シーモアは詩を扱っているが、まさに詩について、彼がなすべく定められていたことをやっているように見える。百八十四編の詩のなかの大多数のものは測り知れないほど、快活ではなく高潔であり、どこでも、誰が読んでもいいし、嵐《あらし》の夜なら、かなり進歩的な孤児院で、声を出して読んだっていいものだ。しかし、わたしとしては、生涯に少なくとも二度死を経験したことのない人に、それも、のぞむらくは緩慢な死を経験したことのない人に対して、その中の最後の三十編から三十五編を無条件に推薦するつもりはない。わたしの好きな詩があるとすれば、いや、好きな詩はあると断言しておくが、それは最後の二編である。その内容についてごく簡単に説明したところで、誰の感情も傷つけることにはなるまい。最後から二番目の詩は若い子持ちの人妻に関するもので、彼女は今わたしの手元にある古い結婚読本では有夫姦《ゆうふかん》と呼ばれるものを公然と行なっている。シーモアは彼女を描写していないが、まさに彼のコルネットが何か驚くべき効果をあげるとき、彼女は詩の中に現われるのである。わたしの想像では、彼女はものすごい美人で、適度に知的で、過度に不幸で、メトロポリタン美術館から一、二ブロック離れたところに住んでいそうである。ある夜、逢《あい》びきしてきた彼女は非常に遅くなって帰宅する――ぼんやりして、口紅を塗りたくって、とわたしは想像する――そしてベッドカバーの上に置かれた風船を見つける。誰かが、うっかり置き忘れていったのだ。詩人は言っていないけれども、それは大きくふくらませたおもちゃの風船以外のものではありえないし、たぶん春のセントラル・パークのように緑色をしている。もうひとつの詩、つまり詩集の最後のものは郊外に住む若い男やもめに関するものだ。ある夜彼はまぎれもなくパジャマの上にガウンを着て、芝生に坐《すわ》り、満月を眺めている。一匹の退屈そうな白猫が彼のところにやってきて、ごろっと横になる。この猫は明らかに彼の家族の一員で、かつては一家の中心だったことはほぼ間違いない。彼は月を眺めながら、左手を猫の嚙《か》むのにまかせている。この最後の詩は、とりわけ二つの特別の理由から、一般読者にとっても、格別の興味を与えるかもしれない。これについて論じてみたい。

たいていの詩にあてはまることであり、中国や日本の「影響」が目立っている詩に特にふさわしいのだが、シーモアの韻文はすべてこのうえなく飾り気がなく、いつも装飾というものがない。しかし、半年ほど前、末妹のフラニーが週末にここへ訪ねてきた時、彼女はわたしの机の引出しを引っかき回している最中、たまたま、今わたしが粗筋を述べた（犯罪的にも）若い男やもめの詩を見つけた。タイプで写すために、詩集全体の中からこれだけ抜きだしてあったのだ。厳密には今ここでは関係がないいくつかの理由から、彼女はそのときまでこの詩を見たことがなかったので、当然のことながらその場でそれを読みはじめた。あとになって、彼女はこの詩について、わたしに話したとき、シーモアはなぜその若い男やもめが猫に噛ませたのは左手だったと言ったのかしら、と言った。そのことが彼女を悩ませた。彼女に言わせれば「左の」という言い方はシーモアよりもむしろわたしを思わせる、のだそうである。もちろん細部《ディテイル》に対してますます強まっていくわたし自身の職業的な情熱に対する中傷的な気持を別にしても、彼女は「左の」という形容詞が、押しつけがましい、明白すぎる、詩的でない、という印象を与えると言いたかったのだろうと思う。わたしはそのことでは彼女を論破したし、必要とあれば、あなたをも論破する用意はある。シーモアはそれが左手であることを暗示するのが絶対に必要だと考えていた、とわたしは心中堅く信じている。つまりこの若い男やもめが白猫の針のように鋭い歯を食い込ませたのは左、つまり次善の手であり、それだからこそ右手の自由がきき、胸や額を叩《たた》くことができたのである――こうした分析は、多くの読者にとって、退屈きわまるものかもしれない。たぶんそうだろう。しかし兄が人間の手について、どういう感じを抱いていたか、わたしにはわかるのだ。それだけでなく、これについては、もうひとつの、きわめて重大な一面がある。これについて長々と語ることは――まったく赤の他人に電話をかけて『アビーのアイルランドのバラ』（訳注　アン・ニコルズ作。ユダヤ系の青年とアイルランド系の娘との結婚をあつかったブロードウェイの芝居。一九二二年初演。五年五カ月で二三二七回公演の記録をつくった）の脚本を全部読むように強要するようなもので――いささか無風流と思われるかもしれない。しかしシーモアは半分ユダヤの血をひいているし、わたしは、このテーマに関してかの偉大なカフカのように、絶大なる権威をもって言い立てることはできないが、四十代に入った今、思索する人間でユダヤの血を多くひいている者は自分の手と奇妙に親密な、互いに相手を知りつくしているといっていいような関係をもって暮しているか、あるいはそういう生き方をしてきたと大真面目《おおまじめ》に考えている次第だ。今後、そういう人間が多年にわたって、比喩《ひゆ》的に、あるいは文字通り、ポケットに手を突っ込んで過すとしても（彼がパーティに連れてゆきたがらない二人のでしゃばりの昔友だちとか身内に似てなくもないように思うが）、危機に際しては手をつかい、あっという間に手を出すのであり、危機に際しては詩のまん中で、猫が噛んだのは左手だったというようなことを散文的に語るといったような、手に対しては何か過激なことをすることもしばしばだと思う――そして詩がひとつの危機であることは間違いないし、たぶんわたしたちが自分のものだと呼べる提訴可能な唯一《ゆいいつ》の危機であろう（こんな言葉づかいをして申し訳ないが、しかし残念なことにこれからは、もっと多く出てくるだろう）。この特異な詩が格別に――そして本当に一般読者の興味を惹《ひ》くだろうと思われる第二の理由は、その中に奇妙な個性の力が入りこんでいるということである。わたしはそれに似たものが、印刷されているのを見たことがない。こう言っては軽率かもしれないが、わたしは幼い頃から三十代をかなり過ぎるまで、一日に少なくとも二十万語は読んでいたし、しばしば四十万語近くということもあったのである。四十歳になって、はっきり言えることは、ほとんど書物への飢えを感じなくなり、若い淑女やわたし自身の作文に目を通す必要がないときは、だいたいにおいて身内から来る辛辣《しんらつ》なはがきや種苗《しゅびょう》のカタログや野鳥観察者の会報（いろいろあるが）や、わたしが一年の半分を仏教寺院で過し、残る半分を精神病院で過すというデマをどこかで聞いてきた昔からの読者がよこす痛烈な「お見舞」しか読まないことにしている。しかし、読書をしない人間の誇りは――あるいはその点について言えば、本の消費を非常に切りつめた人間の誇りは――ある種のたいへんな多読家の誇りよりも嫌味なものだということを、わたしも充分心得ているし、それだからわたしはそもそもの初めから持っているなにがしかの文学的自負を失うまいとしてきたのだ（これは本気で言っているつもりだ）。その中で一番はっきりしている自負は、詩人なり散文作家なりが、直接経験から、あるいは二番、あるいは十番せんじの経験から書いているのか、あるいは自分ではまったくの独創と思いたいものを読者に押しつけようとしているのか、いつもわたしには見分けられるということである。しかし、わたしが一九四八年に、あの若い男やもめと白猫の詩を初めて読んだとき――というよりもむしろ坐って、読んで聞かせてもらったとき――シーモアは、われわれ家族が知らないうちに妻を少なくとも一人は墓に埋めた経験があるのではないかという気がしたものである。もちろん彼にはそんな事実はなかった。そんなことはなかった（ここではじめて顔を赤らめるものがいるとすれば、それは読者であって、わたしではない）――いずれにしても、この世で肉体をそなえているときではなかったのである。わたしは人間について実に幅の広い、蛇のようにかなり狡猾《こうかつ》な知識を持っているが、わたしの知るかぎりでは、彼の親友で若い男やもめだったものは一人もいない。この点について決定的な、まったく無思慮な解説をつければ、彼自身は若いアメリカの男性として男やもめにはほど遠かったといえる。そして、結婚した男性はすべて、時折、苦しんだり喜んだりしながら――ほとんど議論をすすめるためだけに言うのだが、当然シーモアも例外ではないと考えられる――この娘が存在しなければ人生はどうなるだろうかと思いをめぐらすこともありうるが（ここに含蓄されている意味は、第一級の詩人はよしなき空想から見事な哀歌を作れるということである）、そうなる可能性は心理学者の利益になるだけのように思えるし、わたしの話のポイントからはずれていることは間違いない。わたしの話のポイントは――それをくどくど言わないようにするつもりだが、例によってその見込みは少ない――シーモアの詩がみたところ、あるいは実際に個人的になればなるほど、その内容からこの西欧世界における彼の実生活について知られている詳細を知ることはますますむずかしくなってくるということだ。事実、弟のウェーカーは、シーモアがもっとも効果的な詩の多くで、ベナレスの準郊外や封建時代の日本や巨大都市アトランティスにかつて存在し、とくに記憶に値するさまざまな生活の興亡を語っているのではないかと主張している（彼のいる修道院の院長がそれを嗅《か》ぎつけないように祈ろう）。もちろん、わたしはここで筆を止めて、読者に手を引く機会、たぶんその手からわれわれ一同をすっかり洗い落す機会を与えたい。それにしても、わたしは思うのだが、いま生きているわが家のきょうだいはみんなその点ではかなり口をきわめてウェーカーに同意するであろう。

もっとも一人か二人は留保付きであろうが。たとえば、シーモアは自殺した日の午後、ホテルの彼の部屋の備えつけ吸取り紙に、きちんと古典様式の俳句を書いている。わたしはそれを字句どおり翻訳するのをあまり好まぬが――彼は日本語で書いていたのだ――その中で、彼は、飛行機に乗った小さな女の子のことを手短かに語っている。この子は人形を持って坐っているが、振り向いてこの詩人を見るのである。この詩が実際に書かれる一週間ほど前に、シーモアは実際に旅客機に乗っているし、どちらかと言えば当てにならないが妹のブーブーがほのめかしたところによると、その飛行機には人形を持った小さな女の子が乗っていたかもしれないそうである。わたし自身はそれを疑わしいと思っている。全然、というわけではないが疑わしいと思うのである。それに、もし実際にそんなことがあったとしても――わたしはそんなことを一分たりとも信じないが――その子が友だちの注意をシーモアにむけようと思うことはぜんぜんなかったにちがいない。

　兄の詩についてわたしはあまりにもしゃべり続けているだろうか？　饒舌《じょうぜつ》になりつつあるのだろうか？　そう、まさにそのとおり。わたしは兄の詩についてあまりにもしゃべり続けている。わたしは饒舌になりつつあるのだ。わたしもそれを気にしている。しかし、こうして書き続けていると、話をやめてはいけない理由がうさぎのようにふえていく。そのうえ、すでにはっきりとお伝えしているように、わたしは幸福な作家ではあるけれども、今も昔も陽気な作家だったことはなかったと誓って申し上げるが、ありがたいことに、わたしも職業柄楽しくない考えを人並みにさずかっているからだ。たとえば、たった今気づいたわけではないが、わたしはシーモア自身について知っているかぎりのことを語りだせば、彼の詩についてふたたび語るためのスペースも、それに必要な脈搏《みゃくはく》も、あるいは、幅の広い本当の意味での意欲も残らなくなるだろうと思われる。驚いたことに、今この瞬間、自分の手首をつかんで、饒舌を戒めている間に、わたしはアメリカ詩人としての兄の地位について、最終的な、耳ざわりで、異議の出そうな、概括的な公開発言をするという一生の機会――本当に最後の機会だと思っているが――を失いつつあるのかもしれない。わたしはその機会を失ってはならないのだ。それはこういうことなのだ。わたしはこれまでアメリカが生んだ六人、あるいはそれをわずかに上まわる数の独創的な詩人たちだけでなくその他無数にいる才能ある風変りな詩人や――特に現代では――多くの資質にめぐまれた文体的倒錯者を、振り返って眺めたり、聞きかえしてみるとき、ほんとうに非消耗品的ともいうべき詩人はせいぜい三、四人しかいないという確信に似たものを感じるが、シーモアもいずれこの少数の詩人と肩を並べるものだと思える。一夜にして、というわけにはいかないのはわかりきっている《フェールシュタントリッヒ》――ちぇっ《ズート》、あなたならどう思われますか？　ひどい勘ぐりかもしれないが、わたしの推測では、最初のうち批評家たちは、一度か二度押し寄せる波のように、彼の詩を「興味ある」とか「非常に興味ある」という言葉を使って、婉曲《えんきょく》に非難するだろう。そして彼の詩が、かなりつまらぬもので、音響効果も悪く、朗読台やコップや氷で冷やした海水の入った水差しをそろえた独自の演壇が造りつけてある、大西洋のかなたの現代西欧の舞台にまで届かぬことを、暗黙のうちに、あるいは、ただもうひどく歯切れの悪い調子で、それだけにいっそうこきおろすような調子で宣言するだろう。だが真の芸術家はあらゆるものを失っても（嬉《うれ》しいことに、たとえ賞賛されなくなってすらとわたしは思う）生きるものだということにわたしは気づいている。さらにまた、わたしが子供の頃、ぐっすり眠っているところをシーモアに呼び起されたことを思い出す。そのとき彼はひどく興奮して、黄色のパジャマを暗がりにひらめかせていた。彼は、弟のウォルトがいつも「ユリイカの顔つき」（訳注　ユリイカとは「我、見つけたり」という意味のギリシャ語）と呼んでいた表情をして、キリストがひとを馬鹿呼ばわりしてはいけないと言った理由がやっとわかったようだ、ということをわたしに話したかったのだ（この問題はその一週間ずっと彼を悩ましてきた。なぜならば、それは「父なる神の仕事」に余念のない人の忠告というよりもエミリ・ポースト（訳注　アメリカの女流評論家。礼儀作法の権威。一八七三—一九六〇）ふうの忠告にみえたからである）。キリストがそう言ったのは、馬鹿というものが存在しないからだとシーモアは言ったが、彼はそのことをわたしが知りたがっていると思っていたのである。ぐうたらは存在する——馬鹿は存在しないというのである。彼はそのことがわたしを起すにたることだと思ったらしい。しかしそのとおりだと認めれば（そしてわたしはそれを率直に認めているが）、詩の批評家たちですら充分な時間を与えれば、自分たちが馬鹿ではないことを証明するだろうということをわたしも認めねばならなくなるだろう。正直いって、こう考えるのはわたしにとってつらいことなので、何かほかの話に移ることができればありがたい。ついにようやく、わたしは兄の詩に関してこの衝動的な、時にはだいぶ吹出物の多い論文の本当の主題にたどりついた。わたしにはそもそも初めからそうなることがわかっていたのだ。まず読者が何か恐ろしいことをわたしに言ってくれることを神に祈る（ああ、そこにいるあなた——羨《うらや》むべき黄金の沈黙を守っている読者よ）。

わたしは、再発性の、そして一九五九年には、ほとんど慢性化した予感を抱いているが、それはシーモアの詩が第一級のものとして、広くかなり公然と認められたとき（現代詩のコースで指定され大学の書籍部に積み上げられたとき）、大学入試準備中の若い男女がスポーツシャツを着て、一人で、または二人で連れ立って、ノートをかかえ、多少きしむわが家の玄関の戸めがけて勢いよくやってくることになるだろうという予感である（こうしたことをともかく問題にしなければならなくなったのは残念なことだが、しかし自分にはありもしない、優雅さは言うに及ばず、純真さを主張するには遅すぎることは確かである。そしてわたしは有名なハート型の散文によって、著書を持つ半可通としてはフェリス・L・モナハン以来もっとも愛される一人たる栄誉を与えられたことを明らかにしておかねばなるまい。かなり大勢の英文科の若い人たちはわたしの住所、隠れ家をとっくに知っているし、それを裏づけるようにわが家のバラの花壇にはタイヤの跡がついている）。だいたいにおいて、忌憚《きたん》なく言えば、どんな種類のものであれ文学者という馬の口を、できるだけ公平に見ようという欲求と無鉄砲さを持った学生には三つのタイプがある。第一のタイプは、かなり信用できる種類の文学を愛し、それを気も狂わんばかりに尊敬する若い男女であり、もしシェリーをはっきり見ることができないと、質は落ちるが尊重すべき製品の製造業者を探すことで間に合わせようとする。わたしはこういった青年たちや若い娘たちをよく知っている、と言ってまずければ、知っているつもりだ。彼らはナイーヴだし、生き生きしているし、熱狂的で、いつも、まったく間違ったことを言うし、わたしの考えでは世界じゅうの既得利権を得た文学界ではいつもホープなのである（たまたま柄にもなくある種の幸運に恵まれて、わたしはこの十二年間教えたクラスのなかで二組か三組ごとにこうしたイキの良い、自信満々の、いらいらさせられるような、知識を与えてくれる、しばしば魅力的な若い娘や青年をみてきた）。第二のタイプの若い人たちは文学的資料を求めて実際に玄関の呼鈴を鳴らしてくるのだが、大学一年生のときから彼らが接してきた半ダースほどの近代文学教授とか専任講師のうちのひとりからうつされたアカデミック熱の症候がみられるし、それを誇りにしているようなところがある。もし彼がすでに教師になっているか、あるいはこれから教師になろうとするのであれば、この病気はだいぶ進んでいるのが普通で、たとえよほどの能力をもった人であっても、それを食いとめられるかどうかは疑問である。たとえばつい去年のこと、数年前にわたしが書いた作品がシャーウッド・アンダスン（訳注　アメリカの小説家。一八七六―一九四一）にだいぶ関係があるということで、一人の青年がわたしのところへ訪ねて来た。この青年がやって来たとき、わたしはガソリン発動機つきのチェーン・ソー――八年間もさんざん使っていながらわたしはこの機械にいまだに恐れをなしている――で越冬用の薪《まき》を切っていた。春の雪解けの最中で、日はうららかに、正直いって、わたしはちょっとソロー（訳注　アメリカの思想家、自然愛好者。一八一七―六二）みたいな気分になっていた（これは実に嬉しいことだった。というのは、わたしは十三年間田舎で暮しているが、田園の距離を計るのにいまだにニューヨークの街の区画《ブロック》を尺度にしているような男なのだ)。要するに、もし文学的にいえば、期待のもてる午後のようにみえたし、わたしは白色塗料の入ったバケツを持ったトム・ソーヤー風に、その青年にチェーン・ソーを使わせようと胸を躍らせていた。彼はたくましいとは言わぬまでも健康そうだった。ところが、見かけ倒しで、わたしはすんでのところで左足を失うところだった。というのは、のこぎりがびゅんびゅん動いている合間をぬって、わたしがシャーウッド・アンダスンのおだやかで効果的な文体について手短かに、われながら楽しい賛辞を呈しおわったとき、その青年は――思い入れるような、ひどく思わせぶりな間合いをとって――アメリカ固有の時代精神《ツアイト・ガイスト》なるものがあるかどうかとたずねてきた(可哀想《かわいそう》な若者よ。たとえ格別に体を大事にしたところで、この先キャンパス活動をうまくやってゆけるのは、せいぜい五十年しかないのだ)。第三のタイプはひとたびシーモアの詩がぜんぶ完全に包みをほどかれ、値札をつけられることになれば、必ずといっていいほどここへやって来て、自分自身のために一文をほしいというのである。

こんなことを言うのは馬鹿げていると思うが、たいていの若い人たちは詩に心を惹《ひ》かれる以上に、詩人の生涯のなかで、おおまかにいって、便宜上ここでは、悲劇的と定義してもよさそうな少しの、あるいはたくさんの、こまかい点にはるかに心を惹かれるのである。しかし、馬鹿げているとはいっても、わたしがそのうちにアカデミズムで人気を得るために、持ちだしてもいいと思っているような種類の考えである。いずれにしても、わたしは確信しているのだが、わたしが担当する二クラスの「出版向き文章コース」にでている六十の変人《オッド》女子学生（言いかえれば、つまり六十数《オッド》人の女子学生）——ほとんどが三年生で、全員が英文専攻だが——に「オジマンディアス」（訳注　英詩人シェリーの十四行詩）のどこでもいいから一行引用するようにとか、その詩がだいたい何を言っているのか、説明するように命じたとしても、それができるものは十人いるかどうかあやしいものだと思うけれども、芽を出してないチューリップに誓って言えることは、その中でおよそ五十人はシェリーが自由恋愛を全面的に支持したとか、彼の妻が『フランケンシュタイン』を書いたとか、もうひとりの妻が投身自殺したということは知っているのである。* こんなことでわたしがショックをうけたり、腹を立てたりしないということを、どうかお忘れなく。わたしは不平をこぼしているとすら思わない。というのは、この世に馬鹿がいないとすれば、わたしだって馬鹿ではないから、非愚者の日曜日の認識を持つ資格があるからである。つまり、われわれはだれであろうと、また今年のバースデー・ケーキのろうそくの熱がどんなに熔鉱炉《ようこうろ》のようであろうと、われわれすべてが知的、道徳的、精神的にどれほど高い境地に達していると思われようとも、悲劇的なものやいくぶん悲劇的なもの（もちろん低級なゴシップも上品なゴシップも入っている）に対する嗜好《しこう》はわれわれの肉欲の中でも、もっとも際限がなく、うまく抑えがたいものの最たるものだという認識を持つのである（だが、ああ神よ、わたしはなぜこんなことを弁じ立てているのだろうか。なぜ、まっすぐに詩人のところにゆき、説明しようとしないのか。シーモアが書いた百八十四編の詩のひとつは――はじめてぶつかったときだけはショックを与えるが、二度目になると、わたしがいままで読んだことがないような、生あるものをはげます讃歌《さんか》である――死の床についた高名な老行者に関するものである。彼はまわりで僧侶《そうりょ》や弟子たちが聖歌を詠じている間、寝たまま、庭にいる洗濯女が近所の洗濯屋について何を話しているのか聞こうとして、耳をすませている。この老大人は、シーモアがはっきりさせているのだが僧侶たちがすこしばかり声を低くしてくれるように、かすかに願っている）。しかしわたしは、非常に都合のいい一般論をそのまま扱いやすいものにしておいて、ある途方もない特殊な前提を支持させようとするときに生じる苦労をいささか味わっている。わたしはそのことについて分別があることを楽しんでいるわけではないが、分別がなければならないと思っている。広い世界の中で、年齢、文化、資質のいかんにかかわらず多くの人びとは、偉大な芸術やみごとな芸術を生みだすので有名というだけでなく、個人的にも何かけばけばしい「欠陥」を持つ芸術家や詩人に対して、特別の衝動を、時としては熱狂的反応さえも示すことは、議論の余地がないほど真実であるようにみえる。この欠陥は、性格とか市民生活のうえでのいちじるしい欠点、解釈できるほどロマンチックな苦悩とか耽溺《たんでき》——極端な自我中心、夫婦間の不実、金つんぼ、完全な盲《めくら》、ひどい喉《のど》の乾き、命取りになるような悪質の咳《せき》、淫売婦《いんばいふ》に対する好み、大々的な姦通《かんつう》や近親相姦に対する偏愛、阿片《あへん》や男色を好む証明済みのもしくは未証明の性向等々といったものである。神よ孤独な野郎どもに慈悲をたれたまえ。もし自殺というものが、創造的な人間を駆りたてる弱点の一覧表の最上位にないとしても、自殺した詩人や芸術家が、あたかも（本当はわたしもここまでひどい言い方をしたくないが）やわらかな耳をした小さな動物の一腹仔のように、たいていはただ感情的な理由だけで、いつも非常に貪欲《どんよく》な関心を持たれてきたことを見ないわけにはいかない。とにかく、最後に言えば、こんなことを考えて、わたしは今までなんども寝そびれたものだが、どうやら今夜もそうなりそうだ。

（たったいま書いたようなことを書いてなお幸福でいられるものだろうか。だが、わたしは幸福なのだ。骨のずいまで、不愉快で、不機嫌だが、わたしの霊感はパンクしないようになっているようだ。わが生涯の知人である唯一《ゆいいつ》の他人を思い出しつつ）。

このすぐあとの紙面のために、わたしがどんなに大きな、もみ手をするほど嬉しい計画をたてたか、あなたには想像できないはずだ。しかし、この計画はわが家の紙クズ入れの底に入っていると絶妙にみえるように作られているらしい。わたしは今ここで、前述の真夜中に書いた二つのパラグラフを、昼間のように明るい洒落《しゃれ》た二つの文句、たぶんわたしの想像では、わが饒舌家《じょうぜつか》仲間がたびたび羨望《せんぼう》か嫌悪《けんお》で青くなるような名セリフの組合せによって、やわらげるつもりだった。今ここで、わたしが読者に言いたかったことは、若い人たちがシーモアの生涯なり死のことで、わたしのところへ来ても、悲しいかな、わたし自身の奇妙な個人的苦悩のために、そうしたインタヴューに応じることはまったく不可能だ、ということである。わたしが言おうと思ったことは――ほんのついでに言っておくが、これはいずれ際限なくひろがってゆくものと、わたしは期待しているからだ――シーモアとわたしが子供の頃、ラジオの全国ネットのクイズ番組の解答者として七年近くを一緒に過したとか、正式に放送をやめてからずっと、わたしは時間をたずねるというようなけちなまねをする人たちに対して、ちょうどベッツィ・トロットウッド（訳注　ディケンズ『デイヴィッド・コパフィールド』の登場人物）がロバについて抱いたのとほとんど同じような気持を抱いてきたということである。それから、わたしは大学講師を勤めてからだいたい十二年になるが、一九五九年現在、大学の同僚がお世辞からグラース病だと思っていてくれる病気にしばしばかかっているということを打ち明けるつもりだった——グラース病は、素人《しろうと》の言葉でいえば、腰と下腹部の病理的けいれんで、これにかかると、授業から解放されているときの講師は、四十歳以下の人間が近づくのを見ると急に駆けだし、いそいで反対側の道路に渡ったり、大きい家具の下にもぐりこんだりするのだ。だが、この二つのしゃれた言い方はいずれにしてもこの際わたしにとってなんの役にも立たない。こうした言い方はどちらにしてもなにがしかのひねくれた真実を含んでいるが、それだけではまだ不充分なのである。というのは、たった今わたしは、パラグラフとパラグラフの合間に、故人となったあの人物について自分が語り、問われ、審問されることを切望しているという恐ろしい、割引きしようのない事実を手に入れたからだ。その他多くの——神よ、願わくは、それほど恥ずかしくない——動機を別にすれば、わたしは、故人を親しく知っていたのはおれだけだ、という生き残った者特有のつまらぬうぬぼれにとりつかれているということに気がついたのだ。ああ、彼らを来させたらいいのだ——青二才、熱狂者、学者先生、野次馬、のっぽもちびも、何もかも知ってる人間を！　満員バスで、落下傘《らっかさん》で、ライカをさげて来させたらいい。頭は丁重な歓迎の辞でいっぱいだ。片手はすでに洗剤の箱をとろうとしているし、もう一方の手は薄汚ない紅茶のセットをとろうとしている。血走った眼はたえず片づけるものを探している。大歓迎の準備は整った。

ここで非常に微妙な問題を一つ。ちょっと粗っぽいが、しかし微妙な、きわめて微妙なものだ。

この問題は、あとになると、望ましい形で、もしくは厖大《ぼうだい》な詳細にわたって現われることはないかもしれない、と考えると、この際読者に知らせて、とことん最後まで覚えていてもらいたいと思うことは、わが家のきょうだいたちはみんな、おどろくほど歴史の長い、種々雑多な芸能人の二つの系譜の血をひいていたし、今もひいているという事実である。だいたいのところ、遺伝学的に言えば、といって悪ければつぶやけば、わが家の連中は歌ったり、踊ったり（疑うことができますか？）、「おかしな冗談」を言ったりすることになっているのである。しかし心に留めておくことが特に重要だと思われるのは――そしてシーモアは子供の時でさえ、心に留めていたが――わが一族には実に広範囲にわたって、いろいろなサーカス団員がいるばかりでなく、いわばサーカスの周辺で働く人びとがいるということだ。明らかに興味ある例をあげれば、わたしの（そしてシーモアの）曾祖父《そうそふ》の一人は、ポーランド系ユダヤ人で、ゾゾという名前の、非常に有名な巡業サーカスの道化師で――まさに最後まで、と、当然推測されるが――途方もなく高い所から小さな水槽めがけて跳び降りるという癖があった。シーモアとわたしのもうひとりの曾祖父はマクマホンという名のアイルランド人で（わたしの母の永遠の名誉のために言っておくが、母は絶対に彼のことを「好きな人」と呼ぶ気になれなかった）個人営業をしていたが、野原にウイスキーの空壜《あきびん》を八本ずつ二列に並べ、金をくれる客たちがまわりに集まってくると、そのころがした壜の上でかなり調子よく踊ってみせたそうである（そんなわけで、たしかに、わたしの言葉を信用してもらっていいが、とくにわが家の系統には何人か変り者がでているのである）。わたしたちの両親、レス・グラースとベシー・グラースは寄席《よせ》やミュージック・ホールでかなり月並みだが、非常に見事な（とわが家では信じている）歌と踊りとおしゃべりを披露していたし、オーストラリア（ここでシーモアとわたしは、ごく幼い頃、出演契約期間を全部合わせると、およそ二年を過している）ではたぶん真打《しんうち》に近い序列にいたようである。しかもそれ以後もこのアメリカにおいて、かのパンテジス・オーフィアム興行の巡業で、単なる一時的な名声以上のものを得ていた。途中でやめなければ寄席演芸コンビとしてもっと長く続いていたかもしれない、と言う人も少なくない。しかしベシーには彼女なりの考えがあったのだ。彼女は壁に書かれた文字を読む（訳注　聖書ダニエル書五・五より。さし迫った災難を予知する意）才能といったようなものがあったばかりでなく――一九二五年にはすでに寄席の一日二回興行というのはほぼ終りをつげていたし、ベシーは母として、ダンサーとして、大きな、新しい、ますます増えてゆく、映画と演芸の殿堂で一日四回の興行をすることには、断固として反対していた――それよりも重要なことは、彼女がまだほんの子供でダブリンに住んでいた頃、楽屋裏で彼女の双生児の妹が奔馬性の栄養失調で倒れたことがあったが、それ以来、いかなる形であるにせよ安定した生活というものが、彼女にとって致命的な魅力になっていたということである。とにかく一九二五年の春ベシーは、ブルックリンのオルビー座で大過なく興行を済ませたが、そのとき三人の子供が風疹《ふうしん》にかかって、マンハッタンのあのアラマック・ホテルの見映えのしない三部屋半で寝こんでいたし、また妊娠したのではないかと思い（これは間違いであることがわかった。わが家の赤児《あかご》ゾーイーとフラニーが生れたのはそれぞれ一九三〇年と一九三五年になってからのことである）、とつぜん正真正銘の「有力な」ファンの一人に訴えたのである。そこでわたしの父は家の周囲の反対を本当に恐れることなく、長年の間商業放送の奉仕部門と呼んでいた仕事を引き受けたが、これをもって長期にわたったギャラガー・アンド・グラースの巡業は正式に終りをつげたのである。しかし、目下のわたしの主な仕事は、こうした奇妙なフットライトと三つのリングのサーカスの遺産が、わが家の七人の子供たち全部の生活に遍在しているといっていいような、まったく重大な現実になっていることを示すためのもっとも確実な方法を見つけることだ。すでに述べたように、一番下の二人は、現にプロの俳優である。しかし、そこのところで太い線を引くわけにもいかないのだ。二人の妹の上のほうはごく表面だけみれば、充分な土地を持った郊外族で、三児の母、二台の車を収容する車庫の共同所有者になっているが、最高に楽しいときはいつも、ほとんど文字通りに、必死になって踊る癖がある。わたしは彼女が生後五日目のわたしの姪《めい》を抱いたまま、かなり達者にタップなしの靴でタップ・ダンスのステップを（パット・ルーニイ（訳注　歌手・ダンサー。一八八〇―一九六二）とマリオン・ルーニイの流れをくむネッド・ウェイバーンといったように）踏み始めたのを見てぎょっとしたことがある。死んだ弟のウォルトにしても、戦後日本で死んだが（この一連の肖像画を描きあげなければならぬとすれば、できるだけウォルトには触れまいと思っている）、おそらく妹のブーブーほど自発的ではないが、もっとずっと職業的な意味でのダンサーだった。彼の双生児の兄弟――われらが弟ウェーカーで、わたしたちの修道士、参籠《さんろう》中のカルトゥジオ会員――は、子供のとき、ひそかにW・C・フィールド（訳注　本名クロード・ウィリアム・デューケンフィールド。アメリカの喜劇役者。一八八〇―一九四六）を聖徒としてあがめ、あの霊性をおびた、そうぞうしい、しかし、かなり聖者然とした姿をまねて、かずある品物のなかで、特に葉巻の箱を使って何時間もぶっ通しに手品を練習し、やがて目を見張らせるほどうまくなった（もともと彼が修道院に入れられたのは――つまりアストリア（訳注　オレゴン州北西部の都市）で在俗司祭としての義務から解放されたのは――何よりも、信徒から二、三フィート離れたところに立って、聖餐《せいさん》のウェファースを左の肩ごしに見事な弧を描いて、信徒の口に投げこんでみたくなるような強い誘惑から彼を解放するためだった、とわが家では噂《うわさ》している）。わたし自身についていえば――シーモアのことは最後にまわしたい――わたしも多少は踊るし、そのことが言うまでもないということは確かだ。もちろん、やってみろと言われればの話だが。それはさておき、かなり変なふうにだが、わたしはよく、曾祖父ゾゾに見守られているような気がする。わたしが林の中を散歩したり、教室に入ってゆくとき目に見えぬだぶだぶの道化師のズボンに足をとられぬように神秘的に配慮をしてくれたり、たぶん、わたしがタイプに向ったときも、パテでくっつけたようなわたしの鼻が東方に向うように気を使ってくれているような気がするのである。

最後に、われらがシーモア自身もまた、わたしたちきょうだいみんなと同じように、こうした自分の「背景」に影響されて生き、あるいは死んだのである。すでに述べたように、わたしは彼の詩がこのうえなく個人的で、彼自身をこれほどさらけだしているものはないと信じているが、しかし彼は絶対的な喜びの詩神が背中に取り憑《つ》いているときでさえ、自伝的な秘密はすこしも洩《も》らさずに、これらの詩をすべて仕上げているのである。こうしたことは、おそらく万人の趣味に合うとはかぎらないが、きわめて知的な寄席演芸なのである――伝統的な最初の出し物、いつもの礼装用ステッキやクロームめっきのテーブルや水の入ったシャンペン・グラスの代りに、言葉や感情や、顎《あご》にのせた金色のコルネットの釣合いをとっている男、といったものなのだ。しかし、それ以上に、もっとはっきりした、大事なことを言わねばなるまい。一九二二年のこと、シーモアが五歳、わたしが三歳のとき、レスとベシーはブリスベーンで、ジョー・ジャクソン（訳注　一八七五―一九四二）――ニッケル張りの曲乗り自転車のかの敬愛すべきジョー・ジャクソンで、その自転車はなにかプラチナ以上のもののようにまさに劇場の最後列まで輝いていたものだった――と組んで、二週間ほど同じ番組を上演したことがある。それから長い年月が過ぎ、第二次大戦が始まってすぐ、シーモアとわたしがニューヨークのわたしたち自身のアパートに引っ越したばかりの頃、父――これからはレスと呼ぶことにする――がある晩ピノクル（訳注　二人または四人でする四十八枚組のトランプ遊び）の帰り途《みち》にわたしたちのところへ立ち寄ったことがある。彼がその日の午後、ぜんぜんツイていなかったことは一目瞭然《いちもくりようぜん》だった。それはとにかくとして、彼は入って来たものの、最初から頑としてオーバーを脱ぐ気がなかった。彼は坐《すわ》った。顔をしかめて調度品を眺めた。彼はわたしの掌をかえし、指に煙草《たばこ》のヤニがついているかどうかをしらべてから、シーモアに一日に何本煙草を吸うのかたずねた。彼は自分のハイボールの中に蝿《はえ》が入っていると思ったりした。とうとう、会話が――少なくともわたしからみて――ぶちこわしになりそうだったとき、彼は突然立ち上がって、壁に貼《は》りつけたばかりの彼自身とベシーの写真を見ようと近づいて行った。彼は丸一分の間、あるいはそれ以上、その写真をにらんでいたが、そのあと、わが家ではだれもが見なれているぶっきらぼうな態度で振り向くと、シーモアに、ジョー・ジャクソンが、彼、シーモアを自転車のハンドルの上に乗せて、舞台じゅうをぐるぐる回ったときのことを覚えているかとたずねた。シーモアは部屋の反対側にあるコールテン張りの肘《ひじ》掛け椅子《いす》に坐り、煙草は燃えるにまかせ、青いシャツを着て灰色のズボンとかかとの革がつぶれたモカシン靴をはき、頬には、わたしにも見えるほどの剃刀《かみそり》の傷あとをつけていたが、重々しく、即座に、いつもレスの質問に答えるときに見せる一種独得のやり方で、まるでそれが、一生の間で一番待ちうけていた質問であるかのように返事をした。彼はジョー・ジャクソンの美しい自転車から降りたかどうかはっきりしないと言った。そして、この答えは、わたしの父親にとって個人的にものすごく感傷的な価値があったということは別にしても、実に多くの点で、真実、真実、真実だったのだ。

すぐ前の文章を書いてから、この文章を書くまでの間に、ちょうど二カ月半以上の月日が過ぎた、経過した。ささやかな報告だが、これを発表しなければならないとなると、わたしも少々顔をしかめてしまう。というのは、これを読みかえしてみると、いつもわたしは仕事をするときは椅子を使い、作文の時間の合間にはミルクぬきのコーヒーを三十杯以上飲み、自分の家具は全部閑《ひま》なときに自分で作るということをそれとなく知らせようとしているようにみえるからだ。要するに、日曜書評欄のインタヴュー係を相手に、仕事をするときの癖、趣味、比較的印刷するに適した人間的弱点を、嫌でもなさそうに話している文学者の口調になっているからだ。実際今ここでわたしが言おうとしていることはあまり親密《アンティーム》なことではない（現にわたしは今、自分自身のことを特にきびしく見張っているのである。この文章が、まさに下着のようにはしたないものになる危険が今ほど迫っているときはないように思われる）。わたしが前の文章とこの文章の間がだいぶ離れたことを知らせたのは、わたしが急性肝炎で九週間寝こみ、起き上がったばかりであることを読者に報告するためである（下着ということがどういう意味かおわかりだと思う。この最後のあからさまな言葉は、たまたまミンスキー・バーレスクから、ほとんどそのまま《インタクタ》とったものである。脇役《わきやく》「ぼくは急性肝炎《アキュート・ヒパタイティス》に取りつかれて九週間寝ていたんだ」主役「どっちの女だい、あんたは運がいいねえ。二人ともかわいい《キュート》からな、あのヒパタイティスのところの女の子たちは」（訳注　アキュート（急性）をキュートに、ヒパタイティスを人名にひっかけている）。もしこれが、わたしに約束されていた健康証明書であるとすれば、「病める者の谷」への近道を見つけさせてほしい）。ここでわたしは、ぜひとも打ち明けておかねばならないので、わたしは、もう一週間近くも前から、元気で動いているし、頬にも顎にもバラ色が戻って来た、ということを打ち明けているのだが、どうだろうか、読者はわたしの打ち明け話を――だいたい二通りに、誤解するのではないだろうか。第一に、読者はわたしの病室をつばきの花でいっぱいにするのを怠っていることで軽く非難されているのだと考えるだろうか？（誰でも、わたしが秒きざみで「不機嫌」になりつつあることを知ればほっとするだろう、と推測してもまちがいあるまい）第二に、読者は、この病状報告に基づいて、わたしの個人的な幸福は――この文章のまさに最初から念入りにうたっているのだが――ぜんぜん幸福などというものではなく、単に肝臓病からくる機嫌の悪さにすぎなかったのではないか、と考えたくなるのではないだろうか。わたしにとってきわめて重要な関心事はこの二番目のようになる可能性である。たしかにわたしはこの「序章」を書いているとき、正真正銘の幸福を味わった。わたしなりにのんびりと、肝炎の間じゅう奇蹟《きせき》的に幸福だった（語呂《ごろ》合せはわたしの命取りになってしかるべきだった）。そしてわたしは今まさに恍惚《こうこつ》となるほど幸福なのだ。こう言ったからといって（どうやら、わたしは自分の古びた貧弱な肝臓のためにこの陳列ケースを作った本当の理由につき当ったらしい）――こう言ったからといって、病気がわたしに恐ろしいひとつの欠陥を残していったということを否定することにはならない。わたしは事々しい改行は心底嫌いだが、この点についてはたしかに新しい段落が必要だと思われるのである。

ちょうど先週のこと、わたしがすっかり元気になってこの「序章」の仕事に戻った最初の夜、わたしは霊感を失ってはいなかったが、どうやってシーモアについて書き続けたらいいかわからなくなっているのに気づいた。シーモアはわたしが離れている間に、あまりに大きくなりすぎていたのだ。それはほとんど信じられないことだった。わたしが病気になる前、彼は扱うことのできる巨人だったが、わずか九週間の間に、たちまちわたしの生涯でもっとも親しい人物になってしまい、いつもあまりに、あまりに大きいため、普通のタイプ用紙――とにかく、わたしの持っている、どんなタイプ用紙にもおさまりきらない人物になってしまったのだ。端的に言えば、わたしは恐《きよう》慌《こう》を来たし、五日五晩、恐慌状態におちいったのである。といっても、このことを必要以上に暗く描いてはいけないと思う。というのは、たまたま、苦あればびっくりするような楽ありということもあるからだ。ここで一気に語らせてほしいことは、わたしが今夜どんなことをしたかということだ。そのためにわたしは明日の夜、いつもより偉そうな顔をして、気取って、ことによったら鼻持ちならぬ様子で仕事に戻ろうという気持になっているのだから。二時間ほど前、わたしは古い私信——もっと正確に言えば、非常に長いメモなのだが——をちょっと読んでみたが、それは一九四〇年のある朝、わたしの朝食の皿の上に置いてあったものだ。正確に言えば、半分に切ったグレープフルーツの下にあったものである。ほんのもう一、二分もすれば、わたしはここで長いメモを一字一句そのままに再現するという、言葉で言い表わせないような(「楽しみ」というような言葉はこの際使いたくない)——言葉で言い表わせないような「空白《ブランク》」を持つことになろう(ああ、幸福なる肝臓病患者よ!　わたしは病気が——それについていえば、悲しみ、あるいは不幸が——花や立派なメモのように、いつも結局は、開いていくことを知っている。見守っていさえすればいいのだ。かつてシーモアは十一歳のとき、放送で、聖書の中で一番気に入っている言葉は、「見守れ《ウォッチ》!」だと言ったことがある)。しかし、主題に入るまえに、わたしは頭のてっぺんから爪先《つまさき》まで、いくつかそれに付随する問題に注意する義務がある。こんな機会は二度とこないかもしれない。

ひとつ重大な手抜かりがあるように思われるのだが、わたしはできるときはいつでも、できないときでもしばしば、新しい短編小説を書くたびにシーモアに見てもらうのが習慣だったし、また、そうしないではいられぬ気持だった、ということを言い忘れたらしい。見てもらうということは、つまりシーモアに読んできかせたということである。わたしはそれを非常に激《モルト・アジタート》して読み、最後のところでは誰がみてもはっきりするように、必要な休止符をつけておいた。これはわたしの声が止ったあと、シーモアはいつも論評を加えることをひかえたという意味である。そのかわりシーモアはたいてい五分から十分、天井を眺める――彼はわたしが朗読するときはいつも床の上に大の字になった――それから起き上がって（ときには）しびれた足を静かに踏みならし、部屋を出ていったものである。そのあと――たいていは数時間後だったけれども、一度か二度は何日かたったころ――彼は紙片やシャツの箱のボール紙にメモを書きしるすと、それをわたしのベッドの上や食卓のわたしの席に置いたり、（ごくたまには）正規の郵便によって、わたしのところへ送ってよこしたものである。ここにいくつか彼が書いた短評をかかげておく（率直に言って、これは準備運動である。そうではないと言うべきなのだろうが、そうしたところでなんにもならない）。

恐ろしい、しかしそのとおりなのだ。まさにメドゥーサの首。

残念ながらわからない。この婦人は美しいのだが、その画家には、おまえの友人で、イタリアでアンナ・カレーニナの肖像画を描いた男がつきまとっているようだ。それはすばらしく心につきまとい、最良のものだが、おまえには、おまえ自身の怒りっぽい画家たちがいる。

書き直すべきだと思う、バディ。あの医者はとても人がいいのだが、おまえが彼を好きになるのが遅すぎるようだ。前半ではずっと、彼は寒い戸外に出て、おまえに好かれることを待っているのだ。彼はおまえの主要人物なのだ。おまえは彼と看護婦とのすばらしい対話をひとつの転機と見なしているんだろう。あれは宗教的な物語にしたほうがよかったようだが、固苦しいものになっている。おまえは彼が使うちくしょうという言葉をぜんぶ非難しているようだ。ぼくから見ると非難するのは当らない。それは彼でもレスでも、あるいはほかの誰かが、何もかもこんちくしょう呼ばわりするとき、それは卑俗な形をとった一種の祈りにほかならないのじゃないかな。神には冒瀆《ぼうとく》ということがわからない、とぼくは思っている。そんなものは牧師たちの発明した小うるさい言葉だ。

この作品についてはたいへん済まないと思う。ぼくはちゃんと聴いていなかったのだ。たいへん済まないと思う。最初の文章でぼくは混乱してしまったのだ。「その朝ヘンショーは目覚めたとき、頭がずきずきした」おまえが小説のなかでこのいかさまのヘンショー家の連中を出すのはこれで終りにしてくれるものと、大いに期待している。ヘンショー家なんて存在しないというだけのことなのだ。これはもう一度読んで聞かせてくれないか?

頼むから機知《ウイツト》を敵視しないでくれたまえ。機知が行ってしまうなんてことはないよ、バディ。ひとりよがりで機知を捨てることは、B教授が希望しているからといって自分の形容詞や副詞を捨てるようなもので、まずいことだし不自然なものになるだろう。B教授に何がわかるというのだ。おまえは自分の機知について、ほんとうに何がわかっているというのだ。

さっきからここに坐って、おまえに渡すメモを破ってばかりいる。「この作品の構成はすばらしい」「トラックの後ろに乗っている女はとてもおかしい」とか「二人の巡査の会話はひどい」というようなことを書きかけてはやめてしまっているのだ。こんなふうに、ぼくは今言いのがれをしようとしている。どうしてそうなのか自分でもわからない。おまえが読みはじめたとたんに、ぼくは少し落ち着きを失いはじめた。おまえの最大の敵ボッブ・Bがすばらしく良い物語と呼んでいるようなものが始まったように思えたのだ。彼ならこの作品が正しい方向に一歩踏み出したと言うのじゃないかな？　おまえはそれが気にならないのかい？　トラックの後ろに乗った女のおかしさだって、おまえ自身が本当におかしいと思っているようにはみえないのだ。むしろ、普遍的に非常におかしいと思われていると、おまえが考えているようなものにみえる。ぼくは一杯くわされた気がした。腹が立つかい？　ぼくたちが身うちだということがぼくの判断力を失わせると言ってもいい。そのことではぼくも非常に悩んでいる。しかしぼくだって一人の読者にすぎないのだ。おまえは作家なのか、それとも単にすばらしく気のきいた物語の作者なのか？　ぼくはおまえからすばらしく良い小説をもらいたいとは思わない。ぼくはおまえの戦利品が欲しいのだ。

この新しい作品は忘れることができない。これについてなんと言ってよいのかわからない。ぼくは感傷性におぼれる危険がどんなものであったか知っている。おまえは見事にそれを切り抜けたのだ。たぶん見事すぎるほどにだ。おまえはすこしへまをやったほうがいいんじゃないか、という気がしないでもない。おまえのために、少し話を書いてもいいかい？　昔、偉大な音楽批評家がいてウォルフガング・アマデウス・モーツァルトの有名な権威者だった。彼の幼い娘は第九地区中学へ入り、コーラス部に入った。そしてある日その娘が友だちと家に帰ってきて、歌の練習にアーヴィング・バーリン、ハロルド・アーレン、ジェローム・カーンといった連中の歌をメドレーで歌ったとき、この偉大な音楽批評家は非常に悩んだ。子供たちはそんな「低俗なもの」ではなく、シューベルトの歌曲のなかの簡単な小品を歌うべきではないだろうかというわけだ。そこで彼は校長のところへ行って騒ぎたてた。校長はこの名士の意見にすっかり感銘して、音楽鑑賞の時間の担当教師であるたいへん年を召した婦人を説諭することに同意した。この偉大なる音楽愛好家は意気揚々と校長室を出て行った。家へ帰るみちすがら、彼は校長室で展開した華麗な論議のことを思いかえすうちに、ますます得意になってきた。彼は胸を張り、足早になった。口笛で小曲を吹きはじめた。その曲は「ケ・ケ・ケ・ケイティ」（訳注　ジョフレー・オハラ作詞作曲、第一次大戦中の流行歌。一九四〇年ごろ映画『ティン・パン・アレー』でリバイバル）だったのである。

ここでメモだ。誇りと諦《あきら》めをもって提出されるものだ。誇りをもってというわけは――まあこれは言わないでおこう。諦めをもってという理由は、わたしの同僚の教員でこれを聞いているものがあるかもしれないからだ――各研究室の間でもベテランのおどけ者ばかりだ――そこで、特にこの同封物が、遅かれ早かれ「道に迷い先へ進めぬ作家、兄弟、回復期の肝炎患者に対する十九年前からの処方」という題をつけられるにちがいないという気がしている（まさにそうなのだ。おどけ者を知るにはおどけ者が必要なのだ。それだけでなく、わたしは奇妙に緊褌《きんこん》一番という気分になっている）。

まず第一に、これはわたしの「文学作品」についてシーモアから得た一番長い批評だったと思う――そして、このことに関して言えば、たぶん生前の彼から得た口頭によらぬ最も長いコミュニケであったろう（わたしたちは戦時中でさえも、お互いに私信を交わすことはめったになかった）。これは数枚の便箋《びんせん》に鉛筆で書かれていたが、その便箋は母が数年前にシカゴのビスマルク・ホテルから失敬してきたものだった。彼は、それまでわたしが書いていたものの中で、まさに一番野心的な作品群に反応をみせていた。それは一九四〇年のことで、まだわたしたちは二人とも東七十丁目にある、両親の、かなり人口密度の高いアパートに住んでいた。当時わたしは二十一歳で、若い、まだ本を出したことがない青二才の作家にだけしか許されないような客観性をもっていたといえるかもしれない。シーモアのほうは二十三歳で、ニューヨークのある大学で英語を教えはじめてから五年目を迎えたばかりだった。では、ここに、その全文をかかげることにする（目の肥えた読者にとって、いくつかの当惑するようなことが出てくることはわたしにも予想がつく。しかし最悪のものは、たぶん挨拶《あいさつ》までで終るだろうと思う。わたしは思うのだが、この挨拶がとくにわたしを当惑させるようなものでないとすれば、他の人たちが当惑する理由もないだろうと思う）。

　眠れる虎《とら》君へ。

　作者が同じ部屋で高いびきをかいている間に、その原稿のページをめくったことがあるという読者は少ないのではないだろうか。ぼくは自分でこの原稿を見たかったのだ。こんどは、おまえの声がやかましすぎる。おまえの散文は、作中人物だけが我慢できる戯曲になりかかっているようだ。おまえに言いたいことが山ほどあるので、どこから始めていいかわからない。

　今日の午後、ぼくは、人もあろうに、英文科の主任に、自分には完全だと思われる手紙を書いたが、まるでおまえが書いたような調子になった。それが非常に嬉《うれ》しかったので、おまえにも話したほうがいいと思った次第だ。それは美しい手紙だった。去年の春のあの土曜の午後、カールとエイミと、それから二人がぼくに紹介してくれたあのとても奇妙な女の子と一緒に、おまえの緑色のいかすやつを着けて『魔笛』（訳注　モーツァルトのオペラ）へ行ったときのような感じだった。おまえには無断であれを着けていったのだ〔シーモアはここで前のシーズンに、わたしが買った四本の高価なネクタイのうちの一本のことを言っているのである。わたしは兄弟全員に――とくにシーモアに、というのは、彼はこれらのネクタイをいちばん簡単に手に入れることができるからだが――ネクタイをしまってある戸棚に近づくことを禁じていた。わたしはネクタイを冗談半分にセロファンに包んでしまっておいた〕。ぼくはこのネクタイを着けたとき、罪悪感はなかったが、ただ、とつぜんおまえが舞台の上を歩いてきて、暗闇《くらやみ》の中でおまえのネクタイを着けて坐《すわ》っているぼくを見つけるのではないかと、死ぬほど恐れていた。いま言った手紙はそれとはちょっと違っていた。ふと思いついたが、もし事情が逆転して、仮に今おまえがぼくのような調子の手紙を書いているとすれば、おまえは悩むだろう。ぼくはだいたいそんなことを気にしないでいられるのだ。世間そのものは別にして、この世の中に残っている数少ないことの一つで、毎日ぼくが悲しく思っているのは、ブーブーやウォルトからおまえはぼくと同じようなことを言っていると言われると、おまえは気が動転するということがわかっていることだ。そんなときおまえは著作権侵害をとがめられているとか、おまえの個性が少し非難されていると考えることだろう。おまえとぼくがときどき同じような話し方をするのがそんなに悪いことだろうか？　ぼくたちの間にある皮膜はとても薄いのだ。おまえとぼくのどっちが言った言葉かということをたえず気にすることがそれほど重要なことだろうか？　二年前の夏ぼくは長い間家をあけたが、そのとき、おまえとZとぼくが少なくとも四世にわたって、たぶんそれよりも長い間兄弟だったということを跡づけることができた。そこには美がないだろうか？　ぼくたちにとって、それぞれの個性というものは、ぼくたちがお互いに非常に親密な関係にあることを認め、どうしたって互いに冗談、才能、愚かしさを借りなきゃならないということを認めるところから生じるのではないだろうか？　ネクタイは別だということに注意してほしい。バディのネクタイはバディのネクタイだと思う。しかしそれを無断借用するのが実に愉快なのだ。

ぼくがおまえの小説だけでなく、ネクタイやその他のことまで考えていることをおまえはひどいことだと思うにちがいない。ぼくはそうじゃない。ぼくはあらゆるところに自分の思想を探し求めている。こうした些細《ささい》なことは気を静めてくれるのに役立つと思ったのだ。夜が明けてきたが、おまえが寝てからずっと、ぼくはここに坐っている。おまえの最初の読者になるということはなんと幸福なことだろう。おまえがぼくの意見よりもおまえ自身の意見を尊重するようであれば、まったく幸福なんだが。おまえの小説について、おまえがあまりぼくの意見に頼るのは良いことだとは思えない。つまり、おまえのことだ。いずれ別のときにおまえはぼくを論破してもいいが、ぼくは自分が何かとてもひどい過《あやま》ちを犯したためにこんな事態になったのだと信じている。ぼくは今、必ずしも罪の意識にひたっているわけではないが、罪は罪なのだ。罪は消え去るものではない。罪は消滅させることができないのだ。罪は充分理解されることさえないのだ、とぼくは信じている――それは個人的な積年の業《カルマ》に深く根を下ろしているのだ。ぼくがこういう気分になったとき、首吊《くびつ》りから救ってくれるほとんど唯一《ゆいいつ》のものは、罪とは知識の不完全な形だということである。ただ不完全だというだけで、知識が役に立たないということにならない。むつかしいのは、罪でこっちが麻痺《まひ》しないうちに、実際にそれを生かすということだ。そんなわけで、ぼくはできるだけすみやかにこの小説について自分の感想を書いてみようと思う。ぼくはもし急いでやれば、ぼくの罪もここでは最良の、本当の目的にかなうだろうという気持を強く抱いている。本当にそう思っているのだ。もし一気にやれば、たぶん永い間おまえに言いたいと思ってきたことが伝えられるかもしれない。

おまえは、この小説が大跳躍にみちているということを自覚しなければならない。飛躍だ。おまえが先に床に入ってから、ぼくはしばらくの間家じゅうの者を起して、われらの、すばらしき跳躍をする弟のためにパーティを開くべきだと思ったほどだ。みんなを起さなかったなんて、ぼくは一体何なのか？　それがわかればありがたいのだが。せいぜい心配性の男だ。ぼくは自分の目で計れるような大きな飛躍のことで心配しているのだ。おまえが思いきって、ぼくの目のとどかぬところへとび出してしまうことを夢みているように思う。こんなことを言ってすまぬ。ぼくは今、非常な速さで書いている。今度の小説は、おまえも期待していたものだと思うし、ある意味ではぼくもそうだった。ぼくが今まで眠らずにいたのは、誇りがあるからだ。それがぼくのいちばん心配していることだと思う。おまえのためにぼくがおまえの自慢をすることを許さないようにしてくれ。ぼくが言おうとしているのはまさにそのことなんだ。ぼくの目が途方もなく冴《さ》えてくるような物語にしてくれよ。満天におまえの星たちが全部でているというただそれだけの理由でいいからぼくが五時まで起きているようにしてくれ。それだけの理由でいい。傍点を許してくれたまえ。おまえの短編小説の一つについて、ぼくが首をふって相槌《あいづち》をうつのはこれが初めてなんだから。それ以上のことはぼくに何も言わせないでほしい。今夜のぼくは、作家に彼の星たちを出してほしいと頼んだあとで、こっちが彼に言うことはすべて、まさに文学的助言だと思うのだ。今夜のぼくは、すべて「すぐれた」文学的助言とはまさにルイ・ブイエ（訳注　フランスの文人。一八二一―六九）やマクス・デュ・カン（訳注　フランスの文人・旅行家。一八二二―九四）がフローベールに、マダム・ボヴァリーを押しつけようとしたことだと確信している。実際そのとおりで、この二人は優雅な趣味をもち、力を合わせ、彼に傑作を書かせたのだ。彼らは彼が心情を書きつくす機会を潰《つぶ》してしまったのだ。彼は名士のように死んだが、実際はそんなものでなかった。彼の手紙は読むに耐えないものだ。本来あるべきよりも、ずっといいものになっている。書かれていることは無駄、無駄、無駄なのだ。ぼくは胸がはりさけそうだ。なつかしきバディよ、今夜は陳腐なこと以外、何を言うのも恐ろしい気がする。結果はどうあれ、どうかおまえ自身の感情にしたがってくれ。ぼくたちが登録するとき、おまえはぼくのことでずいぶん腹を立てた〔その一週間前、彼とわたしと数百万のアメリカの若者は最寄りの小学校に行って、徴兵の登録を済ませた。わたしは、わたしが徴兵カードの空欄に記入したことを見て彼が微笑しているのに気づいた。家へ帰る途中ずっと、彼は何がそんなにおかしかったのかわたしに説明することを拒否しつづけた。わが家のものなら誰でも証言できることだが、彼は自分にとって都合よく事がはこびそうにみえるときは、かたくなな拒絶者になることができた〕。ぼくが何を見て微笑していたかわかるかい？　おまえが著述業と記入したからだ。いままでこんなに美しい婉曲《えんきょく》な言い方を聞いたことがないと思ったのだ。ものを書くことがいったいいつおまえの職業だったことがあるのだい？　それは今までおまえの宗教以外の何ものでもなかったはずだ。そうだとも。ぼくは今すこし興奮しすぎているようだ。ものを書くということがおまえの宗教である以上、おまえが死ぬとき、どんなことをたずねられるかわかるかい？　だが、はじめに、だれもおまえにきかないようなことを、ぼくに言わせてほしい。おまえは死んだとき、すばらしい感動的な作品を手がけていたかと、きかれることはないだろう。それが長編なのか短編なのか、悲しいものか滑稽《こっけい》なものか、出版されたかされなかったかきかれることはないであろう。おまえがそれを手がけているときは、調子がいいか、悪いかをたずねられることはないであろう。それを書き終えるときがおまえの最後の時になることを知っていれば、おまえはその作品を手がけてきたであろうかどうかということすら、きかれることはないだろう――そんなことをたずねられるのは、あのあわれなゼーレン・K（訳注 キェルケゴール）だけだろうと思う。確かなことは、おまえに対して二つだけ質問が出されるということだ。おまえの星たちはほとんど出そろったか？　おまえは心情を書きつくすことに励んだか？　もしこの二つの質問に然《しか》りと答えるのが、おまえにとっていかに容易であるかを心得ていてくれさえすればいいのだが。おまえが腰をおろして書き始めようとするとき、おまえは作家になるずっと前から読者であったということを思い出してくれさえすればと思う。この事実だけを胸におさめてから、じっと腰をおろし、一人の読者として、もしバディ・グラースが好むものを選べるとすれば、彼がどんな文章を一番読みたがっているかを自らに問うてみることだ。その次になすべきことは、おそろしいことだが、非常に簡単なことなので、こうして書いているときもそれが信じられないくらいだ。恥も外聞もなく腰をおろして、ひとりで書くということだけだ。ぼくはここに傍点をうつ気になれない。あまりに重要なことなのでいくら傍点をうってもはじまらないからだ。ああ、思いきってやれ。バディ！　おのれの心を信頼するのだ。おまえはそれに値する職人なのだ。それによって裏切られることはないだろう。おやすみ。ぼくは今ひどく興奮しているし、すこし芝居じみた気持になっているが、おまえが、なにかあるものを、それがどんなものであっても、物語でも、詩でも、木でも実際、ほんとうにおまえの本心にしたがっているものを書くのを見るためとあれば、ぼくはこの世でどんなことでもするつもりでいる。『銀行専属探偵』（訳注　W・C・フィールド主演の映画。一九四〇年上映）はセイリア（訳注　ニューヨークの劇場名）にかかっている。明日の夜、みんなを連れていこうじゃないか。愛する弟へ、S。

こちらはバディ・グラース、また紙面に戻ってまいりました（バディ・グラースはもちろんわたしのペンネームにすぎない。わたしの本名はジョージ・フィールディング・アンチ・クライマックス少佐なのだ）。わたしはひどく興奮しているし、すこし芝居がかった気分になっているが、今この瞬間わたしは、読者に対して、明日の夜、一緒にランデヴーしようという、文字通り星のごとく輝く約束をしたいという熱烈な、あらゆる衝動に駆られている。しかし、もしわたしが利口であれば、歯を磨いて、すぐにもベッドにもぐりこむだろうと思う。兄の長い「メモ」を読むのがかなり負担になるとすれば、それをわたしの友人たちのためにタイプすることもたいへん疲れることだったとつけ加えざるをえない。今、わたしは、兄から「肝炎と意気地なさから早く回復する」ためのプレゼントとして贈られたすばらしい蒼天《そうてん》で膝《ひざ》をくるんでいる。

　しかし、明日の夜から、わたしが何をするつもりでいるか、読者に知らせたら、あまりに性急だと言われるだろうか？　十年以上にわたってわたしは、非常に直接的な質問に対して、簡潔で、きびきびした回答をそれほど望んでもいない人間から、「きみの兄貴はどんな様子だったんだい」という質問を受けることを夢みてきたのである。要するに、この世での文章というもの、つまり、わたしの折紙つきの権威ある器官が教えてくれるところによれば、体をまるめるときに持っているといちばん楽しい「重要なこと、いっさいのこと」は、火がついたようにあわててシーモアを胸中から吐き出すようなことをしない人間――まさに厚顔無恥の言い方をすれば、わたし自身――が書いたシーモアの肉体についての完全な記述なのだ。

　床屋で飛び散る彼の毛髪。今は「明日の夜」で、わたしはいうまでもなくタキシードを着てここに坐っている。床屋で飛び散る彼の毛髪。何ということだ。これが書き出しの文章なのか？　この部屋はそろり、そろりとトウモロコシのマフィンやアップルパイでいっぱいになるのだろうか？　そうなるかもしれない。そうは思いたくないが、実際、そうなるかもしれない。もし叙述に「選択性」を求めれば、書き始めないうちに熱がさめてまた投げ出すことになろう。わたしはこの男について分類したり、書記のような仕事はできないのだ。しかし一時的に感性をもてば、いくつかのことがここでもやれるはずだと期待できるが、今度ばかりは、いまいましいすべての文章をふるいにかけるようなことはさせないでほしい。そうでないと、わたしはまた言うことがなくなってしまう。床屋で彼の毛髪が飛び散ることが、なんといってもわたしの心に浮ぶ緊急のことなのだ。わたしたちはたいてい一週おきに放送に出る日、つまり二週間に一度、学校がひけるとすぐに髪を刈りにいった。床屋は百八丁目とブロードウェイの交差するところにあり、中国料理店とコッシャー（訳注　ユダヤ教の儀式にのっとった料理）の加工食品店の間に青々と（それ以上はよせ）巣を作っていた。わたしたちは弁当を食べ忘れたり、というよりもむしろどこかで失くしたりすると、ときどき、十五セントぐらいのサラミの薄切りと新しいきゅうりのピクルスを二つばかり買って、少なくとも髪の毛が落ちはじめるまで、椅子《いす》に坐って食べたものだ。床屋の職人はマリオとヴィクターだった。おそらく、もう何年も前にニンニクの食べすぎで死んでいるだろう。ニューヨークの床屋はみんな、けっきょくそうなるのだ（もういいからその話はよせ。そういうことはつぼみのうちにうまく摘んでしまうのだ、おねがいだ）。わたしたちの椅子は隣り合っていたので、マリオがわたしを済ませて、白布をとって振おうとすると、いつも、いつも、わたしの髪の毛よりもシーモアの髪の毛のほうがわたしにふりかかってきた。わたしの一生で後にも先にもこれほど腹の立ったことはない。一度だけわたしはそのことで文句を言ったことがあるが、これはとんでもない失敗だった。わたしははっきりと怒りを声に出して、彼のいまいましい髪の毛がいつもわたしの体一面にふりかかってくるということについてすこしばかり文句を言った。そう言ったとたんに、わたしは言わなきゃよかったと思ったが、とにかく口から出てしまったのだ。彼は何も言わなかったが、すぐにそのことで悩みはじめた。歩いて家へ帰る途中、ますます悩みがひどくなり、わたしたちは口もきかず通りをいくつも渡って行った。彼が床屋で髪の毛を弟に飛び散らさないようにする方法を考えていたことは、明らかだった。百十一丁目のホームストレッチ、ブロードウェイからリヴァサイドの角のわが家までの長いブロックは最悪だった。このブロックを通るときにわが家の男女で、シーモアが「立派な材料」を得たときのように悩みながら歩くものは誰もいなかったはずである。

一晩のうちにこれだけ書けばもう充分だ。わたしはすっかり疲れた。もうひとつ、これだけ。彼の肉体について述べることによってわたしは何を求めようとしているのか？　さらに、わたしはそれで何をしようというのだろうか？（傍点筆者）わたしはそれを雑誌に出したいのだ。そうなのだ。それを出版したいのだ。だがそのことではない――わたしはいつだって出版したいと思っているからだ。それよりもむしろどういう形で雑誌に出そうと思っているか、ということに関係があるのである。実際、何もかも、それに関係しているのだ。それは自分でもわかっているつもりだ。よくわかっているつもりだ。切手だとかマニラ封筒を使わずに向うまでとどけたいのである。もしそれが本当のことを書いているなら、わたしはただそれに汽車賃を払ってやり、たぶんサンドイッチも包んで、魔法壜《まほうびん》にちょっと何か暖かいものを入れてやれるはずだ。それしか考えていない。車中の他の乗客は、あたかもそれがちょっとご機嫌になっているもののように、それから少し離れているにちがいない。ああ、なんというすばらしい考えだろう。彼をちょっとご機嫌にしてここから抜け出させよう。だが、どういう種類のご機嫌な状態か。わたしの考えでは、愛する者がテニスで、苦しい三セットの末に勝利を得て、ニッコリ、ニッコリ笑いながらポーチにやってきて、最後のショットを見たかとたずねるときのような、ご機嫌な状態のことだ。そうだ、そのとおり《ウイ》。

＊

ほかの日の夜。これは読んでもらうためのものだ、ということを忘れてはいけない。読者にこちらの所在を教えるのだ。親切にするのだ——自分にはけっしてわからないけれども。だが、そんなことは言うまでもあるまい。わたしはいま温室にいる。わたしはポートワインを持ってきてもらうように呼鈴を鳴らしたところだ。いますぐにでも、年とった家来、並外れて利口で、丸々と肥えた光沢のあるねずみが持ってくるだろうが、こいつは、家にあるものは答案用紙以外は何でもたべてしまうのである。

Sの髪の毛に話を戻そう。すでにこの中で出してしまったことなのだから。十九歳ごろ、ごっそり抜けはじめるまでは、彼の髪の毛はとても剛《かた》くて黒かった。ほとんど縮れ毛と言ってもよかったのだが、まったくそうだというわけではない。そうだったら、わたしも腹をきめて縮れ毛という言葉を使う気になっていただろうと思う。おそろしく抜きやすそうな髪の毛で、たしかに引っぱるとすぐに抜けたものである。わが家の赤児《あかご》たちはいつもひとりでに、鼻よりもさきに、それに手をだしたが、神のみぞ知る鼻もまた「目立っていた」のである。しかし一度にひとつのことにする。非常に毛深い男、若者、青年だった。わが家の他の子供たち、もっぱらとは言えないが特に男の子たち、いつもわが家の周辺に集まっているような大勢の思春期前の男の子たちは彼の手首や手に魅了されたものだった。弟のウォルトは十一歳頃、いつも、きまってシーモアの手首を見たり、セーターを脱ぐようにさそったものである。「ねえ、セーターを脱ぎなよ、お兄ちゃん。さあ。ここは暖かいんだから」Sは彼に微笑を返し、顔を輝かせてみせた。彼は誰かれなしに子供がそういった馬鹿《ばか》騒ぎをするのが好きだった。わたしも好きだったが、ときどきのことだった。彼はいつもそうだったのだ。彼はまた弟妹たちが彼に向って言う気の利《き》かぬ思慮のたりない言葉によって育ち、強くなっていったのである。現に一九五九年に、わたしは時おり末弟と末妹の行動についてかなりいらだたしい知らせを聞くと、そうした行動がSにどんなに大きな喜びをもたらしたろうかと考えてしまうのである。わたしは、フラニーが四歳頃、彼の膝《ひざ》に坐《すわ》って、彼の顔を見ながら、ひどく感心したように「お兄ちゃん、お兄ちゃんの歯はとってもすてきで黄色いのねえ！」と言った。彼は文字通りよろめきながらわたしの方へやってきて、彼女の言葉を聞いたかとたずねたものである。

すぐ前の文章の中のある言葉がわたしをぎょっとさせ立ち止らせる。どうしてわたしはときどきしか子供たちの馬鹿騒ぎが好きになれなかったのか？　はっきり言って、彼らの馬鹿騒ぎがわたしに向けられたときはかなりの悪意がこめられていることもあったからだ。わたしがまずもってそんな目にあわなかったというわけではない。読者は人数の多い家族についてどれだけのことを知ってるというのだろうか？　それよりもさらに重要なことだが、読者はわたしのこんな話をどこまで我慢して聞いてくれるだろうか？　少なくともこれだけのことは言っておかねばなるまい。もし大家族のなかで、年上の兄であれば（とくにシーモアとフラニーのように、およそ十八年も年齢のひらきがあるようなところでは）、自分からすすんで、あるいは、あまりその気もないのに弟妹たちの家庭教師とか相談役を引き受けさせられると、どうしても監督者にならざるをえない。しかし監督者でさえも個人としての形、大きさ、色彩を持って現われるものである。たとえば、シーモアが双生児の一人とかゾーイーとかフラニーとかマダム・ブーブー（わたしよりたった二歳年下で、しばしば完全な「女王」だったが）に、アパートに入るときはオーバーシューズを脱ぐように言ったとき、そうしないと床に跡がついて、ベシーがモップを持ち出さねばならないからというつもりだったことは誰にもわかっていた。わたしが弟妹たちにオーバーシューズを脱げと言うときは、そうしない奴《やつ》は薄のろだというつもりで言っていることが彼らにわかっていたのである。シーモアとわたしの間では、弟妹たちのからかいや悪ふざけの仕方にかなりの相違があったはずだ。うさんくさいほど「正直さ」や「愛想のよさ」を思わざるを得ないような告白だ、という声もれ聞えてくるのでわたしも心苦しい。わたしはどうしたらいいのだろうか？　わたしの声が正直太郎《オネスト・ジョン》（訳注　地対地ミサイルの意もある）調になるたびに、わたしはすっかり仕事を中断しなければならないのだろうか？　わたしがわが家で、生ぬるいという言葉ではとても足りないほど、寛大に扱われていたということを確信しなければ、わが身を卑下する——この場合は自分の指導性のなさを強調する——気にならないということを読者が心得ていることを期待してはいけないのだろうか？　もう一度わたしの年を知らせたほうが役に立つのだろうか？　今この文章を書いているわたしは白髪で、尻《しり》の肉がたるんだ四十男であり、かなり下腹はでてきているし、また、それに比例して今年はバスケットボールのチームに入れないとか、敬礼に活気がなくて予備士官学校に入れないからといって、銀の匙《さじ》を床に投げつけることもかなり少なくなっていると思う。それだけでなく、告白的文章というものは、まずもって、自慢するのをやめたという作家の自慢が鼻につくものである。いつでも、公然と告白する人間から聞くべきものは、彼が告白していないことなのだ。人生のある時期で（悲しいことだが、たいていは成功している時期）、人はとつぜん大学の期末試験でカンニングをしたと告白できると思うかもしれないし、二十二歳から二十四歳まで性的不能だった、と知らせようと決心するかもしれないが、こうした勇気のある告白それ自体は、当人がペットのハムスターに腹を立てて、その頭を踏みつけたことがあったかどうかを探りだせるということを保証するものではない。こんな話を続けて申し訳ないが、ここでわたしは、もっともな悩みを一つかかえているような気がするのだ。わたしが今語っているのは、わたしからみると本当に偉大だと思われる唯一《ゆいいつ》の人物であり、わたしが知るかぎりではとにかくかなりの大きさをもった唯一の人物であり、けしからぬ、うんざりするような小さな虚栄を押入れいっぱいに、こっそりしまっているのではないかという疑惑を一瞬たりともわたしに与えたことはなかった。わたしは紙面でわたしのほうが彼よりわずかに人気が出るようなことがあるかもしれないということまで考えねばならないことすら恐ろしい——実際、不気味な——ことだと思っている。こう言ってもあなたはわたしを許してくださるだろうと思っているが、もっとも、すべての読者が熟練した読者であるとはかぎらない（シーモアが二十一歳、英語のほとんど正教授といってもよく、教壇に立ってから二年たったとき、わたしは彼に、教えるという仕事で意欲を失わせるようなことがあるとすればそれは何かとたずねたことがある。彼はまったく意欲を失わせるようなことはなさそうだが、考えるとひとつだけぎょっとすることがあると言った。それは大学の図書館の書物の余白にある鉛筆の書き込みを読むということだった）。この話はこれでやめにしよう。繰り返して言うが、読者がすべて熟練した読者とはかぎらないし、わたしは作家として表面的にはたくさんの魅力がある、と言われている――批評家たちはわたしたちになんでも言ってくれるが、一番悪いことを最初に言うものだ。わたしが心から恐れているのは、わたしが四十歳まで生きのびてきた、つまりこの本にでてくる「もうひとりの人間」と違って、自殺して、あとに残った「愛する家族の全員」を途方に暮れさせるほど「わがまま」でなかったことをいくらか魅力的だと思うようなタイプの読者がいるということである（この話をやめると言ったが、結局そうなりそうもない。わたしが本当の鉄の意志をもった人間ではないからではなく、この話をきちんと終らせるためには、彼の自殺に詳細にわたって触れねばならないからだ――ああ神よ、触れねばならないのだ――そして、それについては今のわたしのような進み具合では、この先数年間は手をつけられそうにない）。

しかし寝る前に、非常に適切だと思われることをひとつ話しておこう。そして誰もがこれは絶対的にあとから思いついたものではないと考えるように努力してくれれば、ありがたい。つまり、これを書いているわたしが四十歳であるということをものすごく都合よく、かつ不都合にもしているような、一つの完全に究明可能な理由を与えることができる。シーモアは三十一歳で死んだのだ。彼をあの極度に白髪が少ない年齢にまでもってゆくことさえ、今のわたしのギアの状態では、何カ月も、いやおそらく何年も何年もかかることだろう。さしあたって、彼が登場するのはほとんど幼児か少年としてである（ぜったいに小僧としてではない、と神に祈る）。この紙上で彼と一緒にいる間は、わたしも幼児か少年になろう。しかしわたしは、あまり仲間意識がない読者なら同じことだと思うが、少し下腹の出たほぼ中年の男がこのショーを進めていることをたえず意識しているのである。わたしの見るところでは、こうした考えは、生と死という事実の大部分と同じように憂鬱《ゆううつ》なものではないが、同時に、それにおとらず憂鬱でもある。今までのところあなたはわたしの言葉しかきいていないわけだが、しかしあなたに言っておかねばならないことは、もし立場が一転して、シーモアがわたしの立場にいるとすれば、彼は語り手および公式の射撃結果予想者としてあまりにも先輩であることに動揺して――実際、がっくりして――この計画を中止するであろう、ということがわたしにはなによりもよくわかっているということだ。もちろん、これについてはもうこれ以上言わないつもりだが、このことが出てきたのは嬉《うれ》しいことである。これは真実なのだ。単にそれを目で見るというだけではなく、それを感じてほしい。

結局、わたしは寝ないことにする。この近くにいる誰かが眠りを殺せり。彼氏でかしたぞ。

甲高く不愉快な声（わが読者の声ではない）。あなたは兄さんがどんな様子だったか話すと言ったじゃありませんか。なにもこんなつまらぬ分析やべたべたしたことはききたくありませんよ。

だが、わたしはそうじゃない。こうしたべたべたしたことのひとつひとつが必要なのだ。たしかに分析をここまでやらないでもすむが、こうしたべたべたしたことのひとつひとつが必要なのである。もしわたしがこの文章について筋を通したいと祈っているとすれば、それを実現してくれるのはこのべたべたしたものなのだ。

わたしは、彼の生涯のいかなるときでも（海外にいたときは別として）彼がどんな顔、形、態度をしていたか――なにもかも――を語ることができるし、それはかなり正確なものだろうと思う。まわりくどい言い方はやめさせてほしい。完全な姿を、ということだ（これを語り続けていくと、わたしたちきょうだいの何人か、つまりシーモアとゾーイーとわたしのことだが、どんな思い出や記憶力を持っているか、それをわたしはいつ、どこで読者に伝えたらいいのだろうか？　このことはいつまでも先へのばしておくわけにはいかないが、活字にするとどんなに醜悪にみえるだろうか？）

もし、誰か親切な方がいて、わたしにどっちのシーモアを描いてほしいのか、はっきり知らせるような電報をくだされば、非常にありがたいのだが。もしシーモアを、シーモアのことならなんでも語るように、といわれるだけなら、よろしい、わたしは彼の姿をあざやかに思い浮べられるが、その際、だいたい八歳、十八歳、二十八歳の彼の姿が同時に現われてきて、髪の毛がふさふさした頭がだいぶ禿《は》げていったり、夏季林間学校の赤縞《あかじま》の半ズボンをはいていたり、下《した》っ端《ぱ》下士官の袖章のついたしわくちゃなカーキ色のシャツを着て、結跏趺坐《けっかふざ》で瞑想《めいそう》していたり、八十六丁目のR・K・O劇場のバルコニーに坐っていたりするのである。わたしはそんな姿を描いてみせるだけになりはしないかという恐れを抱いているし、そんなことにしたくはない。ひとつには、そんなことになれば、シーモアを困らせるだろうと思う。「問題の人物」が恩師《シエー・メートル》でもあるときには、そんなことは礼を失することになる。もし本能としかるべく相談して、ある種の文学的「キュービズム」というようなものを使うことにして彼の顔を描けば、あまり彼を悩ますこともないだろうと思う。その点については、もしその他のことをすべて小文字で書くとすれば、ぜんぜん彼を悩ますことはないであろう――もしわたしの本能がそれをすすめるならばの話だが。わたしはここで何らかの形でキュービズムを使ってもかまわないと思ってはいるが、わたしの本能はとことんまで、これに対してりっぱに、中産階級の下《げ》として戦えとわたしに命じるのである。いずれにしても、これを枕《まくら》にしてわたしは眠りたい。おやすみ。おやすみなさい、ミセズ・カラバッシュ（訳注　喜劇役者ジミー・デュラントのテレビ・ショーの別れの挨拶に出てくる女性名）よ。おやすみ、ひどい記述よ。

＊

わたしは自分ひとりで語るのが少しむずかしくなっているので、今日、教室で授業中に（どちらかといえばしばらくミス・ヴァルデマーのすごくピッタリした半ズボンに見とれている間だと思うが）、ほんとうに礼儀正しいやり方は、ここでまずわたしの両親のどちらかに語らせることだと決心したわけだが、それは「原初的な母」から始めるのが一番良いのではないだろうか。しかし、それに伴う危険も実にたいへんなものだ。人によりけりだが、もし人びとを罪のない嘘《うそ》つきにするのが究極的には感情でないとすれば、それは、彼らが生れながらに持っている、もろもろの忌《いま》わしい記憶であることはほぼまちがいないところだ。たとえばベシーにとって、シーモアの大事な点の一つは彼がのっぽだったということである。彼女はシーモアが人並み外れてひょろ長い、テキサス人タイプで、部屋に入るときはいつも頭をすくめている姿を思い浮べている。だが事実は、彼の身長は五フィート十インチ半――ビタミン多量摂取の現代的標準から言えば背が低い男の中では高いほうに属している。そして、彼にとってはそれでよかった。彼は背が高くなりたいなどとは全然思っていなかった。わたしは、双生児が六フィートを越えたとき、彼がお悔み状を送るのではないか、としばらくは考えていたものである。彼が今生きていたら、俳優であるゾーイーが、大人になっても背がのびないのを見て、満面に微笑をたたえることであろう。彼、Sは真の俳優は重心が低くなければならないと堅く信じていたのだ。

「満面に微笑」という個所は誤りだった。だが、いまとなっては、彼の微笑をやめさせることはできないのである。誰か真面目《まじめ》なタイプの作家がわたしの代りにここに坐ってくれたら、非常に嬉しいのだが。わたしが現在の職業を選んだとき、最初に誓ったことのひとつは、印刷された紙面の上でわたしの作中人物の「微笑」、「にやにや」に制動器をつけるということだった。ジャクリーヌはにやにやした。大男で怠け者のブルース・ブラウニングは口をゆがめて微笑をした。子供のような微笑がむくつけきミッタークエッセン船長の顔に輝いた。とはいえ、今、そうしたことがわたしの胸にものすごく迫ってくるのだ。まず、最悪のことを片づけるとすれば、彼の微笑は、歯並びがまずまず可と不可の中間である男にしては、実にすばらしいものだったと思う。微笑の仕組について書くことはちっとも面倒臭くない。彼の微笑は部屋の中の他の顔の交通がすっかり止ったり、逆の方向に動くにつれて、しばしば後戻りしたり、前進したりした。彼という配電器は家族のなかでさえも標準型とはいえなかった。幼い子供たちのバースデー・ケーキのろうそくが吹き消されるとき、彼は葬式のときのようなとは言わないまでも、非常に厳粛な顔をしていた。しかしその一方では、子供たちの誰かが、浮き桟橋の下を泳いだときにすりむいた肩を彼にみせるときは、積極的に嬉しそうな顔つきをすることができた。技術的に言って、彼が社交的な微笑を浮べることはぜんぜんなかったと思うが、それにしても彼の顔から本質的に正しいものが消えたことがなかったといっても間違いない（すこし誇張していえば）と思う。彼がすりむいた肩をみたときの微笑は、たとえばこちらがすりむいた本人であるときは、腹の立つこともしばしばだったが、なぐさめという点ではなぐさめになった。彼の厳粛な態度は誕生日パーティ、押しかけパーティでも、水を差すようなものでなく——あるいは、たとえば初聖餐《せいさん》とかバーミッバ（訳注　ユダヤ教の成年式）の客になったときのにやにや笑いにしても、同じように、水を差すようなことはほとんどなかった。わたしはこう言ったところでそれが身びいきな弟の言葉だとは思わない。兄をまったく知らないか、あるいはほんのちょっと、あるいは現役であろうと引退していようと、ラジオの名子役としてしか知らない人たちは、ときどきほんの一瞬ではあるが、彼の顔に浮ぶある特別な表情に――あるいは表情の欠如に――当惑したものである。そしてそんな場合にはよく、この被害者たちは快い、好奇心にも似たものを感じた――それがほんとうに個人的な怒りとか苛立《いらだ》ちというようなものでなかったことをわたしは覚えている。こうした理由のひとつとして――ぜんぜん複雑なものではない――彼の表情はいつでもあどけないものであったことがあげられる。彼が成長して大人になったとき（これはたしかに身びいきな弟の言葉ということになろうが）、大ニューヨーク地区で、彼のようにまったくあどけない顔をした大人はほかに見当らなかったと思う。彼の顔からあどけなさが失われ、作りものめいた不自然な表情が浮んだときをわたしは覚えているが、それは、彼がわざわざアパートの近くで誰か血縁の者を楽しませているときだけだった。しかしこれでさえ、毎日あるということではなかった。だいたい、彼は家族の他のものには与えられていない節度をもってユーモアを味わっていた。この点を相当強調して言えば、ユーモアもまた彼の主要な食物ではなかったということではなく、彼が大体において、自分の分として、一番小さなユーモアのかけらでさえも手に入れたり、食べたりしたということなのである。（父がそばにいないときは、家族のおきまりの冗談を受け持つのは、必ずといっていいほど彼だったし、いつもすすんでやってのけていた。これがどういう意味か、非常に適切な例と思われるものを一つあげれば、わたしが自作の新しい短編を読んできかせると、彼は必ず一度は、会話の途中でわたしをさえぎって、わたしが「リズムや口語の韻律を聴きわける良い耳」を持っていることを自覚しているかどうかとたずねる習慣があった。彼はそう言うときには非常に賢そうな顔をするのを楽しみにしていた。

　次に耳のことに触れる。実際、耳のことなら、わたしはちょっとした映画が作れるほどだ——妹のブーブーが十一歳頃、はげしい衝動にかられて食卓を離れると、一分後に部屋に駆け戻って来て、ルーズリーフからとった二つの金輪をシーモアの耳につけようとする、というような、画面に雨がふってる一巻物の映画である。彼女はその結果に大いに気をよくしたし、シーモアは一晩じゅうそれをつけていた。そのために血が流れるまで、ということもあり得ぬことではなかったろう。しかしその金輪はシーモアに似合わなかった。彼の耳は海賊のような耳ではなく、年老いたユダヤ神秘学者とか年老いた仏陀《ぶつだ》のような耳をしていたように思う。並外れて長くて、耳たぶが厚かった。数年前ウェーカー神父が真っ黒い服を着て、ここへ立ち寄ったとき、わたしは『タイムズ』のクロスワード・パズルをやっていたが、Ｓの耳を唐王朝のものと思っているかどうかたずねられたことを覚えている。わたし自身はといえば、それよりも古いものだとしたい。

これから床に入ろうと思う。まず書斎でアンストルーザー大佐（訳注　酒のこと）と寝酒を一杯ひっかけて、それから床に入るのだ。どうしてこんなにひどく疲れるのだろうか？　手は汗ばみ、腹はごぼごぼする。「完全なる人間」がここにはいないというだけのことだ。

目とたぶん（たぶんである）鼻を除いて、彼の顔の他の部分はとばしたい気がする。「包括的」なんてことはくそくらえだ。読者に想像の余地をぜんぜん残さないと非難されるのはたまらない。

＊

一つか二つ説明しやすい点として、シーモアの目がわたしやレスやブーブーの目に似ているということがある、つまり(a)かなり恥ずかしいがこのグループの目の色はすべて、真っ黒な牛の尻尾《しっぽ》、もしくは哀調をおびた「ユダヤ系茶褐色」と呼んでもさしつかえない(b)みんな半円形をしていて、二、三の場合、はっきりと目の下がたるんでいる。だが、家族同士の類似はそこでぱったり止ってしまう。わが一座の淑女方には少々失礼にあたるようだが、わが家で「最高の」目をした二人を選ぶとすればわたしはシーモアとゾーイーに票を投じるだろう。しかもこの二人の目はそれぞれまったく違っていて、色はそのもっとも些細《ささい》なことにすぎないのである。数年前、わたしは大西洋航路の船に乗っている「天才的」少年について、例外といえるほど「心につきまとう」、「忘れがたい」、不愉快な論議をまきおこすような、完全な失敗作である短編小説を発表したが、その中にこの少年の目について詳しい描写があった。たまたま都合のいいことに、わたしは今その小説の写しを身につけている。バスローブの折襟《おりえり》に上品にピンでとめているのである。それを引用する。「彼の目は淡い鳶色《とびいろ》で、決して大きいとはいえぬ。それに心もち藪睨《やぶにら》み――右よりも左の目のほうが特にそうだ。しかし、みっともないほどではないし、一目見ただけではそれと気づかぬ者さえある。つまり藪睨みでないことはないからそう言ったまでのこと。彼の目を見て長いことよくよく考えたあげくに、この彫りがもう少し深かったらとか、鳶色が濃かったらとか、目と目の間がも少し開いていたらとか、そんな不足を言う者がないとはいえないが、彼の藪睨みといってもそれと同じ程度のものだという意味だ」（訳注『ナイン・ストーリーズ』中の短編小説「テディ」の一節）。（一息入れるためにちょっと休んだほうがいいようだ）。事実は（あはは、笑うつもりはまったくない）、シーモアの目はそんなものではなかった。彼の目は黒く、非常に大きく、目と目の間はたっぷり離れていて、とにかくひどい藪睨みではなかった。にもかかわらず、わが家の中で、少なくとも二人は、わたしが彼の目をあの描写でとらえようとしたのだろうと語ったし、奇妙に、その描写がまんざら悪くなかったとさえ思っていたのである。実際、彼の目には超大《スーパー》かげろうのようなまた出た、また消えたといったような軽い藪睨みがあった――そうしたことを除けば、ぜんぜん藪睨みなんかではなかったし、そこがわたしの困ってしまったところなのだ。いまひとり、同じように愉快なことが好きな著述家――ショーペンハウエル――は、彼の陽気な著作のどこかで、同じような一対の目を述べようとしているが、まったくわたしに匹敵するようなめちゃくちゃを書いている、ということを喜んで申し上げる。

よろしい。今度は鼻だ。これはちょっと痛々しいことだと、わたしは自分に言いきかせている。

もし一九一九年から一九四八年までの間、いつでも、シーモアとわたしがいる満員の部屋に入ってくれれば、彼とわたしが兄弟であることを知る方法はたぶん一つしかなかったであろうし、それはどんな馬鹿《ばか》でもわかったであろう。鼻と顎《あご》を見ればよかった。顎について言えば、いうまでもなく、わたしたちにはほとんどなかったと言うことによって、わたしはあっさり片づけることができる。しかし、鼻となると、わたしたちの鼻は目立っているし、ほとんど瓜《うり》二つと言ってもいい。つまり大きくて、肉が厚く、垂れ下がっていて、落水送風機《トロンプ》みたいで、はっきりしすぎるほどはっきりしていることといえば、家族のなかで彼の鼻に似ているのは親愛なる曾祖父《そうそふ》ゾゾの鼻だけだった。ゾゾの鼻は、昔の銀板写真でみるとふくれ上がっていて、子供のころわたしはかなりぎょっとしたものである（ひとつ考えてみてほしい。シーモアは身体《からだ》についての冗談を絶対に言わなかったが、一度だけ、わたしたちの鼻――彼と、わたしと、曾祖父ゾゾの鼻――が、ある種のあごひげと同じように寝るときにディレンマを与えるのではないか、つまり掛けぶとんの外に出して寝るのかそれとも中に入れて寝るのかと言って、わたしをかなり驚かせたことがある）。しかし、この話はあまりにも空虚に聞えるという危険がある。わたしは、わたしたちの鼻がたしかにシラノのようにロマンチックに盛りあがっていないことを非常にはっきり――必要とあれば、不快なまでにはっきり――させておきたい（これはこのすばらしき新しい精神分析的世界では、あらゆる点で危険な話題だと思うが、この世界においては当然のこととして、ほとんど誰もが、シラノの鼻とシラノの軽妙なセリフのどっちが先かを知っているし、また文句なしに口が堅い、鼻の大きい連中に対して、国際的に臨床的沈黙が広く行き渡っているからである）。おそらくシーモアとわたしの鼻のおよその幅、長さ、形の相違について語るに値する唯一《ゆいいつ》のことは、シーモアの鼻梁《びりょう》が目立って右側に湾曲《わんきょく》し、特に傾いていたことだと言わねばなるまい。シーモアはいつも、彼の鼻とくらべてわたしの鼻が貴族的だと思っていた。「曲っている」のは、わが家の誰かが、リヴァサイド・ドライヴのわが家のアパートの玄関で、夢見心地で野球のバットの素振りをしたためである。その事故以来彼の鼻はまっすぐにならなかったのである。

万歳。鼻のことが終った。寝ることにしよう。

*

今まで書いてきたことを、まだ振り返って見るだけの勇気がない。時計が真夜中を打つと同時に中古のロイヤル・タイプライターのリボンに変身するのではないかという、いつもの職業的な恐怖が今夜はとても強い。だが、わたしはうれしいことに、アラビーの宗主の生きた肖像画を書いているのではないということに気づいた。これが公平にして正しいことであってほしいと思う。それと同時に、わたしのいまいましいほどの無能さとのぼせぶりから、シーモアのことを普通の退屈な術語で言うところの魅力的な醜男《ぶおとこ》だと考えてもらっては困るのである（こうした言葉はいずれにしても非常に怪しげなきまり文句で、実在のものであれ、架空のものであれ、ある種の女性たちが、目を見はらせるような甘い泣き声をだす極悪人とか、それほど絶対的ではないが、育ちが悪い白鳥たちに対してどうやらあまりにも奇妙な愛情を抱くとき、それを正当化するためにごく普通に用いるものである)。たとえ何度も繰り返し強調しなければならぬにしても――もう大分強調してることは承知してるが――わたしは、彼とわたしがわずかな程度の差はともかく、二人とも目障《めざわ》りなくらい「不器量な」子供だったことを明らかにしておかなければなるまい。なんともはやわたしたちは不器量だった。そして、わたしたちの容貌《ようぼう》は、年とともに、顔に肉がつくにつれて、「かなり改善された」と言えるかもしれないが、わたしたちが子供から少年になり、青年になってからも、多くの本当に思慮深い人たちはわたしたちを一目見るだけで、明らかに心を痛めたことは間違いないと、繰り返し断言しておかなければならない。もちろんわたしが今話しているのは大人たちのことであって、ほかの子供たちのことではない。幼い子供というものは大体において、そうやすやすと心の痛みを感じたりするものではない――いずれにしても、そんなにはならぬ。かと言って、そういう幼い子供がみんなとりたてて心が大きいというわけでもない。よく子供たちのパーティで、物分りの良さを、かなり見せびらかすような、ある母親が、びんころがしや郵便局ごっこをすすめたものである。そしてわたしは何の気兼ねもなく証言できるが、少年時代を通じて、グラース家の上の兄弟は郵送されない手紙（非論理的だが、納得のいく言い方だと思う）の袋を次から次へと受け取ることにかけてはベテランだった。ただし、言うまでもないことだが、郵便屋になるのが娼婦《ハーロット》シャーロットと呼ばれる女の子の場合は別だった。とにかくこの子はちょっとばかり癇《かん》がたっていた。そのためにわたしたちは困ったであろうか？　苦痛をうけただろうか？　慎重に考えるんだ、さあ、作家よ。わたしが非常に時間をかけて考慮した末の回答はこうだ。ほとんどそんなことはなかった。わたし自身の場合、三つの理由を思いつく。その第一は、わたしは一度か二度心の動揺する時期もあったが、少年時代を通じて――主としてシーモアが言い続けたおかげで、といってそれだけの理由ではないが――自分が途方もなく魅力のある有能な男で、もし誰かがそう考えないとしたら、それはその人物の趣味を顕著に反映するものであり、同時に奇妙なくらい取るに足りぬことであると信じてきたということである。その第二は（あなたがこの理由に納得してくれればの話だが、そうはいかないだろうと思う）、わたしは五歳にもならぬうちから、いずれ大きくなったら最高の作家になるのだというバラ色の満々たる自信を抱いていたということである。そして第三は、標準から逸脱している点はほとんどなかったし、心の中ではまったくなかったが、わたしはいつも、シーモアと肉体上の点で似ていることを心ひそかに喜び、それを自慢にしていた。シーモア自身はと言えば、例によって、事情が違っていた。彼は自分のおかしな容貌を一時馬鹿に気にするかと思うと、ぜんぜん気にしない時もあった。彼が非常に気にするときは、他人のためだった。ここでわたしは特に妹のブーブーを思い出す。シーモアはブーブーを無茶苦茶にかわいがっていた。それだけなら特にどうということもない。と言うのは、シーモアは家族はもちろん、家族以外のたいていの人たちをも無茶苦茶にかわいがっていたからである。ところが、わたしが今までに知ったすべての女の子と同じように、ブーブーにも大人たち一般のどじやへまによって、少なくとも一日に二度は「死ぬ」という時期——彼女の場合はおどろくほど短いものであったと言わねばならないが——があったのである。その最盛期には、お気に入りの歴史の先生が昼食後の授業時間に、シャーロット・ルース（訳注　カスタード・ケーキの一種）の食べかすを頬につけたまま教室に入って来たというだけで、ブーブーはしおれきって机に向ったまま死んだようになってしまうほどだった。しかし彼女は、それよりもっとつまらぬ原因のために、死んだようになって家に帰って来ることは年じゅうあった。そういうときにシーモアはうろたえ心配した。彼がブーブーのためにとくに心配したのは、パーティやなにかでわたしたち（彼とわたし）のところにやって来て、今夜はとても男前にみえるよ、などというような大人たちのことだった。そっくりこのとおりではないにしても、そういった類いのことはよくあったし、いつもそんなときブーブーはそれが耳に入るところにいて、あきらかに死を待っているようだった。

わたしは、このような彼の顔、肉体としての顔という話題について、極端に走る恐れがあるということにもっと気をつかってしかるべきかもしれない。わたしは自分の方法には、何となく全体としての完成度が欠けているということをいさぎよく認めるつもりだ。たぶんわたしの記述全体に行き過ぎがあるかもしれない。まず第一に、わたしは、彼の目鼻だちについてほとんどすべての点を論じてきたのに、依然として生きた顔そのものには触れてさえいないということを知っている。こう考えること自体が――予想もしなかったことだが――驚くべき機能低下剤になる。とはいえ、こんなふうに感じ、それに圧倒されている間でも、わたしが最初から持ち続けてきたある種の確信は変らない――のうのうとしているのである。「確信」という言葉はぜんぜん適切でない。むしろ最高に打たれ強い拳闘家《けんとうか》に与える賞とか耐久力証明書といったほうがよい。わたしにはある知識、つまり過去十一年間、彼を紙の上に描写できなかったということから得られたある種の編集者的洞察があると思うし、その知識によって控え目な言葉で彼を描くことはできないということがわかるのだ。実際、その反対なのだから。一九四八年以来、わたしは彼について少なくとも十二の短編もしくはスケッチを書き、ことごとしく、みんな燃してしまった——そのうちいくつかは、こう言ってはおこがましいが、かなり気がきいていておもしろく読めるものもあった。しかし、それはシーモアではなかった。シーモアのために控え目な言葉で描けば、それは、やがて成熟して嘘《うそ》になってしまうのだ。たぶん芸術的な嘘というのかもしれないし、時には快い嘘でさえあるが、嘘は嘘なのだ。

もう一時間かそこいら起きているべきだという気がする。牢番《ろうばん》！　この男が寝ないように気をつけろ。

ぜんぜん怪物のようにみえないものもたくさんあった。たとえば彼の手は非常にきれいだった。美しいと言うことにはためらいを感じるが、「美しい手」というようなまったくくだらぬ言い方をしたくないからである。掌は幅が広くて、親指と人差指の間の筋肉は意外に発達していて「がっしりしている」(この引用符は不必要である——どうか、お気になさらずに)が、しかし指はベシーのとくらべても長くて細いし、中指をみれば仕立屋の巻尺で測りたくなるようなものだった。

わたしは今、右に書いたパラグラフのことを考えている。つまり、その中に、どこまで個人的な賞賛が入り込んだかということである。兄の手をほめるとして、どの程度までなら少数の現代人の眉《まゆ》をつり上げさせずにすむだろうか。わたしが若い頃、ウィリアム神父よ、わたしの異性愛（二、三の、言うなれば、必ずしも自分からすすんで退屈していたわけではない時期を除けば）は、わたしが昔入っていたいくつかの研究グループの中ではかなり共通の話題になっていた。しかし、わたしは今、ちょっとなまなましすぎるくらい思いだしているのだが、ソフィア・トルストイは夫に対して、例によってたしかにむりからぬと思われるが、大いに腹を立てたとき、十三人の子供の父親、つまり、彼女との夫婦生活で夜ごとに彼女に迷惑をかけているこの初老の男に同性愛の気があるといって非難したことがある。わたしは、だいたい、ソフィア・トルストイというのはあまり聡明《そうめい》でない女だと思っているが――そのうえ、わたしの原子の配列からいって、わたしは体質的に、煙が立つところにはいつもストロベリー・ジェロ（訳注　ゼラチンの即席食品）があり、火があるのはまれだと信じたくなるようになっている――しかし、オール・オア・ナッシングの散文作家や作家志望者には、非常に半陰陽的なところがあるということを、わたしは堅く信じている。おそらく、もしそういう作家が、目に見えぬスカートをはいた男性作家のことをくすくす笑うとすれば、彼も永遠の危険を冒しているのである。この問題については、これ以上もう何も言わないことにする。こういう打明け話は、興味本位に悪用されやすいものだから。わたしたちは活字になるとき、今よりももっと臆病《おくびょう》でなくなるというのが不思議というものである。

シーモアの話し声、信じられないような彼の喉頭《のど》については、今すぐ論じるというわけにはいかない。まず第一に、充分それを裏づける余地がないからだ。さしあたっては、わたし自身の魅力のない「陰の声」で、彼の話し声は今までわたしが何時間もぶっ通しに聴いたことのある楽器のなかでもっともすぐれた、まったく不完全なものだったと言うにとどめておこう。それはともかく、もう一度繰り返しておくが、彼の話し声について詳しく語ることはもっとあとにしたいと思う。

彼の肌は浅黒く、少なくとも土気色からはほど遠く、珍しいくらいしみがなかった。彼は思春期にもニキビ一つなしで過したが、それはわたしにとって不可解でもあり苛《いら》立《だ》たしくもあった。というのは、彼は屋台で売ってる食物を——母の言い草によれば、「手を洗いもしない不潔な男たちが作った非衛生的な食品」を——わたしと同じくらいたくさん食べたし、少なくとも壜《びん》入りのソーダ水をわたしと同じようにたくさん飲み、わたしと同じように手を洗わなかったことも確かだったからである。どちらかと言えば、彼のほうがわたしよりずっと手を洗わなかったくらいである。彼はわが家の他の子供たち——特に双生児——をきちんと風呂《ふろ》に入れることで忙しかったので、自分が入り損うことがしばしばあった。というと、わたしは、あまり都合よくというわけではないが、たちまち床屋の話につれもどされるのである。ある日の午後、床屋へ行く途中、彼はアムステルダム通りのまん中でいきなり立ち止ると、わたしたちの左右を車やトラックがすれすれに通りぬけてゆくのに落ち着き払って、ひとりで髪を刈ってもらうのは嫌か、とわたしにたずねてきた。わたしは彼を歩道に引っぱりあげて(わたしが彼を引っぱりあげた歩道のすべてに五セント貨を供えたい気持だ、読者諸君よ)、どうしても嫌だと言った。彼は自分の首筋がきれいじゃないと思っていたのだ。床屋の職人ヴィクターに、汚れた彼の首筋を見せて不愉快な思いをさせまいと思っていたのだ。厳密にいって、彼の首筋はほんとうに汚れていた。彼がシャツの首のうしろに指をいれて、ちょっと見てくれと頼んだのは、そのときが最初でもなければ最後でもなかった。いつもそのあたりは、しかるべく清潔が保たれていたが、そうでないときはまるきりひどかった。

さあ、ほんとうに寝なければなるまい。女子学生部長――とてもやさしい人だ――は夜が明けるとすぐ電気掃除機をかけに来るから。

*

このあたりで、服装というたいへんな問題にふれておかねばなるまい。もし作家が、作中人物の服装についてひとつ、ひとつ、しわを一本一本描いてもいいということになったら、どんなにすばらしく都合のいいことであろう。何がそれをさまたげているのか？　ひとつには、いままで会ったことのない読者を不利にするか、それとも読者の有利になるように解釈するかのどちらかになる傾向があるからであり――不利にするという場合は、作家が読者よりも人間一般や社会的慣習についての知識を持っていると思う場合であり、有利に解釈するという場合は作家が、自分の知っているような些《さ》細《さい》な、複雑な事柄はよく知らないのだと思いたがるときである。たとえば、わたしがかかりつけの足医者のところに行って、たまたま『ピカブー』マガジンの中である種の精力的なアメリカの有名人――映画俳優や政治家や新任の学長の写真を見たとする。その人物が家庭にいるとき撮《うつ》したもので、足もとにはビーグル犬（訳注　うさぎ狩用の小猟犬）がいて、壁にはピカソの絵が掛り、当人はノーフォーク・ジャケット（訳注　ベルトのついた片前の狩猟用ジャケット）を着ている。いつもわたしは犬には非常に親切にしているし、ピカソに対しても充分敬意を払っているが、アメリカの名士たちが着ているノーフォーク・ジャケットについて結論を引き出す段になると、我慢ができなくなる。つまり、もし最初にそのお偉方が好きになれない場合には、ジャケットがそれを保証してくれる。このことから推測するのだが、その人物の視野はいまいましいほどあまりにも早く広がってゆくので、わたしの気持とぴったりしなくなってしまうのだ。

さあ始めよう。青少年時代、Sもわたしにしてもそれぞれ思い思いにひどい服装をしていた。わたしたちが実際にあんなにひどい服装をしていたということは、いささか（まったくというほどではない）奇妙である。と言うのは、子供の頃わたしたちは、まったく申し分のない、目立たない身なりをさせられていたからである。わたしたちがラジオに出演するようになってまだ間もない頃、ベシーはわたしたちの服を買いに五番街のデ・ピンナの店へわたしたちを連れて行った。彼女がまずどうやってその落ち着いた立派な店を見つけたかは、ほとんど誰にも察しがつかない。弟のウォルトは存命中、非常に優雅な青年だったが、彼はベシーが巡査のところへ行って聞いてきただけだと思っていたものである。この推量には無理もないところがあった。と言うのはわたしたちが幼い頃、ベシーは彼女にとって一番やっかいな問題を、ニューヨーク市民にとって、ドルイド教（訳注　古代ケルト族の間に行われた宗教。僧は、予言者、詩人、裁判官、魔法つかいなどでもあった）の祭司にもっとも近い人物――つまり、アイルランド人の交通巡査――に持ち込む癖があった。わたしには、かの有名なアイルランド人の運の好《よ》さと言われるものがたしかに、何らかの形でベシーのデ・ピンナ発見に関係しているのではないかと思われる。とはいうものの、何から何までというわけでは絶対にない。たとえば（これは本題からずれることになるが、一つの良い例だ）、母はどのように幅のひろい言い方をしても絶対に読書家だったことはない。しかし、わたしは彼女が甥《おい》の誕生祝いの贈物を買いに五番街のけばけばしい書籍の殿堂の一つに入ってゆき、ケイ・ニールセンのさし絵が入っている『太陽の東と月の西』を持って出てくる、現われるのを見たことがある。彼女を知っている人なら、彼女は貴婦人然としていて、店内を回っている相談係の店員に対して超然としていたことがわかるはずだ。さて、わたしたちが若かったころどういう格好をしていたかに話を戻そう。十代のはじめ頃から、わたしたちは、ベシーから、そしてお互いに独立して、めいめい自分の服を買うようになった。シーモアのほうが年上だから、彼が最初に、いわば枝分れしたのだが、わたしにもその機会が回ってきたとき、わたしはそれまでの失われた時を埋め合せようと決心した。十四歳になったばかりの頃、五番街をぐずぐずしたあと、ブロードウェイの方へとまっすぐに、――特に五十丁目にある店を目ざして行ったのを覚えている。そこの店員たちはかなり愛想がわるい、とわたしは思ったが、少なくとも彼らは入ってくる客が生れつき粋《いき》なドレッサーかどうかを見分けることができた。Sとわたしが一緒にラジオに出た最後の年――一九三三年――わたしはいつも放送のある晩は大きな肩あてのついた薄いグレーのダブルに、濃紺のハリウッド型の「巻き襟《えり》」シャツを着て、だいたい正装用にとっておいた二本のまったく同じ赤黄色の木綿ネクタイのきれいなほうをつけていた。正直言って、いままでに、このネクタイをつけたときほど気分のよかったことはない（ものを書く人間は、自分のなつかしい赤黄色のネクタイを本当に捨ててしまうことはないだろう、とわたしは思っている。遅かれ早かれ、そのネクタイは彼の散文に出てくるだろうと思うが、それにたいして彼はほとんどどうしようもないのである）。一方、シーモアはひとりですばらしくきちんとした服を選びだした。ただその際一番厄介だったのは、彼の買うものは何一つとして――背広上下、特にオーバー――彼にぴったり合ったことがないということだった。彼は仕立直し係が近づいてくると、おそらく服を半分着たままで決してチャコなんかつけさせずに、いつも逃げ出してしまったにちがいない。彼の上着はどれもこれも短か過ぎるか長過ぎるかのどちらかだった。袖《そで》はたいてい拇指《おやゆび》の第一関節までのびているか、手首の骨のところまでしかなかった。ズボンの臀《しり》はいつも一番ひどい状態だった。それは三十六インチの標準サイズの尻《しり》が、まるでゴールに入ったバスケットボールみたいに、四十二インチのロングサイズのズボンに落ちこんだかのようで、見る者に畏怖《いふ》の念を起させることもあった。しかしこれについては、他のもっとおそるべき面も考えてみなければならない。いったん衣類をなにか身につけると、彼はそれについてまるっきり世俗的な意識を失ってしまった――ただし、彼はもはや素裸ではないというあるばくぜんとした法律的感覚を失わなかったようだ。そしてこれは、わたしたちの仲間うちでグッド・ドレッサーとして知られるものに対する本能的な、もしくはかなり知的でさえある反感のあらわれというだけではなかった。わたしは、彼が服を買うとき、一、二度実際についていったことがあるが、今から考えると、彼はおだやかに、しかも満足して誇らしげに服を買ったものである――若きブラマチャリアつまりヒンズー教の見習い僧が初めて腰布を選ぶときのようだった。それはなんとも奇妙なことだった。シーモアが実際に服を身につけたとたんに、いつも、何か不都合が生じたのである。彼は、開けたたんすを前にして、わたしたちのネクタイ掛けの彼の領分をしげしげと眺めながら、普通はたっぷり三、四分の間立つこともあったのだが、彼がネクタイを選ぶや否《いな》やもうそのネクタイはおしまいだということが（そこに坐《すわ》って彼を眺めているほどのひどい間抜けなら）わかるだろう。結び目になるはずのところが、シャツの襟のV形のところにきちんとおさまる手前で止ってしまう運命にあるか――たいてい、喉《のど》のところのボタンよりも四分の一インチほど下のところに落ち着いたものだ――仮に結び目ができてしかるべき位置に無事にすべり込もうとするときでも、薄絹ネクタイがおびのように、まるで旅行者がさげている双眼鏡のひものごとく首の後ろの襟の下からはみ出るように決定的に運命づけられていた。ところで、この大きな、難かしい問題はこのくらいにしておきたい。要するに、彼の服装は、しばしば家族全員を困らせ、ほとんど絶望に落し入れたものである。実際、わたしは、ごく通り一ぺんの説明をしたにすぎない。実際この問題は実にさまざまな形をとってあらわれたのだ。この問題をすぐ打ち切る前にちょっと次のようなことを付け加えておいたほうがいいかもしれない。夏のある日カクテルのラッシュ時に、たとえばビルトモア・ホテルの鉢植えのしゅろのそばに立っているときに、あなたの主君があなたを見つけ、すっかりご機嫌になったのはいいが、いささか不用意にファスナーもしめないで、衆人環視の中を飛ぶように階段を上がってきたとしたら、非常に迷惑な話だということを。

わたしは、もう少しこの階段を飛び上がる話を続けてみたい――つまり、どんな結果になろうとおかまいなしに、わき目もふらず続けてみたい。彼は階段を全部飛ぶようにして上がってきた。突進してきたのだ。わたしは、彼がそれ以外の上がり方で階段を上がって来るのをほとんど見たことがない。こう書くと、わたしは――適切にも、と思いたい——活動力、精力、活力といった話題にまで入っていかなくてはなるまい。詩人は「柔弱だ」という昔はやった中傷をいまだに信用する人がいるとは——ただし、並外れて危険な目に会った沖仲仕や若干の陸海軍退役将校や、二頭筋の大きさに頭を悩ませている多くの少年たちは例外かもしれない——近頃では想像もつかぬ（つまり、簡単には想像できないという意味だ）。それにもかかわらず、ここでわたしが言いたいのは（特に、軍隊や戸外で働いているような徹底的に男性的な男たちのなかで非常に多くの者が、わたしをお気に入りの作家の一人に数えている以上）——第一級の詩の最終草稿を仕上げるには、たくましい神経の力や鋳鉄みたいなエゴばかりでなく、正真正銘の肉体的スタミナがかなり必要だということである。ただ悲しいことに、あまりにもしばしば、すぐれた詩人というものは自分の体をひどく粗末にする人間になるのだ。しかし、そういう詩人はたいてい、はじめから非常に長持ちする体を与えられているにちがいない。わたしは兄のようにほとんど疲れを知らぬ男に出会ったことがない（突然、時間が気になりだした。まだ真夜中ではなく、わたしは床のほうに身を乗り出して、あお向けになってこれを書いてみようかと思っているところだ）。今、思い出したが、わたしはシーモアがあくびをするところを一度も見たことがない。もちろん彼はしていたはずだが、わたしは一度も見たことがないのだ。どうみてもエチケットに反するという理由からではなかった。家でも、あくびがとくにやかましく禁じられているわけではなかった。わたしはいつもあくびばかりしていた――そのくせ彼よりも多く睡眠をとっていた。しかし、わたしたちは二人とも、子供の頃でも、断然睡眠の少ない人間だったし、特にラジオに出ていた頃の中期――めいめいの尻のポケットに、少なくとも三種類の図書カードを、まるで手荒く取り扱われた古いパスポートみたいに持ち回っていた頃――学校のある日の前の晩でも、わたしたちの寝室の明りが、午前二時や三時前に消えることはほとんどなかった。ただし、べシー曹長が定期巡回にやって来る、あの消燈合図直後のきびしいほんのちょっとの間は別だった。シーモアは十二歳の頃から、何かに夢中になったり何かを調べたりしている時、しばしば二晩か三晩ぶっとおしで、一睡もせずに仕事を続けたが、それでもそのために様子や話しぶりが特におかしくなることもなかった。ひどい睡眠不足は、どうやら彼の血液の循環に影響を与えただけのようだった。手や足が冷たくなったのである。ぶっつづけに三日間も寝ずにいると、彼はどんな仕事をやっていても、少なくとも一度は顔を上げて、わたしに、すき間風《ドラフト》がひどくないかどうかたずねたものだ（わが家では誰も、シーモアでさえも、すき間風なんて感じなかった。ひどいのは原稿《ドラフト》だけだ）。そうでなければ、彼は椅子《いす》や床《ゆか》から立ち上がって――読書をしていようと、書きものをしていようと、あるいは瞑想《めいそう》にふけっていようと——誰かが風呂場《ふろば》の窓を閉め忘れたかどうか調べに行ったものである。アパートの住人の中で、シーモアが眠る気がないときがわかるのは、わたし以外ではベシーだけだった。彼女は、彼が靴下を何枚はいているかで判断した。彼がニッカーボッカーを卒業して、長ズボンをはくようになってからは、ベシーはいつでも彼のズボンの折り返しをつまみ上げて、彼がすき間風よけにソックスを重ねてはいているかどうか調べたものだった。

今夜は、わたし自身が眠りの精だ。おやすみ！　腹立たしいほど無口なみなさん！

＊

わたしと同じ年齢で同程度の収入があり、自分の死んだ兄弟のことを魅力的な半ば日記形式で書く非常に多くの人間は、わざわざ読者に日付を知らせたり現在自分のいる場所を教えるようなことはしない。共同で仕事をすることなど考えてもいないのだ。わたしもそんなことはするまいと誓っている。今日は木曜日で、わたしは再びおそろしい思いで、椅子に戻っている。

今、午前一時十五分前、わたしは十時から坐りつづけシーモアの肉体が紙面にでている間に、スポーツやゲームの嫌いな人を極端にいらいらさせずに、シーモアを運動家やゲーム愛好家として紹介する方法を考えている。実際、はじめに弁解しておかなければこの問題に立ち入ることができないのはわかっているので、がっかりし、うんざりしているのだ。ひとつには、たまたまわたしは英文科に籍を置いているが、同僚の教師の中で少なくとも二人は出版社のリストにのるほどの現代詩人としての地位をかなり確立しかかっているし、もう一人はこの学究的な東海岸でたいへんに垢《あか》抜けした文芸評論家であり、メルヴィル学者のうちでもかなり大物だからである。この三人が三人とも（御想像どおり、彼らもまたわたしから見ればたいへんな弱点があるのだ）、プロ野球もシーズンたけなわになると、わたしから見ればいささか度が過ぎると思えるほど公然と、テレビと一本の冷えたビールにとびついてゆくのである。不幸にして、この蔦《つた》でおおわれた小石は、わたしが純ガラス製の家から投げている（訳注　すねに傷もつ人間が批評している意）という状況では、いささか破壊力が鈍っている。わたし自身ずっと野球のファンであり、わたしの頭の中にはきっと古い新聞のスポーツ欄の断片が積った鳥かごの底みたいにみえる場所があるにちがいない。実際（これは作家と読者の密接な関係を語る決定的な言葉と思うが）、わたしが子供の頃六年以上も続けて放送に出ていた理由の一つは、たぶんラジオランドの人たちに、ウェイナー兄弟（訳注　ポール・グリー・ウェイナーとロイド・ジェイムズ・ウェイナーはピツバーグ・パイレーツの兄弟選手だった）の一週間の成績がどうであったかとか、あるいはもっと印象的に、一九二一年、わたしが二歳のときカップ（訳注 タイ・カップ。タイガースの選手。一九〇九年三冠王）が何回三塁盗塁をやってのけたかというようなことを話してやれたということである。わたしはいまだにこんなことにすこし神経質なのだろうか？　現実を逃れて、三番街のL（訳注 高架鉄道）に乗って、あのポログラウンドの三塁わきのわたしの小さな子宮へ出かけていった青春の日々の午後と和解していないのだろうか？　そんなはずはない。おそらく、一つにはわたしが四十歳だからであり、すべて初老の男性作家が野球場や競技場から去るように求められるにはいい潮時だと思っているからであろう。いや、わたしにはわかっている――ああ神よ、わかっているのだ――なぜわたしがあの審美家を運動家として描くのをそんなにもためらっているかを。わたしはこのことを長年のあいだ考えたことがなかったが、それにたいする答えはこうなのだ。かつて並はずれて利口で感じのいい子がSやわたしと一緒にラジオに出ていた――カーティス・コールフィールドといったが、太平洋のある上陸作戦で結局戦死してしまった。ある日の午後、彼はシーモアやわたしと一緒にセントラル・パークへ小走りに走って行ったが、そこでわたしは彼がまるで左手が二本あるみたいに不器用に――要するに女の子みたいに――ボールを投げるのを見た。そして、わたしが軽蔑《けいべつ》するようなばか笑い、大ばか笑いをしたとき、シーモアがどんな顔つきをしたか、いまだに忘れることができない（どうしたらこの深層型の分析について弁明できるだろうか？　わたしは逆の立場をとっているのであろうか？　医師の看板を立てなければならないだろうか？）。

　思いきって話してしまえ。シーモアは室内のものであれ戸外のものであれスポーツやゲームを心から愛し、彼自身もいつも目をみはらせるようにうまいか、目をみはらせるように下手かだった——その中間ということはほとんどなかった。数年前、妹のフラニーが、彼女の一番古い記憶の一つは「幌《ほろ》つきゆりかご」の中から（たぶんスペインやポルトガルの王女様のように）、シーモアが居間で誰かとピンポンをしていたのを眺めていたことだと話してくれたことがある。実際には、彼女が覚えている幌つきゆりかごとは、使い古しの車つきの小児用寝台で、姉のブーブーがいつもフラニーを乗せてアパートじゅうのあちこちを、しきいにぶつかりながら、それが活動の中心にくるまで押してまわったものであったと思う。しかし彼女が赤ん坊だったとき、シーモアがピンポンをしているのを見たというのはまったくありそうなことである。そして忘れられ、色あせてしまったらしい彼の相手がわたしだということはすぐにわかった。わたしはシーモアとピンポンをするといつも眩惑《げんわく》されてまったく精彩がなくなってしまうのだ。たくさんの腕を持ち、にやにやしながら、スコアなどまったく意に介さぬ、母なるカリー（訳注　インドの神話でシバの妻。死の神）がネットの向うにいるかのようだった。彼は叩《たた》きつけるように打ったり、切ったり、二、三回やりとりするごとにロブで充分スマッシュできるぞとばかりに球に向っていった。だいたいシーモアが五回打つうち三回はネットにひっかかったり、台から離れてとんでもないところへ飛んでいった。したがって、実際彼とのゲームは続けて打ちあうことなどまったくなかった。けれどもこの事実は必ずしも彼の集中している注意力をひきつけるものではなかったし、彼の相手がたまりかねて声をはりあげ、苦々しそうに、部屋じゅうを椅子や長椅子やピアノの下に、あるいは棚に並べた本の後ろの汚ないところへボールを追いかけてゆくことに文句をいうと、いつも驚き、みじめな様子でわびるのであった。

　彼のテニスもそれにおとらずすさまじいものであり、そして同様にひどかった。わたしたちはしばしばテニスをやったものだ。とりわけ、わたしが大学四年生のときにニューヨークでやった。シーモアはすでにその大学で教えていた。わたしは、特に春になると晴れた天気をひどくおそれるような日が多かった。というのは、そういう日には、今日はすばらしい日だね、あとでちょっとテニスをやらないか、というシーモアの書きつけを持った学生が若き吟遊詩人のようにわたしの足もとにひざまずくだろうとわかっていたからだ。わたしは彼と大学のコートでテニスをやるのを断わった。

そこで、わたしの友達あるいは彼の友達のなかで――特に彼の一層怪しげな同僚《コレーゲン》のなかで――彼の動きまわる様子を目撃するものがでてくるのを恐れたからだ。それでわたしは溜《たま》り場《ば》にしていた九十六丁目のリップのコートへ行った。わたしが考え出した最も意気地のない策略のひとつは、自分のラケットとスニーカーを大学のロッカーではなく、わざと家に置いておくことだった。もっともそれにもひとつだけ効果はあった。わたしが彼とコートで会うために着換えていると、いつもわずかばかり同情を得たし、弟か妹の一人があわれむように入口のドアの所までやってきて、わたしがエレベーターを待つ間付き添ってくれることもまれではなかった。

　トランプ遊びに関しては、例外なく何をやっても――ゴーフィッシュ、ポーカー、カジノ、ハーツ、オールドメイド、オークション・ブリッジ、コントラクト・ブリッジ、スラップジャック、ブラックジャックなど――彼はまったく我慢のならぬ相手だった。しかしゴーフィッシュはまだみられたほうだった。彼は双生児が小さかった頃、彼らとよく遊んだものだが、自分に四かジャックを持っているかどうかたずねさせようとして彼らにたえずヒントを与えつづけたり、わざと咳《せき》をしたり、自分の手をみせたりした。ポーカーでも彼が主役だった。十代の終りの頃、しばらくの期間わたしは人づきあいのよい話せる男になろうという半ば利己的な、骨の折れる、無理だとわかっている努力をしたことがあったが、その頃家にポーカーをしによく人が訪ねてきた。シーモアはこんなときにはよく仲間入りをした。彼がエースを持っているときそ知らぬ顔をするのはちょっとした苦労だった。というのも、そういうとき彼は、妹の表現を借りれば、バスケット一杯の卵を持った復活祭のうさぎのようににやにやしていたからである。その上悪いことには、彼はストレートやフルハウス、あるいはもっと良い手をしているときでも、テーブルの向い側にいる誰か彼の好きな人が十のペアしか持っていないと、相手より多く賭《か》けたり、持ち札を請求することがなかった。

戸外のスポーツでも、彼は五つのうち四つは下手くそだった。小学校時代、わたしたちは百十丁目とリヴァサイド・ドライヴの交差するところに住んでいたが、午後になると二組にわかれてやるようなゲームを（スティックボール（訳注　ほうきの柄と軽いボールを使って路上で行う野球）やローラー・スケートのホッケーを）横丁や、もっとしょっちゅうリヴァサイド・ドライヴのコシュート（訳注　ハンガリーの志士、政治家。一八四一—一九一四）の像の近くの、かなり広い養犬場になっている原っぱで（フットボールやサッカーを）やったものだった。サッカーやホッケーでも、シーモアは敵陣内へ——しばしばさっそうと——突進していくが、そのあとゴールキーパーの面前で立ちどまり、相手にがっちり守りを固めさせてしまうという変った癖があって、味方にいやがられた。彼はフットボールはほとんどやらなかったし、やってもどちらかのチームにメンバーが足りないときだけだった。わたしのほうはしょっちゅうやっていた。荒っぽいことがまんざら嫌いではなかったし、だいたいそれがひどく恐ろしかったので、実際にやってみるしかなかったのである。しかも、わたしはチームをつくって試合をしたことだってある。Sがめずらしくフットボールのゲームに加わるときは、彼のチームメートにとって彼が頼もしい存在となるかお荷物になるか予測しようがなかった。二組にわかれてやるゲームでは、彼は、たいてい最初に指名された。彼は断然、くねくねと尻《しり》を振って進む、生れながらのボール運びだったからだ。もし彼がグラウンドのまん中でボールをかかえて走っているときに、とつぜんタックルしてくる相手に親切にしてやろうというような気をおこさなければ、彼はチームにとってまぎれもない財産となった。しかしわたしが言ったように、彼が助けとなるか妨げとなるか、実際わからなかった。かつて、わたしのチームメートが不承不承にも、僕にボールをまわしてくれて、ウイングを迂回《うかい》させるという大変めずらしく、しかも、気持の良いときに、相手方にいたシーモアはわたしが彼の方向に攻めて行くのをみると、まるで思いもよらぬ、途方もない、摂理によるめぐり合いとでも言うように嬉《うれ》しくてたまらない様子をして見せたのでわたしはまごついた。わたしははたと立ちつくしてしまったが、当然のことながら、誰かがわたしを、近所の連中の話によると、一トンもの煉瓦《れんが》のようにひきずりたおしたのである。

この話は、この先まだまだ長く続けることになりそうだが、実際今やめるわけにはいかぬ。今まで言ってきたとおり、彼はまたゲームによっては目をみはるほど上手だったのである。実際、許しがたいほど上手だった。つまりわたしが言いたいのはゲームやスポーツにおいてすばらしいということにはある限界があり、非正統派の相手、ある種の理屈ぬきに「嫌な奴《やつ》」が——形を踏まない奴やスタンドプレイをする奴、あるいはまさに百パーセントアメリカ的な野郎が、すばらしくなるのをみるといっそう腹立たしくなるということである。そうしたすばらしさは、我々に対して安っぽい劣悪な用具を用いて、大成功をおさめるものから、はるばるずっと不必要なまでに幸福そうな、気分のいい顔をしている勝者におよんでいるのだ。シーモアがゲームで特に出来のいい場合、唯一《ゆいいつ》の罪は形をふまないことだったが、これは大きな罪だった。わたしは特に三つのゲームを思い出している。ストゥープ・ボールとビー玉ころがし、そしてポケット玉突きだ（ポケット玉突きについては別の機会に論じなければならないだろう。これはわたしたちにとって単なるゲームではない。まさに宗教改革といってもいいほどのものだった。わたしたちは青年時代に重大な危機の前後にはほとんどいつも玉を突いたものだ）。地方の読者の参考までに言うと、ストゥープ・ボールというのは褐色砂岩の階段やアパートの正面を利用してやるゲームだ。わたしたちが遊んだ頃は、ゴムのボールをアパートの正面についている、花崗岩《かこうがん》建築の意匠を凝らした装飾——ギリシャのイオニア式と、ローマ風のコリント式を折衷したマンハッタンでよくみかけるもの——に向って腰ぐらいの高さに投げたものだ。もし、はね返ってくるボールが相手方のチームの誰にもフライでとられずに、表通りに飛び出したり、通りを越えて反対側の歩道まで行ってしまったりすると、野球の場合と同じように、ヒットということになる。もしボールがとられてしまったら——このほうがずっと多いのだが——バッターはアウトになるのだ。ホームランが記録されるのはボールが通りの向う側のビルの壁にあたるくらい勢いよく高く飛んで、はね返ってきたところをとられないときだけである。わたしたちがこのゲームをした頃には、かなり多くのボールが直接に向いのビルの壁に当ったものだが、フライでとれないほど速く、低く、うまいコースに飛ぶボールはごく少なかった。シーモアは打順がまわってくれば必ずと言っていいほど、ホームランを打った。ほかの連中がホームランを打つとまぐれ当りだと言われたが——どのチームに属しているかで、そのまぐれが嬉しかったり、不愉快だったりするものだ——シーモアの場合には、ホームランが出ないほうがまぐれのように見えたものだ。もっと奇妙で、もっとこの話の核心にふれることを言えば、彼は近所では類のないようなボールの投げ方をした。彼以外の連中は、まあ普通に右利《き》きなら、といっても彼も右利きなのだが、波形模様がついたストライクゾーンのすこし左よりに立ってサイドスローで強烈なボールを投げるものである。ところがシーモアは難かしい場所に向きあって、それに向ってまっすぐにボールを投げおろすのだ、——卓球やテニスのときの、嫌になるほど下手くそな、上からたたきつけるようなスマッシュに良く似ているのだが——するとボールは最小限度身をかがめた彼の頭上をビューンととび越え、そのまま、いわば外野の観覧席にとび込んだものだ。もし彼のやり方をまねたら（こっそり独りでやるにせよ、彼のとても熱心な個人コーチを受けるにせよ、どちらにしろ）簡単にアウトになるか、そうでなければ（いまいましい）、はね返ってきたボールを顔にまともにぶつけるかのどちらかだ。それで、ついに彼とは誰も——このわたしでさえストゥープ・ボールをしたがらなくなった。それからは彼はよくこのゲームの面白い点を妹の一人に説明したり、このゲームをボールが向い側のビルに当ってゆっくり戻ってくるときに足の位置を変えなくとも捕れるようにして、非常に有効な一人遊びのゲームに変えたりした（そう、そのとおりだ。わたしはこんな事をいまいましいほど大事にしすぎている。だが、三十年近くも昔のことで、何もかも抑えることができなくなっているのだ）。シーモアはビー玉遊びも達人だった。このビー玉遊びでは、最初の番の者が、ビー玉つまり自分の玉を転がすか、投げるかして車が駐車していない歩道のふちに沿って二十フィートか二十五フィート離れた所の歩道の縁石の近くに置いておく。それから、二番目の者がそのビー玉を最初の者が始めたのと同じ場所からねらい打つ。が、ほとんどの場合当りはしない。と言うのも、この歩道のふちに沿ってまっすぐにビー玉が転がるということはないからである。通りそのものがでこぼこだし、歩道のふちに当ったビー玉のはねかえり方が悪かったり、チューインガムのかたまりがくっついていたり、またいわゆるニューヨークの歩道特有の多種多様の糞《ふん》もある――単に月並みなけちな狙《ねら》い方ではいうまでもない。もし二番目の者が、最初のねらい打ちを失敗すると、ビー玉は普通、最初の番の者がその次に打つとき、とてもねらい打ちしやすい近い位置に転がって来て止る。シーモアは先に打とうが最後に打とうが、百回やって八十回か九十回は不敗だった。遠くから狙うときには、シーモアは相手のビー玉に向って大きな弧を描くように転がした。そう、ちょうどボーリングのときにファウル・ラインのずっと右からピンめがけてボールを転がすようなものである。この場合も、彼の構えやフォームは頭に来るほど変っていた。同じブロックの連中はだれでも、ロングショットのときは下手投げで投げていたが、シーモアはビー玉を横手投げ――というよりは横手首投げ――で投げるのである。どことなく池に平たい石を投げて水を切るのに似ている。ここでもまた、彼のまねをしようものなら、ひどいことになる。彼の方法では、ビー玉を少しでも効果的にコントロールすることはまったく不可能だった。

どうも、わたしの心の片隅には卑俗にも、次のようなことを言おうと待ちかまえていたところがあるようだ。こんなことは実に長い年月の間、思いもよらなかったことだ。

ある日の午後ニューヨークの街燈《がいとう》がともり、車の駐車燈がともり始める――ある車は燈《ひ》をつけ、ある車はまだつけていないといった頃――そんな午後のかすかに感傷的な十五分間、わたしはアイラ・ヤンカウァーという少年とわが家のアパートのカンバス地の日除《ひよ》けの向いの歩道の端でビー玉遊びをしていた。わたしは八つだった。シーモアの技術を使って、と言うよりは使おうとして――彼の例の横手首投げ、あのビー玉に大きくカーブをつけて、相手にぶつける彼のやり方――わたしはたえず負けていた。たえず負けてはいたが、くやしさはなかった。と言うのも、あの時刻にはニューヨークの子供も、ちょうど最後の牛が牛小舎《うしごや》に追い込まれるとき、遠くに汽車の汽笛を聞くオハイオ州ティフィンの子供とあまり変らないのだ。あの魔法のような十五分間にはビー玉遊びで負けても、それはただビー玉を失《な》くしたというだけのことなのだ。

アイラもまた、思うに、しかるべく時が一時停止したようだったが、そうであれば彼がこのゲームに勝ったとしても、しょせんビー玉をとったというだけのことであろう。この静けさの中から、静けさとまったく調子を合わせたように、シーモアがわたしに声をかけてきた。それはこの宇宙に三人目の人間がいるというようなとても快いショックだったし、こうした感じに、それがシーモアであるのは正当だということも加わっていた。わたしは後ろを振り返った。そう、アイラもそう感じたにちがいない。電球のような明るい光が、わが家の張り出しの下にともった。シーモアは家を背に歩道の端に立って、わたしたちの方を向き、羊皮で裏打ちしたコートの切り込みポケットに手を突っ込んで、前こごみの姿勢で土ふまずのあたりでバランスをとっていた。玄関燈を背にしていたので、彼の顔は影になってぼんやりしていた。彼は十歳だった。彼が歩道のふちに立ってバランスをとっている様子、手の位置から――それに加えるに未知数Xから、わたしには当時でも、今と同じように、彼があの魔法にかけられたような時間をものすごく意識していたことがわかっていた。「そうむきにならないで狙ってごらんよ」と彼はそこにまだ立ったまま言った。「狙って相手のビー玉に当たって、それは単なる運だよ」彼はわたしたちに話しかけ、語りかけていたのだが、魔法のようなあの時刻の雰囲気《ふんいき》をこわすようなことはなかった。が、わたしがそれを破った。しかもわざと。「狙えば、運じゃないじゃないか」わたしは後ろにいる彼に向って言った。何もそんなに大きな声を出したわけではなかったが（傍点をつけたにもかかわらず）、どちらかというと、わたしの声は実際に感じている以上にいらいらしていた。ほんの少しの間、彼は何も言わず、ただ歩道のふちに立ってバランスをとりながら、わたしにも何となく感じとれる愛情のこもったまなざしでわたしを見ていた。「だって、そうなんだもの」と彼は言った。「相手のビー玉に――アイラのビー玉に――ぶつけたら、嬉しいだろう。もし、うまく相手のビー玉にぶつけて嬉しいなら、こっちの玉がうまく相手のビー玉に当るなんてことを心の中ではそんなに期待してなかったからだよ。だからそこには何がしか運というものがはたらいているはずなんだ。そうさ。そこには偶然というものが多分になきゃならないんだ」彼は切り込みポケットに手を突っ込んだまま、歩道のふちから足をおろして、わたしたちの方にやって来た。だが思索しているシーモアは、黄昏《たそがれ》の通りを急いで渡って来たわけではないし、たしかにそうは見えなかった。まるで帆船のように夕日を浴びて、わたしたちの方にやって来た。一方、プライドというものは、この世の中でもっとも早く働くものの一つであり、わたしは彼がわたしたちから五フィートまで近づかないうちに、うまくゲームを打ち切ろうとして急いでアイラに声をかけた。「とにかく暗くなってきたよ」

この最後のちょっとした下絵の名残り《ペンチメント》、あるいは何でもいいが、そんなもののために、文字通り、頭の先から足の先まで汗をかきはじめた。わたしは煙草《たばこ》がほしいが、箱は空だし、と言ってこの椅子《いす》を離れる気にはなれない。ああ、これは何と気高き職業であることよ。わたしはどこまで読者のことを知っているというのか？　わたしはたがいに不必要に当惑することなく、読者にどれだけのことを伝えられるというのか？　しかし読者に次のようなことは言える。読者自身の心の中にわたしたちそれぞれのためにある場所が用意されているのである。一分前まで、わたしは生涯で自分のための場所を四度見てきた。そして、今度で五度目だ。これから三十分ほど、床の上に体をのばすことにする。それでは失礼。

*

こんなことをいうとなんだか芝居の広告のようだという気もするが、あの最後の芝居じみた文章を書いたあと、わたしは、当然その報いを受けるのではないかという気がする。あれから三時間たっている。床の上で寝てしまっていた（だが、もう、いつものわたしに戻った。男爵夫人よ。おやおや、いったいわたしのことをどう思っていたのですか？　ちょっと面白い小壜に入ったワインを持ってこさせてもいいですか。

、、、それはうちの、、、、ささやかな、、、ブドウ、、畑から取れた、、、、ものです、、。あなたも、、ちょっと、、一杯……）。わたしは——できるだけ元気よく——言いたいことがある。三時間前に紙面に混乱を生じた正確な原因がなんであれ、今までも、そして現在も、ほんとうにまだ一度も、ほとんどすべての記憶に対する自分の能力（わたし自身のささやかな能力、男爵《だんしやく》夫人よ）に酔い痴《し》れたことなどすこしもなかったのだ。さっきわたしが汗をたらしているみじめな男になった、あるいは自分からみじめな男になった瞬間、シーモアが言ったことを——というよりシーモア自身を、わたしはそれほど厳密に心に留めていなかった。ただ心底から、わたしの胸を打ったのは、そしてわたしを無力にしてしまったのは、シーモアがわたしのダヴェガの自転車であるということに気がついたからだと思う。わたしは生れてこのかた、ほとんどずっと、ダヴェガの自転車を人にくれてやるような性格を毛筋ほどでもいいから持ちたいと望んでいたし、それを実現するのが必要なことは言うまでもなかった。もちろんこのことについて急いで説明することにしよう。

シーモアが十五、わたしが十三のとき、ある晩、わたしたちはたしかストゥープネイグルとバッド（訳注　ストゥープネイグル大佐と相棒のバッドを主人公にしたラジオの連続喜劇）をラジオで聞こうと部屋から出たことがある。そして居間の非常に不気味なまでに押し殺した、興奮の中に足を踏み入れた。そこには三人だけ——父と母と弟のウェーカー——しかいなかったが、わたしは誰かもっと小さな連中が、どこか都合のいい場所に隠れて盗み聞きをしているような気がした。レスはかなりひどく顔を赤らめ、ベシーの唇はまるで無くなってしまうかと思われるほどに固く結ばれ、弟のウェーカー——わたしの計算によるとそのときはきっかり九歳と十四時間だったが——はパジャマを着て、はだしでピアノのそばに立っていたが、涙がその顔に流れ落ちていた。この種の家庭の状況の中でわたし自身は最初黙って姿を消したいという衝動を感じた。が、シーモアはまったく立ち去る気配がなかったので、わたしもそのそばに突っ立っていた。レスは、いくぶん興奮を押えて、すぐにシーモアを前に訴えでた。わたしたちがすでに知っていたように、その朝、ウェーカーとウォルトは、おそろいの、美しい、かなり予算超過の誕生プレゼントをもらっていた——二つの赤白の縞《しま》の、ダブルバーの二十六インチの自転車だった。レキシントン通りと三番街の間の八十六丁目のダヴェガ・スポーツ用品店のショーウインドーにでていたもので、彼らが一年も前から口をきわめて賞《ほ》めていた、まさにその自転車だったのである。シーモアとわたしが寝室から出て来る十分ほど前に、レスはウェーカーの自転車がウォルトのと一緒に、うちのアパートの地下室に無事にしまわれてないのに気がついた。その日の午後、セントラル・パーク
で、ウェーカーは自分の自転車を人にやってしまったのだった。見知らぬ男の子（「生れてからはじめて会った間抜け《シュヌーク》」）がウェーカーのところにやって来て、自転車を貸してくれと頼んだのでウェーカーは彼に自転車をやってしまったのである。レスもベシーもウェーカーの「非常にやさしい、寛大な心根」に無頓着《むとんじゃく》であったわけでは決してない。がしかし、同時に彼らは彼らなりの仮借ない論理でもってこの取り引きの仔細《しさい》を眺めたのである。要するにその子に、心ゆくまで自転車に乗せてやるだけでよかったのだ、それこそウェーカーがなすべきことだったのだというのが二人の意見だった。レスは、そのときシーモアに当てつけるようにそのことを躍起になって繰り返した。するとウェーカーがしゃくり上げながら口をはさんだ。その子はべつに乗せてもらいたかったのではなく、自転車そのものがほしかったのだというのである。その子は今まで一度も自転車を持ったことがなかったので、いつもほしいと思っていたのだそうだ。わたしはシーモアをみつめた。彼は興味をそそられていた。彼は、善意ではあるが、やはりこのような難かしい論争の仲裁にはまったく不向きであるという様子をしていた――そして、わたしは経験からわかっていたが、どんなに奇蹟《きせき》的であろうとも、わが家の居間に平和がよみがえろうとしていたのだ（「聖人ハ躊躇《チュウチョ》シテ以《モッ》テ事ヲ興《オコ》シ、毎キヲ以テ功ヲ成ス」――荘子第二十六）。シーモアがいかに有能に、しくじりながらも問題の核心にこぎつけ、その結果数分後には三人の交戦者同士が実際に接吻《せっぷん》をかわし仲直りしたかは詳しく書かないつもりだ（今度に限って）――それにこれを表現するには、ほかにもっとうまい方法があるにちがいない、がわたしはそれを知らない――わたしがここで本当に言いたいことは、まことに臆面《おくめん》もなく個人的なものであり、わたしはそれをすでに述べてしまったように思う。

一九二七年のあの晩の歩道でのビー玉遊びのとき、シーモアがわたしに呼びかけてきたこと――というより声をかけて教えてくれたこと――はわたしにとって非常に有益であり重要なことに思えるので、どうしても若干述べておかなければならないと思う。とはいえ、いささかぎょっとさせる言い方だが、目下わたしの目には、シーモアの今や四十になる偉ぶった弟が、やっと贈物としてもらったダヴェガの自転車を、一番最初にねだった人に好んで与えたという事実こそ、一番有益で重要なことのように思える。まったく取るに足りぬ個人的な擬形而上的《けいじじょう》問題から、まったく堂々とした非個人的な擬形而上的な問題へ移っていいかどうか、わたしはいぶかり、考え込んでいるのである。つまり、いつものわたしの饒舌体《じょうぜつたい》で最初にすこしぐずぐずしたり、ぶらぶらしたりせずに、ということだ。とは言うものの、話はこうだ。シーモアが、道の向うの縁石のところから、アイラ・ヤンカウァーのビー玉を狙うのをやめるようにコーチしてくれたとき――彼が当時十歳であったことを忘れないでいただきたい――わたしは、彼が、日本の弓の達人が片意地な新弟子に与える、的を狙わないようにという教えのなかに、精神的に非常に近い何ものかを本能的に感じとっていたにちがいないと信じる。つまり弓の達人が、「狙う」ことは許しても、狙うことを許さぬというあれである。しかしながら、わたしは禅の弓道と禅そのものを、このささやかな論文で論じることをやめたいと思う。その理由のひとつとして、鋭敏な耳には、禅が急速にかなり汚れた流行語になりつつあり、しかも、それは皮相的であるにしても、大いに正当性を持っているようにひびくからである（ここで皮相的な、という言葉を使うのは、純粋な禅は、西欧の擁護者が消えたあとにも残ることは間違いない。というのはこの擁護者たちはたいてい、禅の教義に近い解脱を精神的無関心、さらには無感覚への誘いと混同しているふしがある――そして明らかに、この連中は、金の拳《こぶし》ができぬうちに平気で仏陀《ぶつだ》を打ちのめすからである。純粋な禅は、ここでつけ加えておく必要があるし――わたしはどうしても書いておく必要があると思う、今やっているような調子で――純粋な禅はわたしのような俗物が消えてしまったあとでもこの世に残る）。しかしわたしは禅の弓術家でもなければ禅僧でもなく、いわんや禅の達人でもないから、大体においてシーモアのビー玉遊びの忠告と、禅の弓道とを比較したくない（ここでシーモアとわたしの東洋哲学の根源は――ためらいはあるがこれを「根源」と呼ばせてもらえるなら――新・旧約聖書、一元論的バラモン教、古代道教に昔も今も根ざしていると言ったらおかしいだろうか？　わたしは自分自身を、ともかく仮に東方の美しいひびきをもった名称で言えば、第四級のカルマ・ヨギン（訳注　無私の奉仕を業とするヨガ行者）にジャナーナ・ヨガ（訳注　哲学的知識によって得た鍛練）が薬味として少し混ざったようなものだと考える傾きがある。わたしは心から禅の古典に魅《ひ》かれ、臆面もなく大学の夜間授業で週一度は禅の講義と、大乗仏教の講義をしているのである。しかしわたしの生活そのものは、禅などとはおよそ無縁のはずであり、わたしがこれまでに理解したささやかな禅的体験のすべては――わたしは慎重にこの理解という言葉を選んでいる――わたしがかなり自然に極端に非禅的な道を歩んできたことから生じた副産物なのである。というのは主としてシーモアがわたしにそうするように文字通り頼みこんだからであり、こういう事柄に関して、シーモアが間違っていたことを見たことがない）。わたしにとって、そして、おそらく誰にとっても幸いなことは、実際ここに禅を持ち込む必要がまったくないと思われることだ。シーモアがまったくの直感によってわたしにすすめたビー玉の狙《ねら》い方は、言うなれば、正統的、非東洋的に煙草の吸殻を部屋の端にある紙屑籠《かみくずかご》に投げこむ業と関係づけることができるのである。思うにこの業についていえば、大方の男性喫煙家は、吸殻が籠に入ろうが入るまいが、あるいは、言うなれば煙草投げの当人をも含めて部屋には目撃者がいようといまいとちっともかまわないというとき、はじめて真の名人になるのである。こうした例は実に愉快なものであるが、それについて長くかかずらうまいと大いに努力しているところであるが――しかし次のようなことをつけたすのは適切だと信じる――しばらく縁石ビー玉遊びに話を戻せば――シーモアは自分の投げたビー玉がカチンとガラスにぶつかる音がすると、満面に笑みをたたえたものだが、しかし、それはどっちが勝った音かシーモアには皆目わからないようだった。それからまた、誰かがいつも、彼が射とめた玉を拾って彼に手渡してやらなければならなかったということも事実である。

やれやれ、これで終った。わたしがこの話を頼んだのではないことは断言できる。たぶん――きっと――これから書くことが「肉体に関する」最後の記述になるだろう。無理をせずに面白くしよう。寝る前に、換気しよう。

これは隠れたる事実だが、えいっ、ぶちまけてしまおう。九つくらいの頃、わたしは自分が世界一足の速い子だという実にたのしい考えを持っていた。つけ加えておきたいのだが、奇妙な根本的には本筋から離れたうぬぼれで、こういううぬぼれは、滅多なことではさめないもので、わたしは椅子にかじりついている四十歳の今日でさえ、ふ、だ、ん、着、を着た自分がすこしも高ぶる様子もなく、愛想よく手を振って、有名ではあるが、息切れしているオリンピックの一マイル競走の選手たちを次から次へと、追い抜いてゆく姿を思い描くことができる。それはともかく、まだリヴァサイド・ドライヴに住んでいたころのある美しい春の夕暮、わたしはベシーにアイスクリームを二クォートばかり買ってくるように言われた。わたしが家を出たのは、数パラグラフ前に描いたのとまったく同じあの魔法のような十五分間だった。それにおとらずこの逸話の構成で決定的に重要なのは、わたしがスニーカーをはいていたということだ――たまたま世界一足の速いことになっている少年にとって、スニーカーはハンス・クリスチャン・アンデルセンの少女にとっての赤い靴とほとんど同じである。建物からひとたび出ると、わたしはもう使神マーキュリーそのもので、ブロードウェイまでの長いブロックを「ものすごい」勢いで全力疾走しはじめた。ブロードウェイの角を一気に曲り、無理なことをしながら、つまりスピードを増そうとしながら走り続けた。ベシーが頑としてこれときめている、ルイス・シェリー・アイスクリームを売っているドラッグストアは、三ブロック北の、百十三丁目にあった。そこまでの道のりの半分ぐらいのところにあって、いつもわたしたちが新聞や雑誌を買っていた文房具屋の前を駆け抜けて行ったが、わき目もふらず、そのあたりに知り合いや親戚《しんせき》がいてもぜんぜん気づかなかった。それから、もう一ブロックほど行ったあたりで、後ろから追いかけて来る音、明らかに足音を感じた。わたしの頭にとっさに浮んだことは、おそらく、典型的なニューヨークっ子が考えることで、お巡《まわ》りが追いかけて来たな——おそらく罪名は学校区域外の路上でのスピード記録破りだろうということだった。わたしは自分の肉体が、もう少しスピードをだすように頑張ったが、むだだった。誰かの手がわたしのほうにのびてきて、ちょうど、セーターの、勝利ティームの卒業年次番号をつけておくところをつかまれるのを感じたので、すっかり胆《きも》をつぶし、アホウドリが止るときのような無様な格好でスピードを落した。わたしの追跡者はもちろんシーモアだったが、彼自身ひどくびっくりしているように見えた。「いったいどうしたっていうんだい？　何があったんだ？」と彼は狂ったようにたずねた。しかもまだわたしのセーターをつかんだままだった。わたしは彼の手をふりほどいてから、そのままではここに書くわけにはいかないような、その界隈《かいわい》で使われているかなり糞便《ふんべん》学的な言葉づかいで、何もありゃしない、何でもない、ただ走っていただけさ、びっくりするじゃないかということを彼に伝えた。彼がホッとした様子はたいへんなものだった。「おい、あんまりおどかすなよ！」と彼は言った。「すごく走ってたなあ！　ほとんど追いつけなかったよ」それから二人は並んで歩きながらドラッグストアに向った。奇妙なことかもしれないしちっとも奇妙でないかもしれないが、今や世界で第二番目に足が速い少年は、とりたてて言うほど意気沮《そ》喪《そう》もしなかったのである。一つには、わたしを追い越したのが彼だったからである。それに、わたしは彼がひどく息を切らしているのを見ようとして極端に忙しかった。彼が息を切らしているのを知って変な具合に慰められた。

　やっとこの話を終えた。と言うより、話のほうがわたしを見放したのかもしれない。わたしは、どんな場合でも結末の所へ来ると、いつも心が挫《くじ》けてしまう。あのチェーホフいじめのうるさ型サマセット・モームが発端、展開、結末と呼んだものがあるというだけで、わたしは子供の頃から、どれだけ短編小説を破り捨てたであろうか？　三十五編、いや五十編もあったかな？　二十歳の頃、芝居を見に行くことをやめた千もの理由のひとつは、いつでも誰か劇作家が阿呆《あほ》らしいカーテンをぴしゃりと降ろしたというだけで、ゾロゾロと劇場から列をなして出てゆくことにうんざりしたからである（あのたくましく退屈なフォーティンブラス（訳注『ハムレット』の登場人物）はいったいどうなった？　結局誰が彼に仕返しをしたのか？）。にもかかわらず、わたしはここで終る。まだひとつかふたつ、肉体的特徴について断片的につけ加えておきたいことも残っているが、もう持ち時間がなくなったということを強く感じている。それに、もう七時二十分前であり、わたしは九時から授業がある。これから、三十分ばかり寝て、それからひげを剃《そ》るが、血に染まった冷たい風呂《ふろ》に入るぐらいの時間はあるかもしれぬ。九時には三百七番教室でわたしを待っていることになっている、ケンブリッジやハノーヴァー、あるいはニューヘヴン（訳注　それぞれハーヴァード、ダートマス、イエール各大学の所在地）あたりで週末を豪勢に過して帰って来たばかりの二十四名の若い女性たちについて何か、軽い皮肉でも言いたい衝動に——ありがたいことに、これは衝動というよりは、いわゆる都会的な反射作用のようなものだが——かられている。シーモアについての文章を書き終えるにあたって——どんなつたない文章にもせよ、また、絶えずシーモアと一緒に主人公になりたがるわたしのエゴが、随所に顔を出すとは言え——何が善で、何が真実かを意識しないわけにはいかない。これはあまりに立派過ぎて言いにくいことだが（というわけでわたしはそれを言う男なのだ）、しかしわたしは伊達《だて》に兄貴の弟であるわけではない。だから、わたしにはわかっている——いつもというわけではないがわかっている——あの恐るべき三百七番教室に行くこと以上に重要なことは、何もないのだということを。あの教室にいる娘たちは、あの恐るべきミス・ゼイベルも含めて、ブーブーやフラニーと同じように、わたしの妹でない娘は一人としていないのである。彼女たちは、時代に対する誤った情報で輝いているのかもしれないが、それにしても輝いている。わたしが今本当に行きたい所は三百七番教室をおいてどこにもないと考えると、わたしは気が遠くなりそうだ。かつてシーモアは、われわれが一生の間にすることは、結局聖なる大地の小さな場所を次から次へと渡って行くことだ、と言ったことがある。彼は絶対に間違いないのだろうか？

さあ、ちょっと寝よう。急いで。急いで、ゆっくり。

原注

ページ

一三三　＊こうした遠慮がちの中傷はまったくけしからぬものだが、かの偉大なるキェルケゴールが実存主義者はおろか、決してキェルケゴール研究家でもなかったという事実は、二流三流の知識人の心を果てしなくはげまし、宇宙的サンタクロースではないにしても、必ずや宇宙的詩的正義に対する彼の信念をかさねて肯定してくれるものだ。

一五三　＊これは一種の記録なので、ここで彼が中国や日本の詩をたいてい原文で読んだということをぼそぼそと言っておかねばなるまい。いずれ機会を改めて、たぶん退屈するくらい長々と――とにかくわたしにとっては長々と――わが家族の本来の七人の子供たちにある程度共通し、そして外国語をいとも簡単に習得できるというわたしたち三人の実に目立った生来の奇妙な性格について詳しく語ろうと思う。しかしこの注釈は主として若い読者のためのものである。もしことのついでに、若い読者が中国や日本の詩に対して万が一にでも興味をそそられるようなことがあるとすれば、わたしは非常に嬉《うれ》しい。なにはともあれ、中国の第一級の詩が数人の非常にすぐれた人によって非常に忠実に、生き生きとした英語に翻訳されていることを、まだご存じない若い人たちに知らせたい。すぐれたものとしてウィター・ビンナー、ライオネル・ジャイルズがすぐに思い浮ぶ。もっともすぐれた日本の短詩は——とくに俳句、そして川柳も——R・H・ブライズの訳だと格別の満足感をもって読める。ブライズは危険なところもあるが、これは当然のことである。なぜならば、彼そのものが高飛車的な古い詩だからだ。しかし彼はまた崇高でもある——いずれにしても詩に安全性を求めるものがいるだろうか？ （繰り返していうが、ここに書いた衒学《げんがく》的な小文は作家に手紙を出しても、意地悪く何の返事ももらえない若い人たちのためのものである。わたしはそのほかにも、可哀想《かわいそう》に教師であった、この作品の題名になっている人物の代りをつとめているのである）。

一六三　＊この際普通の、唯一《ゆいいつ》の合理的なことは、一つ、二つ、あるいは百八十四編の詩をすべて読者の前に置いて、各自で読んでもらうことだろう。しかしわたしにはそれができないのだ。わたしにそれを論ずる権利があるかどうかすらあやしいのである。わたしはこれらの詩を手もとに置き、編集し、その世話をして、最終的にはそれを厚表紙で出してくれる出版社を見つけるようにまかされている。しかしきわめて個人的な理由から、詩の正式の所有者である詩人の未亡人によって、ここでは、いかなる個所を引用することも許されていないのである。

一七九　＊わたしは要旨をはっきりさせるということのためだけに、ここでわたしの学生諸君を不必要に当惑させているかもしれない。学校の先生にすでにこうした先例がある。ことによったら、わたしは詩の選択を誤ったかもしれない。わたしが意地悪く提出したときに、もし「オジマンディアス」がわたしの学生諸君に明らかに何の感興も与えなかったことが本当だとすれば、おそらくその罪の大半は「オジマンディアス」の詩それ自体にあるのであろう。おそらく怒れるシェリーはすっかり怒っているわけではなかったのだ。いずれにしても、彼の怒りは心頭から発した怒りでなかったことは確かだ。わたしのところの女子学生はロバート・バーンズが酒飲みで、羽目をはずして遊び騒いだことを知っていることは確かだし、たぶんそれを愉快に思っていることであろう。しかしそれと同じように彼女たちが、バーンズの鋤《すき》が掘り出したすばらしい二十日ねずみのこともすっかり知っていることは確かである（砂漠に立っている「巨大な　胴のない　石の脚が二本」（訳注　「オジマンディアス」の一節）がパーシイ（訳注　シェリーの名）自身のものだということは、ちょっとあり得ないのではないだろうか？　彼の人生が彼の最良の詩の多くよりも長生きするということが考えられるだろうか？　もしそうだとすれば、その理由は——いや、やめておこう。しかし若い詩人たちは気づいている。もし自分の最良の詩を、少なくとも自分の生き生きした、色彩ゆたかな生活と同じように、他人に愛情をもって覚えていてもらいたいと思うならば、詩のすべての章節に心に浮んだ立派な野ねずみを出しておいたほうがいいかもしれない）。

あとがき

野崎《のざき》　孝《たかし》

これは J. D. Salinger: *Raise High the Roof Beam, Carpenters* AND *Seymour: An Introduction*（1963, Little, Brown and Company）の翻訳である。いずれも、サリンジャーの読者ならば先刻ご承知のはずのグラース家を対象にした連作物語、あれの一部をなす作品であるが、それはともかく、サリンジャーの場合、その作品の翻訳の「あとがき」を書くというのは、いかにも気の進まない作業である。いわゆる「解説」なるものはおろか、作者の略歴でも何でも、要するに原作にないものはいっさい付け加えてはならぬ、というのがサリンジャー自身からの強い要求だからである。この文庫に入っている既訳の二冊――『フラニーとゾーイー』と『ナイン・ストーリーズ』をお読み下さった方ならば、それぞれに付けた――もしくは付けることを要請された――私のあとがきの中からも、訳者の苦衷は読み取っていただけることと思う。

サリンジャーがグラース家の連作物語の執筆を初めて自分の口から明らかにしたのは、『フラニーとゾーイー』のジャケットにおいてであったから、それは一九六一年のことであった。そのとき彼は、同じ文章の中で、実はこの構想は古くからあったものので、この連作の一環をなすものがすでに二編、雑誌「ニューヨーカー」に発表されている旨《むね》をも言明している。おそらくそれは『ナイン・ストーリーズ』にも収録されている「バナナフィッシュにうってつけの日」(一九四八年一月三十一日号)と「コネティカットのひょこひょこおじさん」(一九四八年五月二十日号)とを指すものであろう(さらには一九四九年、「ハーパーズ・マガジン」の四月号に掲載された「小舟のほとりで」もまた、この中に含まれるべきものに違いない)。しかしながら、「バナナフィッシュ」はともかくとして、「ひょこひょこおじさん」や「小舟のほとりで」に登場する(あるいはそこで言及されている)グラース家の人たちは、そのときにはまだ「グラース」の姓を与えられているわけではないし、そのことは「フラニー」(「ニューヨーカー」一九五五年一月二十九日号)においてさえも同様なのであって、それぞれの作品の中で、ウォルト、ブーブー、フラニーと呼ばれている人物たちが、グラース家の兄弟姉妹として「バナナフィッシュ」のシーモア・グラースと血縁関係を結ぶに至るのは「大工よ、屋根の梁《はり》を高く上げよ」(「ニューヨーカー」一九五五年十一月十九日号)

からである。同時に、サリンジャーが「わたしの分身にして共同製作者」と呼ぶ次兄のバディ――さまざまな局面で語り手の役をつとめるシーモアのすぐ下の弟――が登場するのもまたこの「大工よ――」からであった。してみれば、「グラース・サーガ」と通称されもするこの連作物語の構想が熟したのは一九五五年、その最初の具体化がすなわち「大工よ、屋根の梁を高く上げよ」であって、バディという「作者の分身」の案出は、その構想の具体化と密接不可分の関係にある、作者の創見であったと推定してもよろしいのではないか。

そしてその「大工よ――」が、ごらんのとおり、バディの語る兄シーモアの結婚のいきさつをめぐるものであってみれば、そのときのサリンジャーの構想の中核にあったものは、まずもって「バナナフィッシュ」をこの連作の中に包摂すること、そのための工夫と努力がこのときのサリンジャーの眼目であったと考えてもよろしいのではないか。すなわち、「バナナフィッシュ」に描かれているかぎりでは、いかにも異質な人間同士のように見えるシーモアとミュリエルというこの夫婦の結合が如何《いか》にして果されたのか、読者の側のその素朴な疑問に応《こた》えることを通して、シーモアの人間像、ひいては現代社会におけるグラース一家の位置ないしは本質を浮び上がらせることがこの作品における作者の狙《ねら》いではなかったかと推察されるのである。

「バナナフィッシュ」には、しかし、他にも大きな謎《なぞ》が孕《はら》まれていた。それはこの短編小説が発表された当初から多くの論議を呼んだところであって、その中心ともいうべきものは、結末に現われるシーモアの自殺をめぐる疑問である。「シーモア―序章―」はこの問題を解決しようとするサリンジャーの力業《トウル・ド・フォース》と言うことができるであろう。いや、それだけではない。「大工よ――」においてすでにその兆《きざ》しを見せていた伝統的小説形式に対する作者の懐疑、もしくは不信、それが「ゾーイー」を通じてさらに深化拡大してゆくのに苦しみながら、立ちはだかる障壁を突破して新しい方法を実現しようとするすこぶる大胆な実験が、とりも直さず「シーモア―序章―」となって現われたとも見られる重大な側面をもこの作品は持っている。「言葉」というはなはだ不備な媒体を用いて読者と繋《つな》がるしかない作者の苦悩――伝えるべきことが言葉によっては捕えがたく、既往の方法をもってしては伝えがたいものであればあるほど作者の苦悩は深まるばかりである。みずからを戯画化しながら、駆使しうるあらゆる手段、あらゆる技巧を駆使して核心を正確に伝えようと腐心し苦悶《くもん》するサリンジャーの汗みずくの顔が紙背から浮び上がり、エピグラフとして冒頭に掲げられたカフカとキェルケゴールからの引用が示唆《しさ》するように――いや、私は、われとわが身に課したはずの胸中の禁を、いつの間にやら犯しかけているようだ。「天使も踏むのを恐れるところ」へ突入する愚は避けねばなるまい。

昨年、マイケル・クラークソンという、カナダのニュース雑誌「ナイヤガラ・フォールズ・レヴュー」の若手記者が、少年のころに読んだ『ライ麦畑でつかまえて』の感銘もだしがたく、長途車を駆ってニュー・ハンプシャー州のコーニッシュを訪れ、サリンジャーの「聖域」に侵入したばかりでなく、かつてなんぴとも果さなかったこの有名な「隠者」との面談をやってのけたそうである。その次第を彼は、四五〇〇語ほどの探訪記にして発表しているが（「中央公論」一九八〇年四月号に訳載）、その内容はともかく、そのときおそらくは隠しどりしたものであろうと思われる二葉の写真を目にした私は、コーニッシュに近いヴァーモント州のウィンザーの町に車を運転して現われたサリンジャーの、その車の開いたドア越しに見えるおぼろげな横顔と、町の郵便局に入って行こうとしているその後ろ姿とから、はしなくもあの連続テレヴィ・ドラマでリチャード・キンブル博士を演ずる今は亡《な》きデーヴィッド・ジャンセンの俤《おもかげ》を連想したのである。何も二人に共通した「デーヴィッド」というクリスチャン・ネームに誘われたわけでもなければ、サリンジャーをことさら「逃亡者《フユージテイヴ》」に仕立てるつもりもさらさらないけれども、ただあのドラマの主人公を追いつめてゆくジェラード警部の役割はなるべくならば演じたくないと思ったことであった。

（一九八〇年八月）

この作品は一九七〇年四月河出書房新社より刊行された。

大《だい》工《く》よ、屋《や》根《ね》の梁《はり》を高《たか》く上《あ》げよ
シーモア―序章《じょしょう》―

新潮文庫　サ－5－3

昭和五十五年八月二十五日　発行
平成十六年六月二十五日　三十四刷改版
令和七年二月五日　四十三刷

訳者　野《の》崎《ざき》孝《たかし》
　　　井《い》上《うえ》謙《けん》治《じ》

発行者　佐藤隆信

発行所　株式会社新潮社
郵便番号　一六二―八七一一
東京都新宿区矢来町七一
電話　編集部(〇三)三二六六―五四四〇
　　　読者係(〇三)三二六六―五一一一
https://www.shinchosha.co.jp

価格はカバーに表示してあります。

乱丁・落丁本は、ご面倒ですが小社読者係宛ご送付ください。送料小社負担にてお取替えいたします。

印刷・東洋印刷株式会社　製本・加藤製本株式会社

ISBN978-4-10-205703-2 C0197